AF210798

BERNARDO BAAL

ABGEBALGT
WIE ALLES ANFING

ROMAN

TRILOGIE TEIL 1

Bibliografische Information der Deutschen Nationalbibliothek: Die Deutsche Nationalbibliothek verzeichnet diese Publikation in der Deutschen Nationalbibliografie; detaillierte bibliografische Daten sind im Internet über http://dnb.dnb.de abrufbar.

© 2024 Bernardo Baal
Lektorat: Bernd Fühne
Verlag: BoD · Books on Demand GmbH, In de Tarpen 42, 22848 Norderstedt

Druck: Libri Plureos GmbH, Friedensallee 273, 22763 Hamburg
ISBN: 978-3-7693-0071-0

Fakten & Fiktion

Personen und Institutionen, die es in der Realität gibt oder gab, sind bewusst verzerrt dargestellt. Es hat sie alle gegeben oder es gibt sie noch: die Figuren, Institutionen und Orte. Allerdings sind deren Leben, Anschauungen und Handeln oder Auftreten frei erfunden. Reale Personen oder Institutionen dürfen nicht mit denen im Roman verwechselt werden. Ausgangspunkt ist immer eine *angenommene* Realität.

Wahrheit gibt es nicht einfach so. Sie muss erarbeitet werden. Nur das Denken führt zu ihr. (G.F.W. Hegel)

Schon Mutter sagte, ich sei schlecht zu führen

Leidenschaft fürs Leben

Sankt Vith, Freitag, 9. März 1979

Mein erstes selbständiges Atmen protokollierte die Hebamme für halb zehn abends auf der Station für Geburtshilfe im Spital Saint Joseph. Dem Duft des Mutterleibs, seinem Parfüm, für immer entzogen. Ab in die Fremde.

Das Motto des von benediktinischen Schwalben geführten Hauses prangte in erhabenen Buchstaben über der Pforte. *Leidenschaft fürs Leben*. Blicke ich auf mein bisheriges Leben zurück, so scheint mir dieses gebieterische Motto für meinen Grabstein ungeeignet.

Es fing schon damit an, dass meine Mutter unbedingt ein Mädchen wollte. Barbara sollte es heißen. Daraus wurde nichts. Ich besaß bei meiner Ankunft keinen Namen, nur ein Geschlecht. Barbara wäre Friseurin geworden und hätte einen katholischen Mann geheiratet. Den Namen Bernardo gab mir die Hebamme in Erinnerung an ihren Lieblingsheiligen San Bernardo. Sie war Spanierin.

Nach der Entlassung von der Station 9 der Geburtsklinik stand meine Mutter mit dem Kind auf dem Arm, betrübt, ohne sich einzugestehen, woher der Kummer rührte, etwas zu lange im Schatten der mächtigen Pforte *Leidenschaft fürs Leben*. Sie wartete auf den antiken Borgward P 100 ihres Bruders, der die Hübsche mit dem Kind in ihre Wohnung *Am Silberberg* bringen sollte. Wenn das Licht schräg auf eine breit gemauerte Pforte fällt, entsteht ein Schatten. Den bevorzugte meine Mutter mit dem Kind vor der plötzlich die Wolkenwand durchbrechenden Sonne, deren Strahlen auch mich hätten treffen können. Dabei seien dies die einzigen Sonnenstrahlen in jenem nebelverhangenen, schneematschigen März gewesen, erinnerte sich später mein Onkel kopfschüttelnd über seine Schwester.

Neurosen erhalten ihren absurden Glanz zumeist an einem sonnigen, späten Wintermorgen. Die Buchen werden in ein flirrendes Silber getaucht, das blühende Leben zerfällt in einem Traum vom Köpfen eines Huhns.

Von Anfang an umgab mich die Aura eines überspannten Jungen, der von seinen schwarzgalligen Fantasien und falschen Selbsteinschätzungen überfordert schien. Dass ich wieder einmal in eine Falle getappt war, oder mir bei einer Hochstapelei die Luft ausging, erkannte ich oft zu spät, um noch etwas korrigieren zu können. Ich könne - da war ich Vierzehn - das Kabel für die neue Fernsehschüssel *unter Putz* verlegen, behauptete ich großspurig gegenüber einem älteren Paar, Freunde meiner Mutter. Völlig ungeübt, technisch unbegabt und insofern dilettantisch sah das Ergebnis aus. Es gab allerdings immer wieder Leute, die ich an der Nase herumführen konnte. Von denen hielt ich nicht viel, wehrte ihre Annäherungen ab.

Versagte ich als Kind beim Lösen einer Aufgabe, verlor im Spiel meine schönsten Murmeln, suchte ich auf einem Betstuhl vor der Holzskulptur des jungen Giovanni Bosco in der Kirche Saint Paul Trost. Später, älter geworden, fand ich, statt auf dem Betstuhl, in den Wäldern oder im Menschengewimmel Lüttichs Reste von Geborgenheit. Das half für zwei, drei Stunden. Was blieb mir anderes übrig, als mit zwei Dosen *Leffe blond* einen stillen Platz fürs Gemüt an der Maas zu suchen?

Ich war Siebzehn, als mir ein zackiger Arzt mein Schicksal deutete: „Sie sind ein schwieriger Mensch!" Diagnose: „Schwankungen im Gefühlsleben; Hybris und Mikromanie." Ich zog daraus die Schlussfolgerung, entweder in den Wäldern leben zu müssen, oder mich einer engstirnigen Welt des Gelingens in Wettbewerben des Lebens anzupassen. Zweifel am Gelingen - egal von was - ist mein immerwährender Wegbegleiter geworden, mein Doppelgänger, Monsieur Doutes.

Wann das in der Kindheit mit den Kleinheitsträumen begann, weiß ich nicht genau zu sagen, denke aber, es war die Zeit erster Befleckung. In den Miniaturen, Szenen in den Traumbildern, glitt ich ab in bildliche Verkleinerungen, wie man sie in Märchen wie Charles Perraults kleinem *Däumling* findet, oder mit Diminutiven wie *Seelchen, Mäntelchen, Bübchen, Liebchen* und so weiter assoziiert. Ich frage mich allerdings auch, ob die Traumbilder nicht eng verbunden waren mit der vorgeblichen Reinlichkeit und Unschuld im Haus *Am Silberberg*. Aber das ist eine Schatztruhe für die Wiener Traumdeuter, wie auch *der* Traum, der sich in meinem Bett, das noch im großen mütterlichen Schlafzimmer stand, über zwei oder drei Jahre variantenarm wiederholte. In einem Etagenbett schläft über mir ein unbekanntes, gleichaltriges Mädchen. Ich wünsche mir, dass es zu mir heruntersteigt. Ich möchte mit ihm zusammen sein. Das Mädchen macht es, steigt herunter, und das Traumbild verlischt in dem Moment, in dem ich die Decke anhebe, um ihm einen wärmenden Platz neben mir anzubieten. Der Traum zerfällt danach in ein berührungsloses Begehren ohne sexuelle Neugier. Die Szenenbilder werden klein und immer kleiner. Ein hilfloser Zustand, in dem ich mich befinde, verschnürt in eine Lähmung. Das Mädchen ist verschwunden; ich bin vernarrt. Ein unbekanntes Schmachten, Entbehren, Sehnen. Was sagen die Wiener Deutungskünstler dazu? Misslungener Weg, mein Sohn! Statt Sex Liebessehnen und Reinheit. *Probat castitas* - erprobte Keuschheit für eine klerikale Laufbahn.

Ein jüdisches Sprichwort lautet: Wovon träumt das Huhn? - Von Hirse.

Stendalia, Sancta Apollonia
anno Domini MCCXV

Die ganze Nacht liegt Mechthild schon in den Wehen. Es ist die 39. Woche. Seit fünf Wochen wird es immer enger für das, was da kommt. Es tritt und kratzt. Bald wird Mechthild pressen müssen, bis das Amnion zerreißt. Und dann … muss es das erste Mal atmen. Die schwersten Atemzüge des ganzen Lebens.

Die Frauen, eine Hebemutter, zwei Nachbarinnen und die Böhmin mit ihren beiden Mädchen, haben begonnen, alle Fugen an Fenstern und Türen mit Lappen und Stroh zuzustopfen. Die Böhmin schürt ununterbrochen das Herdfeuer und legt Buchenholz nach. Die Frauen wissen, dass Kälte der Todfeind der Kreißenden ist. Diejenigen, die schon einige Kinder zur Welt gebracht haben, sehen besonders darauf, dass die Fugen so abgedichtet sind, dass bei der Niederkunft kein Dämon eindringen kann, um sich an der Frucht zu vergehen.

„Es ist soweit", ruft die Hebemutter.

Mit einer Kraft gleich zwei Scheffel Korn muss Mechthild den Kopf des Fötus gegen die Zervix drücken. Entschlossen, ermutigend redet die Hebamme auf sie ein, als sie feststellt, dass die Gebärende dabei ist, aufzugeben. Sie drückt ihr einen Roteisenstein in die Hand und flüstert:

„Pack ihn. Pack ihn fest."

Die Wehen kommen in immer kürzeren Abständen.

„Fass dich! Drück!", zischt die Hebamme die Gebärende an.

Es dauert. Schließlich bricht Mechthild in ein langes Stöhnen und Wimmern aus. Das Fruchtwasser tropft. Jetzt muss sie noch einmal die Kraft von zwei weiteren Scheffeln Korn drauflegen. Für vier Scheffel Korn scheinen Mechthilds Kräfte überfordert. Die Hebamme schreit sie an:

„Drück! Drück!"

Vorsichtig nähert sie sich mit ihren Schmalz-gesalbten Händen den schon sichtbaren Knochenplatten. Die Krönung naht. Wie helle Maulbeeren tritt der Kopf des Kindes aus der Vulva. Ausgereift. Fast wäre es zu guter Letzt hinausgefallen. Die Hebamme fasst das Kind kopfüber.

„Da, seht! Hat seine Flügel!", ruft die Hebamme lachend.

Das Kind schreit. Die Frauen eilen, die Wischtücher in der Hand, ans Lager, sehen sich Gesicht und Geschlecht an. Heiterkeit und eine laut:

„Kein Votz! Schön Minnedorn!"

Alle lachen. Die Hebamme hat das Kind zwischen die Beine der Mutter gelegt und bettet die Nachgeburt geschickt neben das Körperchen. Das Kind schreit weiter kräftig seine Ankunft hinaus. Ein letztes Mal drückt sie das Blut der Mutter zum Kind hin durch die Nabelschnur. Dann trennt sie mit dem Messer das immer noch schreiende Kind endgültig von seiner Mutter. Der Knabe wird von der Hebamme in ein Leinentuch gehüllt, das von der Böhmin mit einem Stück ungesalzener Butter und etwas Rosenöl eingerieben worden ist. Und abends zur Vesper wird man sich erinnern, dass bei seiner Ankunft das Glöckchen vom Dom *beata nobis gaudia* geschlagen hat. Neunte Stunde.

Inzwischen haben die übrigen Frauen auf dem Boden Stroh ausgebreitet, um die Ausscheidungen, das Erbrochene und das verschüttete Wasser aufzunehmen. Dann wischen sie den Ziegelbruchstein mit altem Sackleinen ab.

Mechthild hält die Lider und die Lippen geschlossen. Sie weint, ist vollkommen erschöpft. Als man ihr den Säugling gewaschen gibt, küsst sie ihn, flüstert, was keiner hört:

„Salomon, mein Söhnchen, mein Meeressternchen. Oh Herr, der du die Sonne entzündet hast, gib diesem Kind einen Schutzgeist. Schütz' ihn vor Bosheit, leeren Prahlern und falschen Richtern."

Der Vater wird dem Kind den Namen des kürzlich geborenen Markgrafensohns geben: Otto.

Die Schwerter der Todsünden

Hungrig lauert ein Habicht in der Krone einer großen Traubeneiche.

Leichter Schneefall in der vergangenen Nacht. Die schäbigen Höfe und krustig kahlen Äcker schimmern in diesem frühen Morgenlicht wie ein beschmutztes Chorhemd. Am Horizont der dunkle Saum der beklemmend großen Waldgebiete. Es dämmert. Die reiche Stadt Stendal erwacht.

Zwei geziegelte Türme ragen in die Höhe.

Der halbfertige Dom erhebt sich hundert Schritte vom Stadtbach entfernt in den Himmel. Das Langhaus fehlt ihm noch immer. Stattdessen sind Zeltplanen gespannt, die der Ostwind nicht ruhen lässt und fast jedes Jahr im Herbst oder Frühjahr zerreißt. Der Chor und das Westwerk mit dem unteren Glockengeschoss sind nach 22 Jahren Bauzeit im vergangenen Jahr von Magdeburger Bauleuten fertiggestellt worden.

Der mit Holzbohlen und Bruchstein gepflasterte Marktplatz liegt nur einhundert Schritte südwestlich. In der Mitte der Sod. Zwölf Fuß tief gegraben. Am Rand stehen vier Steinhäuser. Eins davon Rathaus mit Schandpfahl und Ketten zum Anbinden der Übeltäter. Südlich gelegen, das ziegelgemauerte Haus der Gewandschneidergilde. Mit 10 Fuß Abstand - eng sich stützend - Fachwerkbauten. Schmied, Böttcher, Fleischer, Schuhmacher. Dahinter, abseits, nahe der *Uchte*, dem Stadtbach, und den Nestern der Wanderratten: Lehmhütten mit Strohdach. Hier hausen Fassträger, Kalkmischer, Blutegelsammlerinnen, Kesselflicker. An der oberen Uchte, im alten Dorf, sieht man am Ausgang der Stadt Richtung Osterburg das Viertel der Juden mit Rabbi Meirs backsteingemauertem Bet- und Lehrhaus. Keuzgewölbter Keller mit Mikwe. Da schüren Schneider Oemes und Schuster Langer Mosche mit seiner

Frau Nichama am Vorabend vor Sabbat die Herdfeuer. Sie sind neu in der Stadt, zahlen stolze fünf Mark Silber für das Privileg, in der Stadt zu wohnen. Vor der Stadtmauer am Uehlinger Tor sieht man in der Ferne die Mühle. Da oben müssen die Unehrlichen leben. In der Mühle der Müller mit Frau und einer Tochter im heiratsfähigen Alter. In einer Kate nahe dem Galgen residiert der Henker und Abdecker mit Frau und drei Kindern.

Den Dom stiftete der Herr Markgraf Heinrich nach den Ermahnungen des Magdeburger Erzbischofs für sein Seelenheil. Kaum ein Jahr später starb er. Vor 23 Jahren. Seine Gebeine lagern seit dieser Zeit in einer Tumba aus gebrannten Ziegeln. Im vergangenen Jahr bettete man sie um in den Chor. Die Knochen liegen jetzt unter einer Steinplatte, in die das Brustbild des Grafen geritzt ist. Schwert in der Rechten und eine Fahnenlanze in der Linken. Nachzulesen sind die Ermahnungen in einer Chronik.

Der Skriptor übertrug an Michaelis 1193 seine Notizen von der Wachstafel mit Schreibfeder und Rußtinte in ordentlichem Latein auf die teure und fälschungssichere Schafhaut. Da steht: Herr Heinrich wird vom Herrn Erzbischof von Magdeburg ermahnt, seine Seele mit einem Dombau in Stendal vor dem Brennen im Feuer der Hölle und vor der ewigen Qual aller Schmerzen zu retten. Dies ist die Stunde der Beichte. Bekenntnis der jahrelangen Plünderungen, dem sodomistischen Verkehr mit dem Domkapitular Humberti, der Unzucht mit den Krötenküssern. Über eine Stunde, so der Schreiber, zählt der Herr Erzbischof ihm die Höllenqualen auf.

„… Gebläht ist Dein Leib wie ein Segel! Übler Gestank und Dunst steigt aus Deinen Eingeweiden. Du hängst jammernd ohne Zunge an einem Haken … "

Heinrichs Hemd ist von Angstschweiß und Tränen durchnässt. Der Herr Erzbischof hat ihm deutlich vor Augen geführt, wie er seine Missetaten sühnen kann: Mit einer großen Kirche.

„Mit dem Geld für eine große Kirche schaffst Du Dir einen ordentlichen Vorrat an Buße. Bau einen Dom in Stendal. Dann verfügst Du über ein gutes Rüstzeug am Gerichtstag."

Das ist weiß Gott nötig bei den Schwertern der sieben Todsünden, die in Heinrichs Gewissen stoßen. Besonders die Schwerter des Hochmuts, der Wolllust und des Zorns.

Liebe ist stark wie der Tod

Keine einhundert Schritte nördlich des fertiggestellten Domchors und unweit der Bauhütte der Werkmeister aus Magdeburg erhebt sich der Hof des Stadtrichters aus dem gefrorenen Schlamm. Ein solider Ständerbau mit Sockelmauern und Schwellbalken.

Eine stattliche Behausung für ihn, seine Frau Mechthild, das Kind Otto, einen Gerichtsknecht, eine böhmische Magd mit ihren beiden Kindern, Mädchen, neun und vierzehn Jahre alt, ein Ackergaul, ein Bulle, zwei Kühe, davon eine trächtig. Die Böhmin hat gestern die Gebärmutter rektal betastet und verkündet:

„… Wird noch vor Ostern kalben."

Ist es der Tag der Jungfrau und Märtyrerin Apollonia oder das Fest der Beschneidung des Herrn? Zwei junge Chorherren, zuständig für das Läuten der neuen Glocke, sind auf dem Weg in die Messe. Unschlüssig wegen des Tages streiten sie darüber, ob der Erlöser mit oder ohne Vorhaut gen Himmel gefahren ist und ob wirklich eine unsichtbare Hand die Jungfrau Apollonia in die lodernden Flammen des Scheiterhaufens gehoben hat. Natürlich fuhr der Herr ohne Vorhaut in den Himmel. Er ist seit dem achten Tag nach seiner Geburt beschnitten, und nein, die Jungfrau Apollonia wurde nicht verbrannt, sondern enthauptet, in Persien. Einen ihrer Zähne verehrt das Volk von

Neapel immer am 9. Februar mit Prozession und Messe in San Domenico Maggiore.

Das Kind Otto schläft in einer Wiege bei der Böhmin und den Mädchen unweit der trächtigen Kuh und der Feuerstelle. Die Eheleute besitzen seit einem halben Jahr ein neues Bettgestell im Obergeschoss des Burgmannhofs. Alle genießen die Wärme.

Mechthild liegt wach.

Ein Feuer? Ja, ein Feuer! Das könnte sie erlösen, von allem befreien, jetzt, nachdem sie diesem Kind eine Wohnstatt gewesen ist. Endlich von diesem traurigen Dasein erlösen. *Kyrie, eleison!* ... Zwei Jahre geht das jetzt schon so. Ist denn kein Ende in Sicht?

Mechthild träumt in der Nacht wieder von bedrohlich schwankenden hohen Gräsern und Fluten aus bläulichen Frühlingsblumen in den Aue-Niederungen. Erhellt wird der Traum von den Wellen des großen, uferlos scheinenden Flusses.

„Der Fluss mündet im Weltstrom, der die Erde umfließt und von dem aus kein Land zu sehen ist, bis die Seefahrer bei gutem Wind nach drei Nächten und vier Tagen die Insel des Heiligen Brandon als schmales Band vor sich sehen. Dann wird die Insel immer größer und größer, je näher sie ihr kommen, und sie sehen die Mauern einer Stadt. Sie heißt *Corke*. Dort ankern sie."

Gesehen hat sie den Weltstrom noch nie. Erzählt hat ihr die Geschichte vom Heiligen Brandon ihr Vater, ein angesehener Elbfischer. Da war sie sieben oder acht Jahre alt. Sie hat die vielen Wunder, die der Heilige Brandon auf seinen Meeresreisen erlebte, im Gedächtnis behalten, ja, sogar den Namen des Fischers Jasconius, der so groß war, dass die Schiffsleute ihn für eine Insel hielten. Mechthild erzählt die Geschichte des Brandon ihrem Söhnchen, bis er einschläft. Der Heilige habe ein kostbares Buch gefunden, es aber verbrannt. Da sei ihm ein Engel erschienen, der ihn aufgefordert habe, eine lange Reise anzutreten, um all' die

Wunder selbst zu erleben, die in dem Buch aufgezeichnet gewesen seien. Brandon habe also in See stechen und auf seiner gefahrvollen Reise Abenteuer um Abenteuer mit Drachen, Frost, Hunger, Durst, Sturm, Finsternis, Schiffbruch, gestohlenen Seelen, Feuervögeln und vielem anderen Bedrohlichen überstehen müssen. Das sei nur aufgrund göttlicher Wunder möglich gewesen. Ein Engel habe Brandon aufgefordert, die erlebten Abenteuer in einem Buch aufzuschreiben, das er vor seinem Tod beenden müsse. Bevor Brandon starb, habe er das fertig geschriebene Buch auf einen Marienaltar getragen.

Jeden Abend saugt das Kind Otto mit weit aufgerissenen Augen die Laute seiner Mutter ein. Die weint manchmal, wenn sie dem Buben vom Weltstrom erzählt. Was ist los mit Mechthild? Warum muss sie abends am Bett des Kindes weinen, wenn sie ihm von der Geschichte des Brandon erzählt? Und warum flüstert sie oft den Namen *Salomon*?

Mechthild ist fünf, als ihre Mutter stirbt. Sie hat eine ältere Schwester, die dem Vater den Haushalt führt. Als Mechthild zehn geworden ist, kommt eine neue Frau ins Haus. Eine Witwe mit Sohn, einem Vogelfänger, der Mechthild nachstellt. Eine Nonne der Benediktinerinnen am Arendsee, Base des Vaters, holt sie als Laienschwester aus dem Haus des Elbfischers ins Kloster. Dort hilft Mechthild beim Schmelzen von Bienenwachs. Bienenwachskerzen sind ein Luxusgut und für das Kloster ein einträgliches Geschäft. Die Nonne, die Mechthild ins Kloster geholt hat, lebt seit dem siebten Lebensjahr in dem geistlichen Haus am See. Sie kann etwas Latein und übersetzt dem Mädchen Oster- und Pfingstlieder, übt mit ihr sogar ein Klagelied über Liebeserfüllung, das Mechthild auswendig lernt und nie vergisst: *Oh Heiliger Geist, zerreiß die finstere Nacht. Komm! Erhelle mein Herz, Tröster in der Not. Schenke mir Ruhe in der Unrast, spende mir Trost in meinem Leid.*
Dann wird sie Sechzehn, verlässt das Kloster, hilft dem

Vater beim Verkauf von Lachs, Forelle, Wels und Karpfen. Manchmal ist sogar ein sibirischer Stör im Netz. So oft sie kann, verlässt sie das Haus und streift durch die Flussauen. Sie wünscht sich beim Blick auf die Wellen des Stroms einen treuen Ritter als Mann. Ein schönes Schiff soll er ihr bauen und mit Schwert und Zither soll er ihr dienen, sie beschützen. Mit Achtzehn ehelicht sie auf Vermittlung der Nonne vom Arendsee einen Bauernrichter aus Ziegenhagen. Ziegenhagen, ein Flecken zwischen Stendal und Osterburg, wo Graf Albert, lese- und schreibunkundiger Panzerreiter beim Markgrafen Albrecht und Lehnsherr des Bauernrichters, auf einer mickrigen Burg haust.

Mit Fünfundzwanzig liegen zwei Totgeburten hinter Mechthild. Da lebt sie schon mit ihrem Mann, der inzwischen Stadtrichter in Stendal geworden ist, auf dem Burgmannshof an der Uchte. Man spricht über sie. Nicht nur im Schadewachten-Viertel. Zwei Totgeburten? Was haust in der? Ein Dämon, der sie von innen verzehrt. Seht nur! Die wird immer dünner. Warum kann die nicht gebären? Die liebt Sturm und Unwetter! Die ist *tœrisch*, verrückt. Sieht man sie nicht nachts mit einer Leuchte mit furchtsamen Schritten zum Strom eilen? Ja, sie trifft am Fluss den Teufel, mit dem sie sich vermählt. Teufelspakt! Wie *grüsenlisch*, grauenvoll! Wenn die nicht die Frau des Stadtrichters wäre. ... Ja, auf den Scheiterhaufen gehört die!

Probst Elias hat eine andere Antwort parat: In sie sei *Acedia*, die Trägheit, nein, *Melancholia*, das übelste aller Temperamente eingedrungen.

Elias bläut ihr ein:"... eine schwere Sünde!"

Mechthild ist untröstlich, sitzt antriebslos am Feuer. Und sie denkt daran, dass das Feuer sie erlösen könnte. Verbrennen. Sie weint viel. Keiner weiß warum. Sie selbst auch nicht. Die Böhmin und ihre Töchter machen die ganze Hausarbeit, beklagen sich aber nicht.

Die Böhmin weiß von ihrem Vater, dass ein Felsturm Kraft und Heil verspricht. So einen kennt sie. Führt Mechthild zu dem „heiligen Wunderstein" im Tannenwald, wie sie ihr sagt. Als sie dort sind, deutet sie Bilder auf den Steinen.

„Seht Ihr die Schafe und den barmherzigen Heiland?"

Mechthild spricht die auswendig gelernten Zeilen des Klagelieds an den Heiligen Geist. Das wiederholt sie an der alten Eiche, die selbst vier Arme kaum umfassen können. Sie betet, dass sie heile, vom Leid der Unfruchtbarkeit befreit werde.

Als in Tangermünde der jährliche Kornmarkt stattfindet, gehen die beiden Frauen zu einer Mondwahrsagerin. Der Mond, so die Wahrsagerin, beeinflusse die Gefäße, spende ihnen Blut und Wärme. In der Nachtzeit, wenn das Firmament erstrahle, mache er Zeichen, die man im Wasser lesen könne. In schlaflosen Vollmondnächten verlässt Mechthild das Haus. Zwei Stunden Fußweg bis zur Elbe. Der Mond flimmert im Wasser. Aber sie kann seine Schrift nicht lesen. Sie setzt sich ans Ufer des großen Flusses und wartet. Sie sucht in den Spiegelungen von Mond und Sternen nach der *Himmelsschrift*, die sie hofft, lesen zu können, wie sie der Böhmin sagt. Die fragt, wer da denn schreibe? Mechthild zuckt mit den Schultern. Bleibt ihr Geheimnis:

„Ihr Liebesgeister, bebt ihr unterm Wasser? Ich hör' leises Flüstern heut' Nacht!"

Das alles ist ketzerisch. Die Kraft des Mondes kann nur Gott besitzen. Keiner erfährt etwas von den nächtlichen Sitzungen am Fluss. Die Böhmin kann schweigen.

Die Wahrsagerin sagt, dass die Lesenden den Planeten *pupilla* nennen würden. Der Mond gleiche einem verwaisten Mädchen. Er bringe auch die Überschwemmungen hervor.

Dass das Wasser viele Kräfte besitzt, weiß Mechthild seit ihrer Kindheit; auch dass der Mensch aus dem Wasser seine Lebenskraft bezieht. Sie ist seit dem Besuch bei der Wahrsagerin noch mehr bezaubert vom Mond, dem verwaisten Mädchen. An Überschwemmungsfluten findet sie Gefallen, sie erhitzen ihr Blut. Die Fluten rufen bei ihr Feuchtigkeit zwischen den Schenkeln hervor und Lust auf einen erigierten Minnedorn.

Wenn Mechthild mit ihrem Mann auf dem großen Eichenstamm in ihrem Garten vor dem Tangermünder Tor sitzt, fragte sie ihn:

„Wo endet das große Wasser?"

Der Richter bleibt stumm. Die friedliche Stimmung zwischen ihnen weicht einer beklemmenden Enttäuschung. Sie ist sich nicht sicher, ob er es weiß, ihr nur nicht sagen will, wie es sich verhält, oder ob er es nicht weiß, es ihr also nicht sagen kann. Weil er es nicht weiß, fürchtet er, dass sie das nächstbeste größere Schiff nimmt, das die Elbe abwärts fährt, um ihre Neugier zu befriedigen.

Regelmäßig im Frühjahr schwillt die Elbe zu einem reißenden Strom an, der die Auenwälder überflutet, Hütten, Menschen und Tiere mit sich reißt. Mechthild betrachtet mit verzücktem Lächeln den alles mit sich reißenden Strom. So, als offenbare dieser Fluss in seinem ungestümen Walten ihr etwas ganz Geheimnisvolles. Sieht der Stadtrichter das und denkt an all die Schäden, die der Gemeinde wieder entstehen, hält es den Mann nicht mehr zurück. Aufgebracht, doch anscheinend völlig ratlos, steht er im Wasser vor der Frau, die ihn von einem Sandhügel aus verwundert ansieht. Er brüllt sie gegen den Sturm ankämpfend mit Stellen aus dem ersten Buch Moses an:

„… Der Herr setzte den Menschen in den Garten Eden, damit er ihn bebaue und bewahre. … Ich mühe mich rechtens darum! … Und Du? … Gebierst keinen Sohn. … Wirst nicht Mutter! … Stehst hier nur rum. … Verehrst den heidnischen Strom, statt zu beten, … um Gottes Beistand zu bitten."

Er schreit, so laut er kann. Das ist - da kann er sicher sein - zu wenig für diese Frau. Insbesondere angesichts des reißenden Stroms. Jahr um Jahr wiederholt sich das. Mit Schlamm bis zu den Knien bedeckt steht er also rufend da herum. Völlig unwirksam droht er mit einer Handbewegung der schlanken Frau, die von dem Sandhügel den

Stromschnellen nachsieht und dem Wind kaum standhalten kann. Sie hängt mit ihrem ganzen Herzen an dem Fluss. Ihm verzeiht sie alles, so wie ein Mädchen ihrem Geliebten.

Der kommt im Hochsommer 1214 mit einem Schiff aus Lübeck. Aber wie das bei der Liebe so ist, weiß keiner von beiden, dass es sie trifft. Sie sitzt ihm am Ufer der Elbe in Tangermünde gegenüber und vergisst die Zeit, die sie brauchen wird, um nach Hause zu gehen. Der große Fluss münde im *Oceanus*, so heiße das große Wasser, auf dem Schiffe fahren würden, die drei Mal größer seien als das seine. Der Seemann beschreibt ihr die Kogge mit Mast und Rahsegel, mit Steuerruder und erklärt ihr den Kompass und was ein Leuchtfeuer ist. Sie kann ihre Augen nicht von dem Seemann lösen, wenn er von den Häfen spricht, die einen Kai und Kräne besitzen.

Einiges von dem, was der Seemann erzählt, weiß sie ja schon. Aber dann traut sie sich doch, ihn zu fragen, ob dort am *Oceanus* die Meeressterne glühen würden? Ja, die würden dort glühen, sagt er.

Sie: „Die Meeressterne überm *Oceanus*! Da will ich hin!"

Oceanus! Oh! Wie sie dieses Wort liebt! Die Sonne legt ein letztes Licht auf das Elbland. Die Vögel führen ihre abendlichen Gespräche. Es wird dunkel. Der Mond spiegelt sich im Wasser. Der Seemann lädt sie ein, auf sein Schiff zu kommen. Erklärt ihr Nautisches und gibt ihr weißes Brot zu essen. Unterm Segel des Schiffs nimmt er sie in die Arme. Sie schmiegt sich an ihn. Dann erliegt sie seiner Minne.

„Und wo endet der *Oceanus*?"

Mit Zärtlichkeit spricht sie das neu gelernte Wort aus.

„Im Herzen", flüstert der Seemann mit den tiefbraunen Augen ihr ins Ohr, als er sie *im Fleisch erkennt.*

Auf dem Nachtlager zeichnet Salomon, so heißt der Seemann, die Meeressterne mit einem Finger auf ihren Leib.

„Mein Herz glüht für dich!"

Als Mechthild am nächsten Morgen zum Ufer bei Tangermünde kommt, wo das Schiff am Abend noch vor Anker gelegen hat, sind die Taue längst gelöst. Das Schiff ist bereits unterwegs Richtung Nordmeer.

Sie steht noch müde, nach nur vier Stunden Schlaf, zu dieser frühen Morgenstunde im sich lichtenden Nebel am großen Fluss und betet Wörter, die sich wie von selbst durch eine Erregung ihrer Gefühle in ihr bilden:

„Du bist mein. Ich bin Dein. Du bist beschlossen in meinem Herzen. Du wirst immer darin bleiben."

Muss man das Glück eine Wolke nennen, die vorübergleitet?

Als sie den Fluss verlässt, weint sie und fühlt sich wie ein Dornbusch, der trotz des Feuers nicht brennen kann.

Im Jahr darauf ist scheinbar alles gerichtet. Sollte sie nicht glücklich sein, diesen Sohn geboren zu haben? Sie flüstert ihm in sein Öhrchen:

„… Oh Salomon, mein Meeressternchen. Immer diese Angst im Herzen, diese eiternde, faule Wunde, wie ein Unheil, Tag und Nacht. Kein Mitleid für mich! Oh Königin der Barmherzigkeit, warum werde ich nicht von dieser Bosheit in Ruhe gelassen? Oh, dieses schöne Kind! Es hat seine Augen!"

Über dem Taufbecken im Chor von Sankt Nikolai erhält das Kind seine *Infusion*. Kein Laut von ihm, als das Weihwasser über sein Köpfchen fließt.

Im Sommer 1217 ist sie Achtundzwanzig und sitzt häufig mit schwerem Gemüt am Feuer. Ihr Mann, Samenspender der Todgeburten, verrichtet als Stadtrichter, Vasall dreier Herren, die kleine Gerichtsbarkeit in der Handelsstadt Stendal.

Das Kind Otto, der Bastard, hat am Fest Mariä Himmelfahrt zwei Mal die Ostergrenze überschritten. Er ist jetzt, am Fest des Heiligen Bartholomäus, 18 Monate alt. Mechthild schleppt sich an diesem Tag mit ihm trotz großer Hitze zur Eiche auf dem Mühlberg. Häufiger muss sie stehen bleiben.

„… Mein Herz klemmt", sagt sie dem Kind, das sie staunend ansieht.

Sie lutscht nur noch Honig und singt heiser das alte Klagelied: *Oh Heiliger Geist, zerreiß die finstere Nacht. Komm! Erhelle mein Herz, Tröster in der Not. Schenke mir Ruhe in der Unrast, spende mir Trost in meinem Leid.*

Mechthild lehnt sich an die große Traubeneiche, nimmt das *Meeressternchen* auf ihren Schoß und fragt das Kind, ob es die Feen sehe. Sie flüstert in sein Ohr:

„… Ich seh' die Mondgöttin mit ihrem Gefolge durch die Luft fliegen."

Ihr Sohn brabbelt und beginnt zu weinen. Sie lächelt das hungrige Kind an.

„… Wir müssen wach bleiben. … Hilfst Du mir, das Festmahl vorzubereiten? … Wir dürfen die Löffel nicht vergessen!"

Aus einem Beutel nimmt sie gekochtes Wurzelgemüse, das sie Stück für Stück breiig zerkaut und dem Kind in kleinen Klumpen in den Mund schiebt. Sie schläft ein, das Kind hockt neben ihr und biegt ein Weidenstöckchen zu einem Bogen. So findet die Böhmin sie, nimmt das Kind, läuft zum Burgmannshof und drängt ihre Töchter, mit dem Söhnchen Holzkreisel zu spielen. Sie eilt zurück zur Traubeneiche. Schweigend trägt sie den dürren Körper Mechthilds zurück. Auf dem Ziegelboden vor dem Kamin hat die älteste Tochter bereits ein Schaffell ausgebreitet. Mechthild stirbt noch vor dem mittäglichen Angelusläuten in den Armen der Böhmin.

Magister Elias drückt vor Beginn der Totenmesse seine Hand auf die Schulter des Stadtrichters, sagt sichtlich angewidert:

„Jammervolles Spiel! Unbeständig, dieses ganze Irdische. … Bald ist das Obere unten und bald das Untere oben …"

Der Stadtrichter blickt ihn fragend an und nickt dann abwesend. Sie stehen unter dem kreuzgewölbten, karmesinrot leuchtenden Backstein des vor dem Wintereinbruch fertiggestellten Westwerks von Sankt Nikolai. Neigen den Kopf vor den eintreffenden Trauergästen. Allein die Böhmin schluchzt laut.

Von der schlichten Holzkanzel, die am zweiten vorderen, der auf fünf Pfeiler geplanten dreischiffigen Kirche angebracht ist, leiert Elias das *memento mori* in dem mit Zeltplanen bedeckten Langhaus herunter. Wie immer sei auch diesmal nichts zu ändern am Lauf des Schicksals, das in den Händen Gottes liege. Der Tod sei ein Gleichmacher und so werde Mechthilds Seele ihren Weg mit Hilfe der Engel und der *Zauberpferde* zu Gott finden. Einige vor sich hin Dösende blicken plötzlich auf. Keiner hat bisher von diesen Zauberpferden gehört. Unbeirrt von der plötzlichen Aufmerksamkeit stöhnt Elias:

„Ihr liebt die Gebrechlichkeit der Welt!"

Stöhnt so laut, als mühe er sich mit einem Sack Mehl ab. Dann schweigt er, sieht missmutig in die vor ihm stehende Trauergemeinde, schnieft, hustet, droht mit einem sich langsam hebenden Arm:

„... Dabei ist euch nur eine kurze Frist auf Erden gewährt. ..."

Manche starren betroffen zu Boden. Wenige heben den Blick hoch zum Zeltdach.

„... Kaum dass ihr aufgestanden seid, sinkt schon das Haupt herab. Faltet die Hände und betet!"

Der Leichnam Mechthilds, den der Stadtrichter in ihr Hochzeitskleid hat wickeln lassen, ist von den Kirchendienern in dem aus Buchenbrettern gezimmerten offenen Sarg vor dem Altar abgestellt worden. Das Haupt der Toten, von der Böhmin mit einem Blumenkranz geschmückt, haben die Kirchendiener nach Osten und das Gesicht zum Himmel hin ausgerichtet und die Hände, betend, über die Brust des Leichnams gezerrt. Er wird in der Kiste, in der er liegt, nach der Messe an der Nordseite des Doms, da, wo Mechthilds Eltern begraben sind, in die Erde gelassen.

Brüste, süßer als Wein

Sprachlos, trockener Mund, Tränen. Was die Böhmin dem Richter jetzt sagt, ist die Prophezeiung der Mondwahrsagerin. Mechthild werde einen Wolf gebären, der in seiner Kehle ein Feuer halte. Er sei wild. Ein Wolf in einem Schafsfell, der das Schwert führen könne wie kein Zweiter.

Dem Stadtrichter ist nicht entgangen, dass Mechthild - er glaubt aufgrund von Einflüsterungen der Böhmin - häufig zu der alten Traubeneiche auf den Mühlberg gepilgert ist - und vor mehr als zwei Jahren des Nachts zur Elbe. Einmal folgt er ihr in einer Vollmondnacht. Hockt versteckt hinter einem Gebüsch und beobachtet seine Frau, die am Fluss steht, in den Himmel starrt und mit sich selbst zu sprechen scheint. Da ist doch niemand, oder?

Er stellt die böhmische Magd zur Rede, die bekennt, „dass Frau Mechthild da am Fluss Fürbitten an die Meeressterne gerichtet hat. ... An Mariä Himmelfahrt waren wir bei der Mondwahrsagerin. Die hat ihr versichert, dass sie einen Sohn gebären wird, der ein hoher Herr werden wird."

Auf die Frage des Stadtrichters, warum sie denn zu dieser Ketzerin gegangen seien, antwortet die Böhmin störrisch und frech:

„… Hat doch geholfen, oder? Ist ein Sohn geworden, schön und gesund. ... Ihr wisst doch, dass der Samen aus den Lenden eines starken Seemanns stammt."

Sein Griff um den Stock, den er in der Rechten hält, wird fester. Aber er lässt sie reden. Natürlich weiß er das schon lange. Mechthild ist ihm damals nur noch mit gesenktem Kopf begegnet. Er hat sie nicht geschlagen, aber die Lippen schmollend vorgeschoben, und einmal hat er sie angestarrt und beschimpft:

„Hurenweib, die Hölle wartet auf Dich!"

Es gibt keine Verwandten, die das Kind aufnehmen wollen oder können. Warum wird nicht die Böhmin, die selbst zwei Mädchen hat, seine Nähr-Amme? Das fragen sich die Leute. Aber der Stadtrichter schweigt. Er will seinen Sohn nicht dieser Frau überlassen, die diesen schädlichen *magicus* betreibt und außerdem, ... sie ist staufisch gesinnt! Bezweifelt die Jungfrauengeburt, wie der neue Kaiser in Palermo. Der Stadtrichter hat es deutlich gesehen und gehört, als sie mit leuchtenden Augen ihren eigenen Kindern erzählt hat, der Herr Kaiser Friedrich nenne die Kirche eine Hure. Die Böhmin liebt diesen Kaiser seit ihrer Kindheit. Ihr Vater, ein Schäfer auf den östlich von Leitmeritz in Böhmen gelegenen Hügeln, hatte ihr erzählt, dass der zukünftige Kaiser Schäferkleider trage. Das ist ihr Grund genug, ihn anzubeten wie den lieben Gott.

Mechthild war die jüngere von zwei Mädchen des verwitweten Elbfischers. Die Mutter starb, schwanger mit dem dritten Kind. Ihre Schwester ging mit einem Händler nach Nowgorod.

Der Richter hat eine dreizehn Jahre ältere Schwester, die seit ihrem siebten Lebensjahr als Nonne im Benediktinerinnenkloster Sankt Marien am Arendsee lebt. Also, wohin anders als dorthin soll er das *Unflatskind* geben, das zwar rechtlich von ihm als Sohn anerkannt ist, aber untilgbar den Makel der Ehrlosigkeit trägt. Die Äbtissin der Nonnen war 1209 nicht ganz uneigennützig eine machtvolle Fürsprecherin des Bruders für die Übertragung des Stadtrichteramts durch Markgraf Albrecht und Graf Albert von Osterburg an ihn gewesen. Sie kennt und schätzt den Dienstmann seit zehn Jahren. Und nun erwacht plötzlich in ihr, nachdem sie von den neuen Umständen in dessen Familie durch das schwesterliche Geplapper erfahren hat, ein heftiges Verlangen. Die Böhmin, so erzählt die Schwester des Stadtrichters der Äbtissin, soll das Kind nicht säugen wegen der Gefahr, „dass ein Dämon eindringt". Ihre eigenen Drüsen, bekennt sie der Äbtissin, seien verwelkt. Dieses Bekenntnis lässt das Herz der Äbtissin schneller schlagen und führt bei ihr zu einer schamlosen Erregung. Aber mit frommen Gründen, die sie in den Heiligenlegenden findet, erleichtert sie ihr Gewissen. Zudem besänftigt sie sich mit Texten der Marienverehrung. An einem dieser Tage der Gewissenserforschung steht sie lächelnd am Seeufer. Lichthungrige Seerosen glitzern verschwenderisch in der Frühjahrssonne. Die noch junge Äbtissin, Lehnsherrin, lässt über die Tante dem Vater ausrichten, dass sie das Kind im Kloster beherbergen will. Und nicht nur das. Sie wisse vom Mangel an einer Amme, die das Kind noch brauche. Dem werde im Kloster am Arendsee abgeholfen:

„Und sagt ihm, dass der Junge eine Erziehung erhält, die aus ihm ein wertvolles Werkzeug Gottes macht."

„Sie wird es selbst säugen", sagt die Nonne ihrem Bruder nach der Totenmesse für die verstorbene Schwägerin. Dem verschlägt das zunächst den Atem. Wenig später jedoch gesteht er ihr, ein schicksalhaftes Glück sei in sein Leben getreten, schwört ihr, eine Pilgerreise nach Michelsberg zu machen.

Die Brüste der jungfräulichen Äbtissin sind nicht zu fett und nicht zu hart, die Warzen gut gebildet. Sie stimuliert täglich mehrfach ihre Brustwarzen, seit sie den Entschluss beim Blick auf die Seerosen gefasst hat. Als ihre Brüste bereit für die Laktation sind, fehlt nur noch der saugende Knabe. Allerdings fragt sie sich, wie sie es *mit ihm* machen soll. Als die Gäste aus Stendal auf dem Klosterhof eintreffen, nimmt sie die böhmische Dienstmagd beiseite, verlangt, dass sie es ihr zeigt, „ohne dass Deine Brust seine Lippen berührt".

Die Schmerzen beim Saugen des Kindes erträgt sie. Sie kennt Schmerz in der Brust. Eine Narbe an ihrer linken Brust kündet davon. Aufgewühlt von einem Reißen im Herzen über die Passion Jesu, griff sie in der Nacht zu einem Karfreitag nach einem Messer und ritzte sich damit in die Brust, die dem Herzen nahe ist. Da war sie noch ein Mädchen, die Brüste kaum entwickelt. Drückte danach ein kleines hölzernes Kreuz in die Wunde. Sollte ein Siegel, ein Versprechen ewiger Treue sein. Das Kreuz hängt in ihrer Klause.

Drei Tage braucht sie mit dem schreienden Kind auf dem Schoß. Dann hat sie es raus. Die Milch fließt gleichmäßig beim Saugen. Alle vier Stunden öffnet sie nun den Habit, schlägt ihr weißes Brusttuch zur Seite nimmt das Kind in den Arm, anfangs ungeschickt dann immer geschickter. Der Kindermund umschließt fordernd die Nippel. Er saugt sich satt. Wonnesaugen. Sie ist stolz, ja ungemein glücklich. Ihr Stolz verliert zeitweilig jedwede selbstsüchtige Wirkung.

Streng gebietet sie im Kloster Verschwiegenheit. Der Bischof und der vorgesetzte Hildesheimer Abt dürfen das nicht erfahren. Zwecklos. Aber, ein Wunder; sie hört von diesen Herren nichts.

Die Nonnen sind über den Neuankömmling außer sich vor Freude, nicht zu bändigen. Schließlich erlaubt der Stolz der Amme ihnen sogar, den Säugling zu berühren. Streicheln seine kleinen Handflächen, strahlen und schnalzen Laute, die bislang nicht über ihre Lippen kamen, wenn er ihre Finger fest umschließt. Das Adoptivkind bekommt ein Bett neben dem der Äbtissin – aber nur bis Sankt Stephan, sagt sie. Bis dahin will sie es abgestillt haben. Warm verpackt schläft es lange, gähnt, niest, hustet und begutachtet die Welt. Plappert *Mama* und weint.

Warum ich die Welt liebe

Meine Heimat? Das besagte Haus *Am Silberberg* in dem ost-belgischen Kaff Sankt Vith. Dort besuchte ich das katholische *Institut Sankt Maria Goretti,* eine Grundschule der deutschsprachigen Gemeinschaft. Nach dem 6. Schuljahr wechselte ich auf Wunsch meiner Mutter ans *Athénée Royal Ardenne-Hautes Fagnes* nach Malmedy. Sechs Jahre mit dem TEC-Bus 395 um 7:07 Uhr hin und zurück in Sankt Vith, Rue de Vielsalm um 17:19 Uhr. Ein Kreuz? Nein, mir gefiel's! Zeit für's Nachdenken über z.B.: Sollte ich den Tanzkurs besuchen? Sollte ich am Wettküssen teilnehmen?

Für die Hybris erwies sich der Betstuhl vor der Holz-skulptur des jungen Giovanni Bosco in der Kirche Saint Paul als überaus hilfreich. Hier erhielt ich meine Aufträge für den Einsatz als Märtyrer. Hier konnte ich schwelgen in der Seligkeit des Transzendenten. Gottespalaver.

Die rechte Wange würde ich hinhalten, wenn ich auf die linke geschlagen werde, verkündete ich in einer Schulpause einigen meiner Klassenkameraden. Die schauten mitleidig. Himmelmann setzte die Aufforderung in die Tat um. Er schlug mir zuerst rechts, dann links ins Gesicht. Einige lachten. Das war Magie: Ich fühlte mich erkannt in meinem *Martyrium.* Selbstauferlegte Bußübung? Wer waren die Einflüsterer, die sich hinter der Bewusstseinswand verborgen hielten? Suchten sie einen Helden? Für welches Gefecht? Angriffe auf Leib und Seele forderte ich in meiner Über-spanntheit nachgerade heraus:

„Meine Seele kämpft darum, sich weder durch Lust noch Schmerz vom Richtigen abbringen zu lassen. Im irdischen Vergnügen kann doch keine Glückseligkeit liegen."

Eine mir wohlgesonnene Klassenkameradin, die sich das

anhören musste, meinte es einfach gut mit mir:

„… Sei doch nicht so überheblich! Du bist doch sonst ganz nett!"

Wie dem auch sei. Offensichtlich erbrachte ich die besten Leistungen allenfalls als Messdiener in der Frühmesse. Aus Mangel an einem Modell fürs richtige Leben suchte ich dann doch in Abweichung vom angenommenen Richtigen nach Glück in den Körperdingen.

Mit Margareta sprach ich das erste Mal im Schulbus nach Malmedy. Sie ging bereits in die Abschlussklasse und trug unmoderne lange Wollröcke. Zuerst küssten wir uns auf dem Sportplatz des Athletic Clubs. Der Wollrock hemmte mich beim Fummeln. Ich wusste, dass jeder ungeschützte Geschlechtsverkehr ein genetisches Wagnis darstellt. Meine fortgepflanzten Einflüsse auf die Nachkommenschaft malte ich mir in den schaurigsten Bildern aus. Welche Monster würde ich zeugen! Aber die Triebkräfte waren da und stellten mich vor enorme Herausforderungen.

Auf dem ersten Spaziergang im Hohen Venn, das von vielen Wassertümpeln durchzogen ist, kam es dann doch zu mehr körperlicher Nähe, die sofort von blutsaugenden Stechmückenweibchen genutzt wurde. Begierig flogen sie unsere entblößten Unterleiber an, sodass sie einen Geschlechtsverkehr verhinderten, den wir bar jeder Vernunft ungeschützt vollzogen hätten. Die Tierwelt des Moores vermochte es also, uns vor den triebhaften Strebungen auf unkomplizierte Weise zu schützen.

Evelyn? Auch in sie war ich nicht verliebt. Ihre beiden Tanten, mit denen sie am Stadtrand von Sankt Vith in einem sehr gepflegten, perfekten Einfamilienhaus zusammenlebte, waren mit meiner Mutter befreundet. Evelyn besaß ein breites Becken und hatte das Bischöfliche Institut in Büllingen besucht. Sie stand vor dem Abschluss ihrer kaufmännischen Ausbildung beim Stahl- und Apparatebau Lamoline in Waimes. Angefangen hatte es mit dem Durchblättern der Illustrierten. Sonntags nach der Messe ging ich zu Evelyn, die vier Jahre älter war als ich. Abgesondert, ungestört setzten wir uns im Wohnzimmer der Tanten auf das türkisfarbene Sofa und blätterten in Illustrierten. In gegenseitigem Einvernehmen blieben wir auf den Seiten mit Schauspielerinnen und Models hängen - Pamela Anderson, Elisabeth Hurley, Bo Derek - und begutachteten den tiefen Ausschnitt der Blusen, die den Busen nur knapp versteckten. Irgendwann blätterte Evelyn die Magazine nur noch auf der Suche nach knapp bekleideten Frauen durch. Wann ich das erste Mal von ihr aufgefordert wurde, in ihre Bluse und den Büstenhalter zu greifen, die gepuderten großen Brüste mit den steifen Nippeln zu streicheln, ist mir entfallen. Ich erinnere mich nur daran, dass ab diesem ersten Mal bei allen Sonntagsbesuchen nach der Messe die Berührungen stattfanden und ich schließlich an einem Sonntagmittag, von ihr dazu aufgefordert, mit einer Hand in ihrem Höschen landete, dort Schamlippen und Klitoris betastete und zwei Finger in ihre feuchte Vagina schob. Ich tat etwas, vor dem ich erschrak und mich ein wenig ekelte. Mein Ständer schmerzte. Es dauerte noch einige Zeit, bis sie meinen Schwanz das erste Mal in meiner Hose in die Hand nahm. Mehr tat sie nicht.

Die Zerknirschung über die Verfehlungen, die *Fleischeslust*, quälten mein Gewissen bis Sonnabendnachmittag. Im Beichtstuhl dann die Sündenbekenntnisse. Verstöße gegen das sechste Gebot. Und endlich die Absolution: *Ego te absolvo a peccatis tuis in nomine Patris et Filii et Spiritus Sancti, Amen* und die Segnung des Priesters, der nach Rasierwasser und Kaffee roch. Die Bedingung für die Vergebung der begangenen Unkeuschheit bestand in einer umfangreichen Bußleistung: Fünf *Vaterunser* und acht *Gegrüßet seist du, Maria* auf dem Betstuhl vor der Holzskulptur des Giovanni Melchiorre Bosco. Beim Verlassen der Kirche schlug ich ein Kreuz und war erleichtert - bis zur nächsten Sünde, die zwangsläufig am Sonntag folgte.

Nach einer mittelmäßigen Schulzeit am Königlichen Athenäum in Malmedy überließ mich meine Mutter, die in der Postverwaltung Vielsalm arbeitete, einem Händler in Bütgenbach als Kaufmannsgehilfe im Kunsthandelsgeschäft. In Troisvierges richteten wir bei der Banque Générale du Luxembourg ein Bankkonto für mich ein. Da ich als noch Siebzehnjähriger nicht alle Bankgeschäfte selbst erledigen durfte, fungierte meine Mutter als *Treuhänderin*. Sie unterschrieb ungefragt alles, was ich ihr vorlegte. Bereits nach einem halben Jahr festigte sich die Verbindung zwischen dem Händler und meiner Mutter. Mich selbst erstaunte, wie schnell ich in dem ersten halben Jahr die Buchhaltung des Geschäfts in den Griff bekam. Der Kunsthändler bekundete: „Je ne comprends rien", was dazu führe, dass er oft „a roulé dans la farine" ins Mehl gerollt werde, was so viel hieß, wie, dass Kunden sich auf seine Kosten einen Vorteil verschafften. Ich bot ihm frecherweise an, bei Verhandlungen und in der Buchhaltung behilflich zu sein - *être à ses côtes*.

Mit Mondschein-Abrechnungen umschiffte ich gefährliche Risiken beim Buchen auf die Bestands- und Erfolgskonten. Allerdings: Die Gewinnermittlung buchte ich nicht uneigennützig. Im Ergebnis eine erfolgreich eingesetzte Überheblichkeit: Die kleine eigene Grafiksammlung. Ihm war's recht.

Aus der unheilvollen Kombination von Hybris und Mikromanie schien die Mikromanie gedämpft, wenn nicht gar verschwunden zu sein. Wer's glaubt, wird selig. Es gab sie nach wie vor, die Tage, an denen ich stundenlang allein durch die Wälder streifte. Und zur Erleichterung gab's immer noch Sonnabendnachmittage in Saint Paul und den Betstuhl vor dem Don Bosco.

Den Kunsthändler überzeugte ich mit Hilfe mütterlicher Unterstützung davon, bei einigen nennenswerten Verkäufen doch mein steuerunschädliches Konto in Luxemburg zu nutzen. So etwa beim Verkauf der kleinen Radierung *Le Christ tourmenté par les demons* von James Ensor an einen Genter Immobilienkaufmann, der an einer steuerunschädlichen Abwicklung des Geschäfts sehr interessiert war. Ein Drittel der Provision, in diesem Fall immerhin 36.000 Belgische France, etwa 1.760 DM, durfte ich einstreichen. Das war kurz vor der Einführung des Euro.

Nach zwei Jahren bestand meine eigene Kunstsammlung aus einer ansehnlichen Zahl von Grafikblättern, Kleinkulpturen und Ölmalereien, die in Brüssel und Maastricht auf Auktionen zwei- bis dreistellige Summen *in Euro* erbrachten. Nach vier Jahren ohne Berufsabschluss ödete mich allerdings die doppelte Buchführung an und das Verhältnis zwischen dem Händler und meiner Mutter erwies sich als instabil. Meiner Mutter wollte ich die aufwendigen und nichtsnutzigen Reisen zu ihrem *Bekannten* nach Bütgenbach ersparen. Es bestand allerdings weiterhin die Notwendigkeit, das kleinfamiliäre Auskommen mit dem Kunsthandel aufzubessern.

Szymon, Magister an der Kunsthochschule in Warschau, lernte ich im Museum für moderne Kunst IKOP in Eupen kennen. Ich besuchte die Ausstellung „Regelsau" der österreichischen Bildhauerin Karin Frank. Szymon besaß einen guten Draht zur Zagra Galerie in Sopot an der Ostsee. An Marysia-Zuzanna, Kuratorin der Galerie, verkaufte ich einige Grafiken aus meinem Bestand. Die Galerie in Sopot vertrat einen so wichtigen zeitgenössischen Künstler wie Jacek Malczewski, aber auch Werke einiger *Koryphäen* der *concept art*. Das kam mir sehr entgegen, da ich damals unter anderem im Besitz einer Hanna Darboven, eines Siebdrucks von Sol Lewitt, aber auch einiger Radierungen von Willi Sitte war, den man allerdings weiß Gott nicht zur *concept art* rechnen kann, für den aber ehemalige höhere sozialistische Parteikundschaft stattliche Summen auf den Tisch blätterte. Wenn mehrere Verkäufe für rund 55.000 Zloty, etwa 13.000 Euro, gelungen waren, fuhr ich mit einem von *Sunnycars* in Lüttich gemieteten *Porsche 911 Turbo S* in den mondänen Badeort an der Ostsee. Im *Mlody Byron* wickelten wir - Szymon, Marysia und ich - unsere Geschäfte bei einer Flasche koscherem Spelta-Wodka ab.

Das Leben braucht Ausdrucks- und Darstellungsformen, die uns einen Zugang verschaffen zum Verstehen menschlichen Tuns und Empfindens. Dafür gibt es Kunst und Geschichte.

Marysia Zuzanna ließ mich in einer Nacht noch einen Blick auf eine japanische Grafik werfen, die im Tresor der Galerie eingeschlossen lagerte.

Was für eine Sinnenfreude, wenn Kunst und Geschichte sich so verbinden wie in der Tokugawa-Zeit, *die Zeit der Geisha*. 1760 entstand der Farbholzschnitt Katsushika Hokusais Traum der Fischersfrau. Eine offensichtlich in Träumen versunkene, nackte Frau lässt sich verzückt von zwei Oktopussen oral befriedigen. *Cunnilingus*. Ein Labsal für Voyeure und Onanisten.

Der Holztafeldruck war natürlich mit seinen 44.000 Euro für mich unerschwinglich, inspirierte mich aber dazu, Marysia von chinesischen Drachen und dem begehrten Pfirsich der Unsterblichkeit vorzuschwärmen. Oh Hybris! Wieder so ein Anfall des Fleisches: Ich täte viel dafür, ihr einen Augenblick der Unsterblichkeit zu verschaffen:

„… with my tongue … gladly I offer you my lips."

Sie lehnte ab.

„I am married and a caring mother. We are in Poland, not Tokyo, Bernardo!"

Auf Spurensuche gehen

Nein! Ihren Geburtstag wolle sie nicht feiern, ließ meine Mutter mich wissen, als ich sie aus Stavelot anrief. Gegen Mittag hatte ich dort in der Route d'Eupen eine Farbradierung von Georges Braque im Haus eines Kieferorthopäden abgeliefert. Für solche Transporte nutzte ich den Firmenwagen, einen Mercedes 190 D.

Fünf Kilometer hinter Stavelot lag das Grab. Kurz vor der E 43 bog ich ab auf den Forstweg nach Wavreumont. Hinter großen Holzstapeln lichtete sich der Wald. Gewitterwolken näherten sich von den Höhen zwischen Ambleve und Warche. Es donnerte. Ich parkte neben dem Kapitelhaus des Klosters. Als ich den Motor abgestellt hatte und in das weite Land, *das Herz der Ardennen*, blickte, empfand ich die bekannte Sehnsucht nach Ferne und Fremde, Begehren nach Aufbruch. Mir schien, dass sowohl die Krähe, die stumm auf dem angrenzenden Acker hockte, als auch ich auf etwas warteten, was uns wegtragen würde in gastfreundlichere Bezirke.

Warum wieder zu dem Toten? Erinnerungen pflegen? Welche Erinnerungen? Allenfalls hätte mich der Tote aufklären können. Was sollte mir das hier nützen?

Die Pforte war nicht besetzt, so dass ich umstandslos zum Kreuzgang des Priorats gelangte. Ich setzte mich, wie schon oft, auf eine der Holzbänke. Sonnenstrahlen, die die Wolkendecke überraschend durchbrochen hatten, tauchten den Innenhof mit den zahlreichen Gräbern in ein warmes Licht. Wie konnte etwas verblassen, was man nur von einem dreißig Jahre alten Foto und aus mageren Berichten kannte. Welche Bindung sollte da entstanden sein?

Einer Wundpaste für Laubbäume, die Schnittstellen verschließt und vor Infektionen und Austrocknung schützt, sowie einem Büchlein verdankte ich meine Zeugung. Die Wundpaste wurde in der Bonsai-Werkstatt des Klosters hergestellt, das Büchlein hatte er verfasst: *Der nackte Gott*.

Für das Geständnis war meine Mutter mit mir - ich war zehn, meine Fragen wurden immer drängender - an einem Pfingstsonntag hierhergefahren. Eine merkwürdige Heldengeschichte. Heldengeschichte? Die Frau - die bei dieser Verkündung an Pfingsten aufrecht neben mir auf der Holzbank saß, nach meiner Hand griff - erwarb von ihm Paste und Buch und erhielt von ihm eine Spende, seinen Samen.

„Er hat mich geliebt."

„Aber das Ordenshaus verließ er nicht."

„Du musst verstehen, Junge, er war tiefgläubig. Oft sagte er mir, dass ihn die Worte Jesu halten würden: *Wer sein Leben verliert um meinetwillen, der wird es finden.* ... Er war wohl etwas ängstlich."

Sein Leben sei voller Kummer auf ganz jämmerliche Weise zu Ende gegangen. Wie, das verriet sie nicht.

„Es war eine ganz schreckliche Zeit für ihn. Es hat ihn zerrissen."

„Was hat ihn zerrissen?", fragte der Zehnjährige. Ihre lapidare Antwort war:

„Ich gebe dir seine Briefe, wenn du älter geworden bist."

Ich kenne sie immer noch nicht. Gelegentlich kam ich auf die Idee, in ihrem Schlafzimmer nach den Briefen zu suchen. Könnte sich nicht das ganze Liebesabenteuer dieses Heros mit dieser Frau in ihnen verstecken? Schließlich hatte der Schwarzrock seinen Schwanz in der Frau, die neben mir saß und meine Hand hielt, und entlud in ihr seinen Samen. Ich schauderte. Älter gewesen, hätte ich lachen können. Aufmunterung fand ich auch in Emil Cioran's *Vom Nachteil, geboren zu sein.*

„Wann ist er gestorben?", fragte ich damals meine Mutter.

„Vor deiner Geburt."

Diese Antwort verursachte eine unangenehme Gefühlsschwankung, Erleichterung und Neugier. Was ich damals auf der Holzbank noch erfuhr, war, dass sie, als sie sicher gewesen sei, schwanger zu sein, nach Brüssel zu ihrer Schwester geflohen sei. Ich erinnere mich gerne an Tante Joceline, an ihr sattgrünes Sofa, auf dem ich saß, mit ihr und anderen Damen als Siebenjähriger Kanaster spielte. Und noch heute höre ich die heitere Stimme der alleinlebenden Schneidermeisterin, der ich aufmerksam zuhörte, wenn sie von der Weltausstellung mit dem Atomium erzählte. Als ich Zwölf war, nahm der Krebs sie mir weg. Mutter fing das Rauchen an.

Vor ihrem Tod hielt Joceline mich für reif genug, mir zu offenbaren:

„… Deine Mutter hat keinen von den vielen Bewerbern an sich herangelassen. … Soviel ich weiß, war da nur ein Lehrer, der sie ab und zu besuchte, mit ihr ausging und einmal mit ihr zum Meer nach Knokke gefahren ist."

Für die Geburt kam sie zurück in die bleierne Provinz, zurück zu ihrer Mutter und ihrem älteren, damals immer noch alleinstehenden Bruder, der mit dem antiken Borgward. Weitere Geschwister gab es nicht. Pierre, ein lieber Kerl, war Fachverkäufer für Herrenbekleidung bei C&A in Marche-en-Famenne und Kettenraucher. Sein Kommunikationstalent wurde später durch die Ösophagusmembran und einen elektrischen Kehlkopf erheblich beeinträchtigt. Kehlkopfkrebs. *Die arme Sau* kann man nicht wirklich sagen. Er fand eine engagierte Freundin aus Leopoldville mit einer angeborenen Gehstörung. Anders als die sonstige Verwandtschaft war ich gerne Gast der schwarz-weißen Krüppel, die in Vielsalm auf 120 qm mit Blick auf den Lac des Doyards wohnten. Juma Zuri, die Freundin des Onkels, war Filialleiterin eines Knauf Shopping-Centers und Aktivistin des CSC Wallonie und der Parti Socialiste. Eine quirlige junge Frau:

„Komm Kleiner, ich geb' Dir einen Negerkuss" und bog sich vor Lachen, jedesmal.

Meiner Mutter, ich vermute Wählerin der CSP, der Christlich Sozialen Partei, konnte sie nichts recht machen. Man ging sich, wo immer es möglich war, aus dem Weg.

Im Haus *Am Silberberg* traf ich auf eine trübsinnig schweigsame Frau. Ich setzte mich an den für zwei Personen gedeckten Tisch in der großen Wohnküche. Die selbst gebackene Apfeltarte, ein zarter Blätterteig mit hauchdünn gehobelten Äpfeln und einer feinen Glasur aus Quittengelee, stand auf der selten benutzten, geblümten Decke aus ihrer Zeit in Brüssel. Sie setzte sich mir gegenüber, rührte den Kuchen aber nicht an. Beim zweiten Stück dieser köstlichen *tarte aux pommes,* das ich dabei war zu verschlingen, blieb sie trotz meines überschwänglichen Lobs stumm. Wo denn ihr

Bekannter bleibe? Keine Antwort. Ich ließ die Kuchengabel sinken.

„Iß doch weiter!"

Als sie das leise, etwas zittrig aussprach, sah ich, dass sich ein wenig wässriger Glanz in ihren Augen gebildet hatte. Da sei doch was, sie könne es mir ruhig sagen. Nichts. Ich bohrte und bohrte, was denn da sei, sie solle es sagen. Ihre Finger zerknüllten ein Papiertaschentuch in ihrem Schoß. Wie auswendig gelernt, mit feuchten Augen und belegter Stimme, zitierte sie jetzt einige Zeilen aus einem Buch, dessen Titel ihr entfallen sei:

„Emanuel richtet sie an Guido, der in ihn verliebt ist."

Dass sie schwule Liebesromane las, war mir völlig neu. *„Wenn der unglücklich Verliebte sich nach Küssen sehnt, deren Süße er nicht kennt, so ist tausendmal unglücklicher, der sie kennt, und dem sie dann verwehrt werden."*

Sie weinte. Bitterlich.

Es schneite. Den 190 D musste ich an diesem Tag nach Bütgenbach zurückbringen. Die Galerie war bereits geschlossen, also parkte ich den Wagen im Hof und warf den Schlüssel in das dafür vorgesehene Schließfach. Aufgedreht von dem Erlebnis im Haus *Am Silberberg* dachte ich mich zu beruhigen mit einem Spaziergang am *Le lac de Bütgenbach*. Bis zur Abfahrt des TEC 394 blieb noch etwas Zeit. Am Ufer des Stausees, ganz in der Nähe des Ravel L45A, entdeckte ich - es dämmerte bereits - im Schnee den toten Uhu und schleppte ihn die zwei Kilometer zurück bis zu dem Haus des Kunsthändlers. Hinter dem Geschäft befand sich im Hof der Geräteschuppen, der immer offenstand. Ohne viel Lärm fand ich Hammer und Nägel.

Ich nagelte dem Ehemaligen den Unheil-bringenden Vogel an die Türe seiner Kunsthandlung. Die Installation verursachte dann doch erhebliche Aufmerksamkeit, für die ich aber von den Enthusiasten des IKOP-Museums viel Zuspruch geerntet hätte. Beim Eintreffen der Revierpolizei saß ich bereits im TEC-Bus nach Sankt Vith.

Der Bütgenbacher Kunsthändler schwärmte, wie ich

später hörte, von meiner Einbildungskraft. Er war ein stiller Beobachter meines Kunsthappenings gewesen, ohne mich an der Vollendung zu hindern. Nachbarn riefen die Polizei.

Wieviel Finsternis hauste in meiner Seele? Hatte das Licht, das die Dinge, die Bilder erhellt und Frohsinn aussät, sie verlassen? Ich wollte diese sentimentale Selbstbetrachtung damals nicht weiter auswalzen, weil mich eine Art realistisches Lebensgesetz beschäftigte. Ich stand kurz vor Vollendung des 22. Lebensjahres und dachte daran, endlich, wenn auch verspätet, nach einer beruflichen Zukunft mit Abschlussprüfung zu suchen und nicht jetzt Fragen nach den letzten Gründen nachzugehen. Dafür, so dachte ich, blieb später immer noch genug Zeit. Ich wollte, wenn man so will, eine tragfähige Bühne fürs Leben finden.

Ich kam aufgrund einer seit der Kindheit bestehenden Vorliebe für die Baumkletterei auf eine allerdings blödsinnige Idee - *mens sana in corpore sano -*, eine Offizierslaufbahn einzuschlagen. Dieser Weg erschien mir eine gute Ausgangsbasis für eine Zukunft zu sein, von der man etwas erwarten konnte. Was? Ich hätte damals keine konkrete Antwort darauf geben können, außer vielleicht, festen Boden unter die Füße zu bekommen. Eine tragfähige Bühne.

Ich bewarb mich für den Dienst bei den *Ardennenjägern,* deren Motto lautet: *Widerstehen und Zubeißen*! Beim 3. Bataillon der *Chasseurs ardennais,* das in Marche-en-Famenne stationiert ist, erhielt ich eine militärische Ausbildung zum Fernmelder. Die Jägertruppe war speziell für die bewaldeten und zerklüfteten Ardennen aufgestellt worden. Im zweiten Weltkrieg leistete sie erfolgreich Widerstand gegen die deutschen Panzer bei Bodange. Später wurde sie im Kongo und heute wird sie in der Terrorismusbekämpfung eingesetzt.

Von solcherlei Einsätzen bekam ich nichts mit. Eine 36-Stunden Übung im Anlierwald, drei Mal Nachtalarm, Waffenkunde, Wachdienst. Das war's.

Es war so langweilig und anspruchslos, dass ich nach

einem Jahr den Dienst aus religiösen Gründen verweigerte, trotz hervorragender Ergebnisse am Schießstand mit dem SCAR-Sturmgewehr und der P38, ein belgischer Nachbau der deutschen Wehrmachtspistole von 1941. Ich wurde zum Ersatzdienst im Hospital Königin Astrid in Malmedy verpflichtet.

Am Tag meiner Ankunft empfing mich der Oberpfleger Fabre. Ein Baum! Er klopfte mir auf die Schulter und ich wurde dadurch gefügig für seine Ansprache, nach der es unvermeidbar schien, dass ich entweder in der Pathologie oder in der Bauchchirurgie eingesetzt werden würde. Ich sah mich schon dabei, Leichen zu waschen oder Katheter in Harnblasen zu schieben. Zehn Monate lang. Was würde das in meinem Kopf anrichten? Ich fürchtete mich und schrumpfte.

Den Abend nach dieser Ankündigung verbrachte ich zunächst nachdenklich, dann - im *Au Roy de la Biere* - mit zügig geleerten Orval-Bieren, entschlossen, ein weiteres Mal einen Dienst zu quittieren. Am nächsten Morgen klopfte ich an die Türe des Verwaltungsleiters Molz. Ich sähe mich außerstande, den Dienst bei den Leichen noch den bei den Bauchoperierten oder den anderen zu Katheterisierenden anzutreten. Er könne mich in den Steinbruch schicken, bellte es aus meinem dehydrierten Körper. Ungerührt von meiner Ansprache schloss Molz die Akte, die vor ihm auf dem Buche-furnierten Allerweltsschreibtisch lag.

„Steinbruch?“

Den besäße das Hospital nicht. Wie ich denn darauf käme, dass ein Hospital einen Steinbruch besäße, brüllte er.

„Stimmt“, sagte ich, das hätte ich auch noch nicht gehört, was aber nicht heiße, dass es so etwas nicht gäbe.

Molz ließ meine Überlegung mit einer abwehrenden Armbewegung versickern. Welche Fähigkeiten ich, soweit ich denn welche haben sollte, zur Verfügung stellen könne?

„Buchhaltung“, schoss ich verkatert in seine Richtung.

„Na, das hört sich doch verwendbar an, wenn Sie wieder nüchtern sind.“

Am nächsten Tag saß ich einer dürren Kostümdame in einem Büro der Krankenhausverwaltung gegenüber, die mich durch ihre unästhetisch dicken Brillengläser anstarrte, dann freundlich lächelte und mir von familiären Qualen und ihrer Unbeugsamkeit in den Auseinandersetzungen mit Mutter, Vater, Kind und so weiter berichtete. Nunmehr an jedem Tag meiner Anwesenheit im Büro.

Abwechslung fand ich in gelegentlichem Geplauder mit Claude, dem Servicefahrer der Pathologie, der mich unter anderem über das Sägegeräusch aufklärte, das ich des Öfteren in meinem Zimmer hörte. Es handele sich um die Autopsie-Säge. Er helfe *da unten* dem Sektionsassistenten beim Waschen der Leichen. Der habe ihn auch schon mal sägen lassen. Die Säge verfüge über eine stufenlose Drehzahlregelung, sodass man damit sowohl das weiche Gewebe als auch die Knochenteile der Leichen schneiden könne. Außerdem hinterließe sie kaum Sägereste. Er würde mir gerne seinen Arbeitsplatz zeigen. Ich könne auch zuschauen. Sein Angebot konterte ich umgehend mit meiner *angespannten Arbeits- und Freizeitsituation*.

Welche Überraschung! Mein Zimmer über der Pathologie. Kein Wunder, dass ich in den Besitz des großen Zimmers gekommen war. Es stand bei meinem Einzug bereits ein Jahr leer, obwohl es einen Ausblick in den Krankenhauspark bot. Eine Wohltat fürs Auge und für die Verbesserung der Laune: Büsche, Bäume, Blumen, Wasserspiele. Kurz gesagt, eine üppige Gartenarchitektur, untermalt von den Geräuschen der Autopsie-Säge.

Der Verwaltungsleiter Molz habe ihm, Claude, gegenüber vor einiger Zeit erwähnt, dass er für das freistehende Zimmer über der Pathologie einen geeigneten Bewohner habe.

„Der Neue im Ersatzdienst soll das beziehen. Hat den Dienst bei den Ardennenjägern quittiert."

Er habe den Kopf geschüttelt und spöttisch gewitzelt, „… aus religiösen Motiven. Da sehen Sie mal! Ein geeigneter Bewohner."

Eine eher dem Leben zugewandte Einladung, als die von Claude in die Pathologie, erhielt ich von zwei Krankenschwestern, die ich auf einem Betriebsausflug in die Grotten von *Han-sur-Less* kennengelernt hatte. Ariane und Elen halfen mir, die ungeahnte Vielfalt meiner Libido kennenzulernen. Unsere Liebesspiele verwirrten mich erheblich stärker, als die vor sechs Jahren mehr oder weniger genossenen, pubertären Berührungen mit Evelyn und Margareta. Zeitweilig erzeugten die sexuellen Herausforderungen der Krankenschwestern bei mir einen erheblichen Konzentrationsverlust und Erregungszustände, die mich zu *Adumbran* greifen ließen. Das Arzneimittel besorgten mir die Sex-Engel aus der Krankenhausapotheke.

Das Liebesleben uferte zwangsläufig in Nachlässigkeit bei der Arbeit aus. Bei den Buchungen der Kosten- und Leistungsrechnungen stellte ich mir selbst die Fallen. Mit der Hand in der Hose, noch ganz in erotische Gedanken verstrickt, buchte ich ungenau, belastete Kontenklassen mit Beträgen, die ich auf ihnen hätte gutschreiben müssen. Fehler bügelte ich auch schon mal ohne Belege aus. Ich trickste bis zum Vierteljahresabschluss; dann fiel die buchhalterische Mauschelei auf. Ich wurde in das Büro von Molz bestellt. Er brüllte laut und drohte mit rechtlichen Konsequenzen. Dann kam er auf die wohl übelste seiner reichlich vorhandenen Strafideen: Er werde mich ein Vierteljahr lang Leichen waschen lassen und danach für den Rest der Zeit, die ich noch im Hospital verbringen müsse, in die Wäscherei versetzen, damit ich *im Metier* bleibe. Mit Reuebekenntnissen und Besserungsversprechen - in denen ich ja geübt war - hoffte ich, den verschlafenen Platz im Büro retten zu können.

Ariane und Elen beabsichtigten, wie sie sagten, *mich zu trösten*. Wir trafen uns in Elens Zimmer im Schwesternwohnheim. Sie servierte eine Kürbiscremesuppe mit Datteln im Speckmantel. Ich lobte überschwänglich ihre Kochkunst. Sie tippte mir an die Stirn:

„Sitzt da dein Vogel? Süßer!"

Ich revanchierte mich mit einem Griff unter ihr Kleidchen in ihren Schritt:

„Piept es da?"

Sie kreischte lachend.

Als wir an ihrem winzigen Tisch saßen, erzählte sie, wie üblich, von ihren *Problempatienten*. Da war dieses Mal die Patientin, die partout nicht vom Töpfchen wollte und der Ja-aber-Patient, dieser Schlauberger, der alles besser wusste und der, bei dem die Redelawinen nicht aufhörten. Und dann erzählte Elen von dem Fall eines Patienten, „so um die vierzig mit einer roten, klobigen Nase", der mit Alkoholfahne behauptete, das Trinken aufgegeben zu haben und sie vorgestern flehentlich, mit Tränen in den Augen, darum gebeten habe, ihre Brüste berühren zu dürfen.

Ariane öffnete eine zweite Flasche *1996er Pinot noir, Louis Latour*. Auf ihren slawischen Wangen bildeten sich bereits rote Flecken. Aufgewühlt erzählte sie vom vergangenen Wochenende. Das habe zu einer Affäre mit dem neuen, jungen Arzt von der Station der Inneren, „der aus dem Kongo kommt", geführt. Sie sei mit dem Medizinalassistenten auf einem Konzert von Udo Jürgens im knapp einhundert Kilometer entfernten Aachen gewesen - *Udo live, Lust am Leben*. Auf dem Rückweg habe sie auf dem Rastplatz *Aire de Polleur Quest* dem Medizinalassistenten in ihrem, so prustete sie los, „coolen Scirocco Automatik meinen Busch geschenkt". Die Mädchen schnaubten und lachten bei Arianes Schilderung von seinem „tollen Gerät". Zu guter Letzt vollführte Elen, das kannten wir schon, einen Handstand, der alles sehen ließ. Das also sollte mich trösten! Ich war müde, wollte gehen. Mir war ein wenig schlecht.

Ich las damals auf Empfehlung des Kunsthändlers aus Bütgenbach, der den Kontakt zu mir nicht abreißen lassen wollte, das erste Mal ein Buch von Vito Fumagalli, in dem ich die Verse Alkuins fand, der Karl dem Großen versucht hatte, das Lesen und Schreiben beizubringen: *Die Nacht verdunkelt mit ihrer Finsternis das Licht des Tages, der Winter lässt die Schönheit der Blumen erfrieren. Die Jungen, die nach den Hirschen gejagt haben, stützen sich nun, da sie alt geworden sind, beim Gehen müde auf einen Stock. Warum lieben wir Unglückli-chen nur die Welt, die uns doch nur aus den Händen gleitet?*

Ich behielt für den Rest meiner Zeit im Hospital den Platz im Büro und vermochte so, die Welt ein wenig mehr zu lieben.

Verborgene Geister

Kommen wir zur Sache! Der Kern meines jugendlichen Begehrens nach festerem Boden mündete in dem Entschluss, Geschichtsschreiber zu werden. Wie kam ich nur auf diese Idee? Das Wie hatte unmittelbar etwas mit dem Wo zu tun. Ich war die steilen Stufen zum Glockenturm hinaufgeklettert. Es war der Südturm der Stiftskirche Saint Barthélémy in Lüttich, 50 Meter über der Stadt auf der Höhe des Glockenstuhls. Ich stand auf einer schmalen Plattform und lehnte an der Brüstung.

Heraus aus dem Gewimmel. Blick über die Stadt, deren Dächer, Türme, den Fluss, das pulsierende Leben in den Straßen, diesen alten Tummelplätzen des Begehrens der Leutchen. Augen, Ohren und noch ein paar andere Sinnesorgane führten mich ruckartig zu dem Gedanken, dass ich meiner eigenen Geschichte auf die Spur kommen sollte. Ich wollte Held meiner selbst werden. Erinnerungsbilder, die mich noch mit der seit einem Monat zu Ende gegangenen unreifen Zeit im Spital Königin Astrid verbanden, begannen zu verblassen, ja, sie zerbröselten, lösten sich auf in wenige Bestandteile. Es wurde Platz geschaffen für etwas Neues. Wie zur Bestätigung des Aufbruchs in eine neue Zeit ertönte das Angelusläuten. Zwölf Uhr, Mittag.

Die Idee, die da oben gereift war, bestand in der Überlegung, dass ich mich einer geistigen Prüfung unterziehen wollte. Kein ärztliches Gutachten über meine geistige Gesundheit und nein, natürlich keine Prüfungen für die Erteilung einer Fahrerlaubnis oder eines Waffenscheins. Gutachten, Fahrerlaubnis und Waffenschein besaß ich schon. Die Prüfung, der ich mich unterziehen wollte, bestand darin, die Knoten in meinem Denken zu lösen. Aber wo? Natürlich in einem Kloster.

Das Kloster, ein Ort der Besinnung! In einer Broschüre der Diözese Eupen-Malmedy stand: Das Kloster, moralisch sauber, menschlich, psychologisch ideal. Ich musste schmunzeln über diesen Humbug. Allein nach dem, was ich aus meiner Lebensgeschichte in Erfahrung gebracht hatte, war das Kloster für mich ein Ort des Vorspiels für die Befriedigung sehr weltlichen Begehrens. Waren nicht an diesem Ort meine Denkknoten entstanden? Konnte ich nicht hier am besten mit dem Tauchen in die Geschichte beginnen? Subjektiv. Es gab aus meiner Sicht keinen besseren Ort für den Aufbruch zu einer abenteuerlichen Reise, zu einer geistigen Prüfung besonderer Art? Natürlich sollte dabei aus mir weder ein „Schnapspriester" noch ein entleibter Asket oder „Scheinheiliger" werden.

Bei den Ardennenjägern in der Kaserne in Marche-en-Famenne hatte ich in der kleinen Bibliothek ein dünnes Bändchen mit Schriften des Denkers Eckhart von Hochheim gefunden. Meister Eckhart sagte vor über siebenhundert Jahren, *dass ich das Leben aus mir selbst heraus lebe*. Das sprudelnde Leben flösse aus dem Geistigen und kehre ins Geistige zurück, so der Denker. Das überzeugte mich sofort.

Nicht folgenlos blieb also der Aufstieg über die steilen Stufen in den Glockenturm von Saint Barthélémy. Nun musste in also historisch forschen, tief, sehr tief schürfen. Was würde ich finden, heben und aufschreiben? Was für ein Unterfangen angesichts des geschichtlichen Gestrüpps, das mir undurchdringlich schien. Würde mich das Forschen im Dickicht der Geschichte *einer Wahrheit* näherbringen? Davon war ich fest überzeugt.

Die Benediktinermönche, die in ihrem Kloster in Saint Hubert ihre Postulanten innerhalb eines halben Jahres zu einer Entscheidung für ihre Zukunft hinleiten wollten, versprachen mir, ohne viel von mir zu wissen, die Zukunft eines begabten Predigers. Inwiefern sollte dieses Versprechen hilfreich für *meine* Entscheidung sein? Predigen? Überraschenderweise fand ich im Kloster aber einen Ort, der mir den Weg ins Dickicht der Geschichte öffnete. Aber so weit war es bei meiner Ankunft an einem Freitagmittag mit dem TEC der Linie 162b noch nicht.

Saint Hubert liegt im Zentrum der großen Waldgebiete der wallonischen Provinz Luxembourg. Im Warteraum der Pforte der abgelegenen *Abbaye* entnahm ich den ausgelegten Schriften, dass die verdiente Folge für Selbstüberheblichkeit, Laster und Sünde eine Selbstentfremdung ist, die von tiefem Kummer begleitet wird. Wie hörte sich das denn an? Hybris gleich Laster, gleich Sünde, gleich Selbstentfremdung, gleich Kummer. Was für eine Mathematik! Dann kam aber die Lösung: Hier im Kloster werde der Kummer als *falscher Bräutigam des Postulanten* entlarvt. Der Kummer als Kumpane des Postulanten. Kummer gleich *falscher* Kumpane. Natürlich war ich gespannt, wer mein *richtiger* Kumpane sein würde. Das war schnell gelesen, wenn auch nicht sofort verstanden: Es sei das *heilige Begehren*.

Genauer hätte da doch stehen müssen: Lieber Postulant, das *heilige Verlangen* ist hier im Kloster *dein richtiger Kumpane*. Und durch den findest du Trost, an den *falschen Kumpanen* in der Welt da draußen geraten zu sein. Außerdem wirst du herausfinden, was dir fehlt. Natürlich wusste man im Kloster was einem fehlt:

„… Indem Sie darüber nachdenken und herausfinden, wer Sie sind und was Gott von Ihnen will", sagte mir Bruder Alain in unserem ersten Gespräch. Als er meinen skeptischen Blick wahrnahm, fügte er schnell hinzu: „Eine Sisyphosaufgabe!"

Eigentlich sollte während des Postulats herausgefunden werden, ob eine Eignung für ein Noviziat als Mitglied der Ordensgemeinschaft der Benediktiner bestand. Hatte ich mich mal wieder selbst getäuscht mit der Entscheidung, in klösterlicher Abgeschiedenheit verborgenen Geistern auf die Spur zu kommen?

Sechs Monate der Selbsterforschung waren auf dem Prüfstand unter dem Motto: *Prüfe die Geister, ob sie auch Gott sind.* Ein Rückfall in die Mythologie? Wollte ich nicht gerade symbolische Verschleierungen aufdecken? Ich hegte große Zweifel und es war erst die Uhrzeit für den nachmittäglichen Kaffee. Um 18:06 Uhr fuhr der L 988 nach Marloie. Dort könnte ich den L 5590 nach Poulseur erreichen, dort den IC 5319 nach Troisvierges und von da aus den letzten TEC nach Sankt Vith. Sechs Stunden für 70 Kilometer. Die letzte Verbindung des Tages. Also entschied ich, zu bleiben. … Aber nur für eine Nacht, schwor ich mir an diesem Abend, trotz des Konzerts der zirpenden Grillen im Klostergarten.

Nach dem Frühstück am nächsten Morgen konnte ich Bruder Alain nicht ausweichen. Eine freundliche Ansprache und die Bitte, ihm zu folgen. Er wolle mir den *locus coeruleus* zeigen und seine Augen glänzten vor Seligkeit. Ich wollte nicht unhöflich sein, war aber auch neugierig auf das, was er „den Speicherort langfristiger Erinnerungen" nannte und folgte ihm durch den Kreuzgang zu einer mit einem Relief der Passion Christi verzierten Eichentür. Als er sie aufschloss und kaum einen Spalt der schweren Tür geöffnet hatte, stieg mir sofort ein überaus angenehmer Duft in die Nase. Ein mandelartiger Geruch. Irgendwie pflanzlich. Ich wusste zunächst nicht, woran er mich erinnerte, aber dann war's ganz klar: Meine ersten Bücher, die ich mit fünf oder sechs geschenkt bekommen hatte. Wenn ich sie in die Hand nahm, war das Erste, was ich tat, an ihnen zu riechen, und ich liebte den Geruch, liebe ihn immer noch.

Wir befanden uns an einem Ort kontemplativer Stille, dem sechshundert Jahre alten Bücher- und Urkundenarchiv des Klosters. Jetzt musste ich bleiben. Sofort war ich mir sicher, dass dieser Wunsch sich auf das Archiv richtete und auf nichts sonst.

„Sehen Sie, hier sind wir an dem Ort des Sammelns, Aufbewahrens. Hier entdecken Sie die Phänomene im Labyrinth des Lebens."

Emphatisch, würdevoll, mit leiser Stimme, so, als wolle er niemanden stören, beschrieb Bruder Alain mir diesen achttausend Folianten und Handschriften umfassenden Ort langfristiger Erinnerung.

„Verlockend", stieß ich spontan hervor.

Ja, das Archiv versprach Beständigkeit. Festen Boden. Inmitten eines mehr als sechshundert Jahre alten Gedächtnisses von Leben und Schreiben, *für* ein kurzes Leben und Schreiben, das der Vergänglichkeit entgegenwirken sollte. In seinen Ursprüngen sicherte es Geschehenes, machte es fälschungssicher durch Tinte und Pergament und seit 1440 durch die Druckpresse, Leinöl, Ruß, die Zerlegung des Textes und so weiter und so weiter. Ich war fasziniert und verschrieb mich sofort diesem Ort. Er wurde für mich von diesem Moment an eine Art intimer Körper. Hier befand ich mich auf Tauchstation, konnte nach versunkenen Schätzen suchen. Hier würde ich meine Zeit verbringen. Ich war entrückt, sofort in Gedanken versunken. Die Dokumente warfen einen Schatten auf die Mentalität einer Zeit, die ich versuchen musste, zu verstehen. Gespenstisch, ja, ein Gespenst, das mich heimsuchen würde. Ahnte ich, dass mit dem Forschen erst einmal angefangen, ich mich auf ein Spinnennetz einließ? *Menschenforschung.* Natürlich. Das alle Menschen lächeln oder lachen, die Stirn in Falten ziehen, Fremdem gegenüber scheu sind. Keine Frage. Geschenkt. Aber es kam noch etwas hinzu, etwas sehr Subjektives. Eine ungebremste Lust. Die Papiere, auf die ich zugriff, mussten etwas mit mir zu tun haben. Konnte ein Archiv denn mein Denken entwirren?

Die Entdeckerlust besaß von Anfang an eine gewisse Färbung. Das Schwarzgallige, die gefallenen Engel, die begnadeten Melancholiker, die Wucht ins Leben bringen, zogen mich mehr an als große Namen, Staatsaffären und Schlachten. Ich war von einem merkwürdigen Begehren infiziert, zu dem der schwermütige Gesang eines Alten am Feuer in der Kalahari, der von einem Dämon belästigt wird, mehr gehörte als politische Intrigen.

Den Gebetshoren und Unterweisungen im Kloster konnte ich nicht ausweichen. Aber so gewann ich tieferen Einblick in die Apologie des Christentums, die Evangelien und die Bedeutung der mythologischen Erzählungen. Ich lernte den Teufel kennen. Nicht unsympathisch! Er versprach, mich von Verboten und moralischen Vorschriften zu befreien. Natürlich nur eine Täuschung, denn seine Versprechen würden zu Qual und Leid führen. Dennoch ließ sich meine Zuneigung gegenüber den gefallenen Engeln während der Unterweisungen der Lektoren nicht verbergen. Das führte zu sehr persönlichen Zurechtweisungen:

„... Bedenken Sie, welche Schuld Sie auf sich laden mit dieser Äußerung, es sei mehr als rechtens, die Brüste anzusehen, ja zu betasten, die Sie gesäugt haben."

Solche Zurechtweisungen ließ ich mir natürlich gerne gefallen. Ich hatte beschlossen zu bleiben, allein wegen des Archivs, in dem ich mich auf die Suche nach den Engeln machen wolle, die vom Himmel gefallen waren. Gehörte ich nicht selbst zu ihnen?

In der alten Abbey brauchte ich nicht lange nach gequälten Geistern suchen. Mit Bruder Alain, einem guten Lehrer für das Enträtseln, der, wie er sie bereits genannt hatte, Phänomene im Labyrinth des Lebens, führte ich lange abendliche Gespräche in der Klosterbibliothek. Das obskure Licht einiger Hoflampen schimmerte durch die gotischen Klosterfenster. Wir saßen in bequemen Sesseln uns gegenüber. Die Teetassen hatten wir auf die alten Fliesen platziert.

Alain, der die Fünfzig knapp überschritten hatte, sah sich als Gottsucher. Er sei erfüllt davon: Ein Gluthauch, eine Kugel, das Licht, Weg, Fluss, Quelle und so weiter und so weiter.

Immer wiederkehrend berührten wir das Mischverhältnis von menschlichem Begehren, religiöser Ekstase, Glaube und Vernunft. Für mich waren seine Thesen höchst aufschlussreich. Dennoch fragte ich mich, wieso er mit mir, seinem Schüler, viele Abendstunden verbrachte. Eines Abends wurde er sehr persönlich:

„Fehlt Ihnen nicht etwas?"

„Was meinen Sie? Ein Mensch? Ein Tier? Vernunft?",

fragte ich gereizt zurück und ob er meine, ich solle mich auf die Suche nach dem Sinn im Wald machen? Der Geistliche lächelte beschwichtigend:

„Warum?"

„Im Wald? Vielleicht wegen meiner Liebe zu den Büchern?"

„Nein, lieber Freund, ich meine, dass ich bei Ihnen eine gewisse Ortlosigkeit festgestellt habe."

„Was meinen Sie damit, Ortlosigkeit?"

„Ein inneres Gebiet, einen Point de l'esprit. So eine Art Seelengrund oder einen Herzensgrund. ... Verstehst Du?"

Bisher hatte er mich gesiezt. Wieso jetzt das Du? Er legte mir während der Enthüllungen über mein seiner Meinung nach unentdecktes inneres Gebiet seine rechte Hand auf den Oberschenkel und ließ sie dort ruhen. Es entstand eine unangenehme Pause. Ich wusste nicht, was ich machen sollte. Blieb also still sitzen und harrte der Dinge, die da kommen würden. Nichts geschah. Immer noch ruhte seine Hand da, wo er sie hingelegt hatte, als er bekannte, dass er sich nicht für das *mysterium regenerationis* entschieden habe. Er meinte damit die Fortpflanzung. Seine Lebensaufgabe, die er als fortwährende Suche nach Gott auffasse, habe ihn hierher ins Kloster geführt.

„... in dem ich seit fast dreißig Jahren Gott diene".

Alain machte erneut eine Pause. Ich verharrte immer noch in einer Spannung, die mich ablenkte vom Denken. Die Hand auf meinem Oberschenkel. Für einen kurzen Moment rutschte ich in eine prickelnde Vorstellung. Was sollte ich machen, wenn er mir den Schwanz aus der Hose holen würde? Sofort verabscheute ich diesen Gedanken, weil er in unerträgliche Nähe zu einem plötzlich aufschießenden Nachdenken über Meister Eckharts *Seelenfünklein* geraten war. Ich erinnerte mich daran, dass ich in einer Schrift des Mystikers über die *Gottesgeburt* gelesen hatte, dass diese Geburt immer, *jederzeit*, in der Seele geschehen könne; also nicht nur in Bethlehem oder in einem Jumbojet. Ja, sogar jetzt, mit den Fingern des Mönchs nahe meinem

Schwanz.

Ich war erleichtert, als Alain seine Hand von meinem Oberschenkel nahm, um einen Schluck Tee aus seiner Tasse zu nehmen.

Es sei falsch, so hörte ich jetzt überrascht, von Verderbnis zu sprechen, wenn Männer das eigene Geschlecht bevorzugen würden, oder ein Mann zur Frau werden wolle. Alain! Was war in ihn gefahren? Ebenso falsch wäre es, Männer zu verurteilen, die in Frauengewänder schlüpften oder mit dem *Harfespiel* Jünglinge ins Delirium zögen. Wie kam er denn darauf? Es gäbe ja immer schon Menschen, die sich *in Gruppen versammeln* würden zur Ausübung ihres Begehrens. Gott lasse geschehen, was geschehen wolle.

Ich war sprachlos. In seinen schulischen Unterweisungen war er ein völlig anderer als jetzt. Alain ereiferte sich:

„Es ist der freie Wille, der dem Menschen Macht über sein Tun gibt."

Das habe schon Thomas von Aquin in *de veritate* verkündet. Dem Menschen stehe es frei, sich für das Gute oder für das Böse zu entscheiden, für den Himmel oder die Hölle. Es drängte mich, den Ordensbruder zu provozieren und seiner Aufzählung sexueller Orientierungen, Lüste und Abirrungen eine weitere hinzuzufügen:

„Bruder Alain, Sie" - ich blieb beim Sie - „versäumen, auf Smyrna hinzuweisen, die von ihrem Vater geschwängert wurde und Adonis geboren hat."

Immerhin brachte ich Alain mit dem Hinweis auf den Bruch des Inzest-Tabus zum Lachen, und - hatte ich das durch meine Bemerkung provoziert? - er legte seine Hand in gefährliche Nähe meiner Hoden. Heiser und leise näherte er sich mit seinem kahlen Schädel:

„Jupiter ist mit seinem Mundschenk ins Bett gegangen."

Ich erwartete versteinert seinen Kuss. Dann geschah etwas, von dem ich nicht wusste, wie ich es deuten sollte. Blitzartig fiel etwas in seinem Gesicht zusammen. Auf seine fein gezeichneten Gesichtszüge legte sich eine ernste, kalte Blässe. Plötzlich erhob er sich aus seinem Sessel und stand bis in die Kahlköpfigkeit gerötet da, drehte sich wortlos um, verließ schnellen Schritts die Bibliothek und ließ mich in dem schummrigen Licht irritiert sitzen. Das war die einzige zarte männliche Annäherung während meiner Zeit im Kloster.

Viele Jahre zuvor, ich war Dreizehn und zu Besuch bei meiner Großmutter in Vielsalm gewesen, stand ich an der Haltestelle *Cathédrale* und wartete auf den letzten, verspäteten Bus nach Sankt Vith. Es dämmerte bereits. Neben mir lungerte seit einiger Zeit ein alter Schwarzrock. Es schien, dass wir hier die einzigen Fahrgäste bleiben sollten. Der Geistliche roch angetrunken und redete auf mich ein. Woher ich käme und wohin ich wolle. Dabei rückte er mir auf die Pelle, fasste meine Arschbacken und versuchte, mir in die kurze Lederhose zu greifen. Zwar gelang es mir, auszuweichen, doch plötzlich stand er mit seinem erigierten Glied in der Hand da und presste, wie von Sinnen, seine Aufforderung heraus:

„Wichs ihn, wichs ihn."

Auch wenn es den Benediktinern nicht gelang, den Grundstein für eine Laufbahn in ihrem Kloster für mich zu legen, war der Aufenthalt eine Erbauung. Das lag am Archiv des tausend Jahre alten *Monastère*, das in mir eine eigenartige, neue Vorstellung der Verbindung von Gegenwart und Vergangenheit weckte. Da war etwas in Geschichte und Gegenwart, was sich zwar änderte, aber dennoch gleich blieb. … Wie soll ich sagen? Ja, etwas über die jeweilige Zeit hinaus *Verbindendes*. Klar, das war`s!: *Omnia mutantur, nihil interit*. Dieses alte Sprichwort Ovids aus dem 15. Buch der Metamorphosen: *Alles ändert sich, nichts geht zugrunde. Wie nachgiebiges Wachs werden neue Gestalten gebildet, aber dennoch ist es genau dasselbe. Nichts geht zugrunde, sondern es wandelt sich und erneuert sein Gesicht.*

Heilung durch Schläge

Bereitwillig händigte mir der Superior des Klosters den Schlüssel für das Archiv aus. Wenn ich mit nachgerade schwärmerischer Andacht über das alte marmorne Pavimentum unter dem großen Kreuzgewölbe des Saals schlich, in dem die Eichenregale sich unter der Last der Folianten bogen, schimmerte manchmal ein Lichtstrahl durch die bleiverglasten gotischen Fenster. Eine bedenkliche Ehrfurcht gegenüber dem Pergament machte aus mir eine Karikatur. Ein von Bildung ausgeschlossener Banause ertappte sich selbst bei der unterwürfigen Huldigung des alten Intellekts. Von Bewunderung und Wehmut ergriffen, setzte ich mich auf den brüchigen, Jahrhunderte alten belgischen Naturstein, griff nach einem Folianten und quälte mich durch das Latein oder Altfranzösisch der Handschrift. Wann immer ich Zeit fand, verzog ich mich in die teils 800 Jahre alte Dokumentensammlung.

An einem verlängerten Wochenende, Christi Himmelfahrt, nahm ich mir das Fragment eines *Anonymus* vor, der 1267 dem Abt der Benediktiner in Saint Hubert über die Verbreitung des *Flagellantismus* in der Wallonie berichtete. Für die Übersetzungen hatte ich mir aus der Bibliothek des Klosters ein Handbuch der mittellateinischen Paläographie und, wie es die Benutzerordnung vorsah, weiße Wollhandschuhe besorgt.

Die Geißelungen fingen nach einer *mira apparitio Mariae*, einer wunderbaren Marien-Erscheinung in Wiesenbach bei Sankt Vith an, dort, wo sich seit dem 9. Jahrhundert die St.-Bartholomäus-Kapelle befindet. Ich übersetzte weiter: *Viele Menschen, Arme wie Reiche, Ritter wie Bauern, zogen nackt bis auf den Gürtel umher. Sie trugen eine Fahne und brennende Lichter in den Händen, sowie auch Geißeln, mit denen sie sich schlugen, bis Blut floss. Sie sangen fromme Lieder und sie gingen von Kirche zu Kirche, von Dorf zu Dorf, von Stadt zu Stadt.*

Solche, die das sahen, wurden gerührt, weinten und legten sich gleichfalls mit dem ganzen Körper nackt zur Erde, sei es in Schnee oder Kot. Die Geißler behaupteten, niemand könne von seinen Sünden befreit werden, der nicht wenigstens einen Monat in ihrer Gesellschaft zugebracht habe.

Als ich am Sonnabend nach weiteren Dokumenten der Strafliteratur suchte, stieß ich völlig unerwartet auf ein Buch von 1698, auf dessen Titelseite sich fünf bebilderte Medaillons befanden. Im mittleren Medaillon sah ich zwei Personen, von denen eine sich auf einem Tisch abstützte und ihren nackten Hintern einer zweiten Person entgegenstreckte, die eine Rute hoch erhoben in der Hand hielt; offensichtlich, um auf den Hintern zu schlagen. Die Umschrift des Medaillons lautete MEA CULPA, ZELOTES, was so viel heißen könnte wie *Asche auf mein Haupt, Fanatiker*. Der Autor des Buches *Flagellum salutis oder Heilung durch Schläge* berichtete zudem von der Reise eines Braunschweiger Aristokraten, der nach Persien und Russland gereist war und folgende Beobachtung interessierten Menschenforschern mitteilte: Für Perserinnen und Russinnen seien Schläge ein besonderer Liebesbeweis. In Moskau habe er einen deutschen Kaufmann getroffen, der mit einer Russin verheiratet sei. Die habe ihn vor kurzem gefragt, ob er sie nicht liebe. Doch, natürlich, habe der erstaunt geantwortet. Was er denn falsch gemacht habe, dass sie auf diese Idee käme? Sie habe ihm geantwortet, er schlage sie nicht, also liebe er sie nicht.

Allem Anschein nach gibt es bei dieser Begierde, geschlagen zu werden oder sich selbst zu züchtigen, etwas ohnmächtig machendes, also keine kardiale Ohnmacht, eher einen Schwindel, eine Art kurzzeitige Benommenheit. Wie soll ich sagen, eine körperliche Sensation, die zu einer Erleichterung von der Qual des Begehrens zu einem erlösenden Stöhnen führt. Heilung! Gefühle, die nicht nur früher, sondern auch heute noch Leuten den Kopf verdrehen. Wie viele Schläge mochte Bruder Alain sich verabreicht haben für die Heilung von seinem sexuellen Begehren, dessen

Erfüllung er sich selbst im letzten Moment verbot, oder anders gesagt, mit dem er kläglich scheiterte. Vielleicht war er aber auch hinausgegangen in den dunklen Klostergarten, um die traurigen Überreste seines Herzens aufzusammeln.

Verborgene Geister in Vergangenheit und Gegenwart. Vor mir sah ich einen abenteuerlichen Tauchgang in die Rätselwelt des Lebens. Wenig später erfuhr ich aus erster Hand Neuigkeiten aus dieser Welt der Peitschenhiebe.

Zunächst aber stieß ich auf eine Schrift über die Karmelitin Maria Maddalena de Pazzi. Sie wurde Ende des 16. Jahrhunderts zu einer Art Geißler-Heldin. Heilung der Seele durch Verabreichung von Peitschenhieben. Dies machte sie zur Mystikerin und Heiligen. Sie wollte die *Fleischeslust* abtöten, *den Geist von der Sinnlichkeit befreien*. Ihr Begehren richtete sich auf die Peitsche.

Ich las in einer alten Schrift, dass die de Pazzi von ihrer Priorin forderte, sie mit den Lederriemen auf die Lenden in Höhe ihres Geschlechts zu schlagen. Es gäbe für sie keine größere Freude, als dort gezüchtigt zu werden. Dies musste in Gegenwart aller Schwestern im Chorraum der Kirche geschehen. Sie sei von einem inneren Feuer bedroht, dass sie verzehren würde, wenn sie nicht geschlagen werde. Während der Flagellation habe sie, so die Quelle, wollüstige Fantasien nach Penetration hinausgeschrien.

Im *Max*, einem Künstlercafé in Eupen, das ich häufig besuchte, traf ich oft Caroline. Sie studierte Modedesign, war Siebenundzwanzig und kurzhaarig wie Linda Evangelista. Spät abends verwickelte sie mich in endlose Gespräche, deren Inhalte unzweideutig schlüpfrig waren. Ihre Tagebucheintragungen erotischer Abenteuer illustrierte sie in einer DIN-A4-Kladde mit obszönen Zeichnungen. Eines Nachts, es war kurz nach zwölf, verschlug es mich nach einem langen Archivtag ins *Max*. Nur noch drei Wochen bis zum Ende des Postulats. Caroline, die ich vor zwei Wochen zuletzt hier traf, löste sich aus einer Umarmung mit einer Nachbarin und kam an meinen Tisch.

„Bonsoir Monsieur le postulant, va bien? … Was möchtest du trinken?"

Aha! Madame suchte meine Unterhaltung. Ich war nicht abgeneigt, mein Scheitern einzugestehen.

„Einen Médoc."

Sie kam mit zwei Gläsern zurück an den Tisch.

„Dann stehst Du mir ja wieder für meine schmutzigen Gedanken zur Verfügung", schmunzelte sie.

„Hast du je aufgehört, sie mir ins Ohr zu flüstern?"

Sie lachte und gab mir einen Kuss auf die Wange. Ich legte die lange Schweigsamkeit ab und beichtete ausführlich das unrühmliche Ende des Postulats.

„Bernardo, ich wusste es von Anfang an, die Regeln des Benedikt von Nursia sind doch nicht für Dich gemacht. … Also hat Dich dieser Alain nicht gefickt?"

„Ich bin wegen des Archivs geblieben."

„Ah! Da liegt der Grund Deiner Liebe, nicht wahr?"

Ich zuckte die Schultern und tat unwissend. Ein kluges, manchmal schamloses Mädchen. Ich mochte sie. Wir nippten an unseren Gläsern und ich berichtete ihr von meinen Recherchen zum Flagellantismus. Sie schmunzelte und zog mich ins Vertrauen.

„Ich kenne diesen erotischen Schwindel, diese kurze Benommenheit, wie du sagst, aus eigener Erfahrung."

„Wie das? Davon hast du noch nie was erzählt!"

Caroline, unverblümt süchtig nach Bewunderung, genoss ihre Besonderheit unangenehm herablassend gegenüber den Harmlosen. Klappte das nicht, wurde sie still. So kannte ich Caroline! Ich mochte sie wirklich. Aber *so* besessen?

„… Mit dieser Ekstase hast *Du* doch nichts zu tun, … oder?"

Sie zündete sich eine Marlboro an.

„Doch! … Aber anders, als Du denkst."

„Wie? …"

„Na, ja, ich verspüre Lust, … wenn sie - Du kennst sie nicht - mir … ja, auf den Arsch schlägt."

Sie lachte - etwas verlegen.

„Wie bitte?" fragte ich sie staunend.

Sie rief die Bedienung, bestellte sich einen weiteren Wein. Dann näherte sie sich meiner Wange, tat geheimnisvoll:

„Sie schlägt mich mit ihrer Hand oder mit einem Gürtel auf den Hintern. … Ich mag das."

Ich tat so, als sei ich keineswegs überrascht oder schockiert. Aber das Gegenteil traf zu.

„Stark?"

„Es muss schon ein bisschen weh tun. … Vielleicht liebe ich sie ja."

Sie war wieder zurückgewichen. Was für eine Frage? Das zu hören, tat mir nicht gut; ich spürte es sofort, dieses Ziehen im Brustraum. Zu viel emotionales Engagement für dieses schmalbrüstige andere Geschlecht, das ich seit einem Jahr kannte. Momente, in denen sie still und schweigend dasaß. Nichts sagte. Keine Regung zeigte. Das mochte ich. Genauso, wie ihre obszöne andere Seite.

„Das ist wie das Ablegen einer Last, diese Schranke überwinden, dieser Schauder tut so gut."

Sie betrachte diese Überwindung „dieses Fieber" für sich als: „émancipation". Sprach's hochnäsig. Affig! Ich mochte Caroline mehr, als ich mir zugestehen wollte, fühlte mich jetzt regelrecht schwächlich. Es seien für sie „tolle Erfahrungen". Ihr Sexualleben sei abwechslungsreicher geworden, sie bekomme multiple Orgasmen.

„… Ach Gott! … Ich seh' schon! … Du hast keine Ahnung!"

Doch, hatte ich, nein, nicht wirklich, aber wenn schon, dann wollte ich es aus *ihrem* Mund hören, also schaute ich sie erwartungsvoll an.

„… Also! … Du spritzt ab … und das war's! Stimmt's?"

Woher wollte sie das wissen. So nah war ich ihr noch nie gekommen. Ich blieb reglos und stumm. Sie nahm's wie's war und legte los:

„Bei Frauen ist das anders, Monsieur le Postulant! … Ist

natürlich nicht bei allen Frauen gleich. Klar! … Ich bin ein *Plateau-Typ*, das heißt, mir kommt es in Wellen."

Sie wartete auf eine Antwort.

„Kapiert?"

„Nein. … Ach doch, ja, ich glaub' schon. … Geschlagen werden! Ficken! Kommen! … Mehrmals! Mal stärker, mal schwächer!"

„Genau! … Du kennst dich ja aus? … Woher?"

Sie lachte und gab sich subito selbst die Antwort:

„Ach! Literatur! … Was sonst?"

Sie lachte erneut und gab mir einen Judaskuss auf die Wange.

„Und - Du wirst es nicht glauben: Das hat mein Selbstbewusstsein gestärkt, verstehst Du? C'est ce que tu ne connais pas, petit croyant?"

Affig! Ich ignorierte ihre Herabsetzung, bemerkte nur stoisch:

„So viel Eifer, Caroline? So viel Hingabe? So viel Dévaluation de l'amour *?"*

War ja nicht so, als könnt' ich's nicht auch affig. Ich hätte einen hohen Einsatz darauf gewettet, dass sie mich auslachen würde. Tat sie aber nicht. Ich sprach die *Entwertung der Liebe* gedehnt aus.

„Oh! Mon petit frère, mon petit frère, ooh, mein Brüderchen," erwiderte sie; „glaubt der Kleine an die Liebe?"

Sie lachte nicht mehr, überraschte mich mit ihrer plötzlichen Ernsthaftigkeit:

„… Ich könnte Dich lieben, … aber was brächte mir das? Haushalt und Kinder? Nein, das brächte mir keinen Genuss. Jeden Morgen Deinen Kopf neben meinem? Bernardo, ich bitte Dich!"

Ach ja! Sie war ehrlich und unsentimental, das kündete schon vor einiger Zeit einmal ihr kurzer Griff in meinen Schritt. Welche Frau macht denn so was!

Trotz abnehmender Lust, mich weiter mit ihr zu unterhalten, antwortete ich:

„Stimmt! Und ich würde sehr wahrscheinlich in der Liebe verharren, wie …"

„… ein Romantiker", vollendete sie den Satz.

Ich ließ das so stehen. Redete stattdessen dann den letzten Rest meiner Gedanken zu diesem Thema in dieser Nacht heraus, ohne mich unterbrechen zu lassen. Kehrte den Klugscheißer heraus. Natürlich habe das, was sie mache, mit seelischem und moralischem Masochismus zu tun, und der finde seine Fortsetzung in der Lust, sich Schmerzen zufügen zu lassen oder sich selbst zuzufügen. Man benötige ja nicht unbedingt zwei Personen, eine, die Schmerzen zufügt und eine, die Schmerzen erträgt. Das alles fände sich logischerweise auch im Triebhaushalt nur *einer* Person, „nämlich *Deiner*". Ich konnte es nicht vermeiden, sie bei dem letzten Wort sanft an ihrem Oberarm zu berühren. Sie sah mich durchdringend an. In ihren Augen funkelte eine Mischung aus Sinnlichkeit und Distanz. Schätzungsweise bald zehn Sekunden waren vergangen, da erst löste sie den Blick von mir. Sie steckte sich eine Marlboro an. Als wäre der Zeitpunkt abgepasst, fiel die Eingangstüre geräuschvoll ins Schloss. Ein athletischer Mann mit Zopf, Anfang Dreißig, betrat das Max und sah sich suchend um. Sie winkte ihm zu. Er kam grußlos an unseren Tisch, ignorierte mich, griff ihren Kopf und drückte ihr einen langen Kuss auf die Lippen, die sie für einen Zungenkuss öffnete.

Mich ergriff wieder die Beklemmung in der Brust und die altbekannte Müdigkeit, die nichts mit der *eigentlichen* Müdigkeit, der Schläfrigkeit, zu tun hat. Ich sehnte mich nach den Archivalien.

Am Sonntagvormittag las ich nach der Frühmesse in meinen Notizen zum Flagellantismus vom Vortag:

In den Geißlergesellschaften des 13. Jahrhunderts taucht die Ohnmacht beim Ausüben des Flagellantismus das erste Mal massenhaft dokumentiert auf. Sie funktioniert wie eine Dauerhypnose: Demütige Unterwerfung, Gefügigkeit, Anspruchslosigkeit, pure Hingabe.

Folgenden Fragen nachgehen: Immer nur auf Kosten der eige-

nen Person? Lustgewinn? Ein immer schon vorhandener, bleiben-
der menschlicher Defekt? Hat dieses Laster den Menschen so sehr
im Griff? Unterliegt er den Lüsten bis hin zu den heftigsten
Selbstverletzungen? Oder: Erniedrigt er eine Person nicht nur?

Den letzten Satz hatte ich markiert. Nun ja. Klar war, dass solche Fragen nicht nur an die Vergangenheit gerichtet werden konnten. Nach dem in der vorletzten Nacht geführten Gespräch mit Caroline im *Max* gehörte dieser *Defekt* für mich zum *menschlichen Repertoire*. Oder war das gar kein Defekt? Wandern Defekte, vermindert um ihre moralische Bedeutung, ins Repertoire der Normalität? Gehirnwäsche?

Trotz der strahlend schönen Herbsttage, den letzten Tagen in St. Hubert, die ich mit Spaziergängen im Bois de Fays verbrachte, legte sich eine Art geistige Kraftlosigkeit auf mein Gemüt. Am Tag meiner Abreise, einem Freitagmittag, nahm ich gegen 13 Uhr den 162 b nach Libramont und von dort den IC nach Liège-Guillemins und einen Anschlusszug nach Eupen. Um 16 Uhr schloss ich die Tür einer Wohnung auf, die ich vor drei Wochen in der Haferstraße gefunden hatte. Bisher befanden sich dort nur eine Matratze, Bettzeug, etwas Kleidung, Bücher und ein Wasserkocher. Ohne Pierres und Zumas Hilfe wäre ich womöglich wieder am *Silberberg* gelandet.

Der Leere im Kopf entsprach meine Entscheidung, spät abends dem *Max* noch einen Besuch abzustatten. Wozu Gemütszustände oft verleiten. Ungewollt? In die schon zerbeulte Seitentasche meines Jackets hatte ich Campbells *Der Heros in tausend Gestalten* verstaut. Ich suchte mir einen Eckplatz, an dem ich möglichst ungestört das zweite Kapitel lesen wollte: Der Weg der Prüfungen.

Kurz vor Mitternacht betrat Caroline in Begleitung einer jungen Frau, jünger als sie, die Bar. Eine zarte Person. In den weiblichen Proportionen klein. Sie trug ein sehr kurzes, ärmelloses Lederkleidchen. Influencer-Look. Wirklich sehr kurz. Sie kamen an meinen Tisch.

„Was liest Du?", fragte mich Caroline grußlos, stoned.

Ich hielt den Titel des Buchs hoch:

„... die Stelle, wo die unglückliche Psyche nach langer Suche auf ihren Geliebten, Amor, trifft. Seine Mutter, Venus, ist eifersüchtig, sperrt ihren Sohn ein und entschließt sich, die Geliebte ihres Sohns als Sklavin zu halten und zu schlagen ... Kennst Du so was, Caroline?", provozierte ich.

„Nicht schlecht, was, Caro?", blaffte die Freundin, ebenso stoned.

Ich war mir nicht sicher, ob „Caro" ihre Frage und meine Bemerkung überhaupt verstanden hatte. Ich klappte das Buch zu. Nein, „Caro" befand sich im Tunnel. Caroline strich mir über die Wange:

„Ja, ja, Lieber, die gefährlichen Hexen. Folgen nachts den Einladungen von bösen Zauberern", sagte sie und strich mir immer noch über die Wange.

Ließ nicht von mir ab, blickte leer zu ihrer Influencer-Begleitung.

„Süßer, wir waren heute Nacht in der Unterwelt, um zu sündigen, ... n'est-ce pas, Bien-aimé?", sagte sie zu ihrer Freundin gewandt und strich mir erneut über die Wange.

Sollte ich das ernst nehmen? Das war so ein Faden, an dem sie mich hielt. Ihre Mehrdeutigkeit, die verletzte, nie alles enthüllte und doch Zuneigung signalisierte, aber gezügelt oder auch Furcht, etwas zu verlieren? Deswegen vielleicht nun dies:

„Bernardo ..."

Sie nahm meine Hand und führte sie zu ihrem kleinen Busen, dem, unter dem ihr Herz pochte:

„Also, wir waren wirklich in der Unterwelt. ... Eine geile Reise, mio caro. War das geil."

Sie ließ meine Hand los. Beide Frauen lachten. Ich ließ meine Hand an ihrem Busen.

„Wir hatten ein *acting out.*"

„Acting out?"

„Ja, Lieber, ... wir waren auf einer S/M Party."

Meinen verständnislos erschrockenen Blick beantwortete die Freundin herablassend, aufgedreht:

"Blaubart! Schon mal gehört? ... Der Schlossherr hatte

Riemen, echt Leder", wieherte sie laut lachend. „… Hat mich auf einem Altar *versklavt!*"

Das schwache Verb lachten die Freundinnen im Chor überdreht grell heraus. Meine Hand hatte ich von Carolines Busen zurückgezogen.

„Lass sie doch da!", brüllte sie mich an.

Mir fielen tantrische Zeremonien ein. Keine Ahnung, warum. Vielleicht, weil ich vor kurzem einen Kunstband mit erotischen Abbildungen tibetischer Schulen des buddhis-tischen Tantras antiquarisch erworben hatte. So eine Art Ritus oder religiöser Brauch im alten Indien. In der Pagode werden Speisen auf dem nackten Körper eines Mädchens ausgebreitet. Der Körper der Frau als Altar, Eucharistie und dann Vereinigung mehrerer Paare, bisexuell. Das Weibliche im Mann, das Männliche in der Frau. Versöhnung oder so ähnlich. Ich glaubte nicht, dass die beiden sowas erlebt hatten, wenn Riemen aus echtem Leder zum Einsatz gekommen waren. Hatte jetzt auch keine Lust auf Mitteilungen aus dieser mir fremden Welt.

Die Nachtbedienung drehte *Intriguing Possibilities* von *Trent Reznor* laut auf. Die Freundin brüllte unnötig erklärend gegen die Musik an:

„Masosex, … echt porno, … aggro, Beschimpfungen, … heissss."

Ganz sicher nicht tantrisch. Es ging auf Halbzwei zu. Wir waren die einzigen Gäste. Die Nachtbedienung rechnete im Nebenraum ab. *Intriguing Possibilities.* Der Song ist 34:11 min. lang. Caroline griff ihrer Begleitung unter das Lederkleidchen in den Schritt und begann sie zu befummeln. Sie küssten sich. Ich sah mir also diese Demonstration an. Offensichtlich genossen sie die Bühne mit mir als einzigem Zuschauer. Caroline sah auffordernd zu mir hin. Ich nahm mein Rotweinglas, stand auf und verschaffte mir Zugang zum Plattenteller: *Nine Inch Nails, The Fragile.* Ein großartiges Album. Irre Tonlandschaft. Magisch. Dann drehte ich auf bis zum Limit: *The Hand That Feeds.* Vom Plattenteller aus sah ich, dass Caroline sich über ihre Begleiterin beugte und ihr durch das Kleidchen in die linke, kleine Brust biss. Die kreischte lachend. Carolines Finger unter dem Kleid der Frau stimulierten sie weiter und da das Kleidchen hochgerutscht war, sah ich: Kein Slip, rasiert, Vagina-Piercing. Sie küssten sich leidenschaftlich. Berstendes Leben.

Vom Hohen Venn blies ein kalter Ostwind. Auf den großen Torfheiden in gut 600 Meter Höhe wucherte Pfeifengras. Der heftig wehende Wind brachte es in musikalische Schwingungen. Ich saß im E 23, Sankt Vith - Eupen. Mein Blick aus dem Busfenster in die blassgelbe Moorlandschaft hinter Soubrodt löste in mir so eine Art Bruch mit den letzten menschlichen Begegnungen aus. Schob sie – ihrer überdrüssig - beiseite. Dachte an Allegris *Miserere mei Deus.* Karwoche. Allein. Erinnerungsfetzen: Auf der Rückreise aus Dublin war ich in Cambridge hängengeblieben. Clair Colleges. Karfreitag. Lag auf dem Rasen an der Cam und hörte plötzlich aus der Kapelle diese ergreifende Antiphone. Ich schlief ein, träumte, dass alle Seitenwände der Fähre, mit der ich aus Irland unterwegs gewesen war, wie riesige, rechteckige Türbleche herunterklappten. Nur noch die metallene Fläche auf dunkler rauer See in mondlos finsterer Nacht. Ich empfand damals ein diffuses Selbstmitleid: Verlust jeder bergenden Sicherheit. Wälzte mich in dieser selbstmitleidigen Empfindung. Wehrte mich nicht gegen die wieder erwachte melancholische Verschlossenheit. Dekadent.

Als der Bus in Eupen irgend so eine Ballerbude für Fitness passierte, dachte ich an die sportlichen Selbst-optimierer, vor denen ich mich verbergen sollte wie vor den sexuellen Selbstoptimiererinnen im Max, um nicht zu hören: Mach mal halb lang mit deinem Robert Burton und der Schwermut von vor 500 Jahren. Versuch's mit unseren Sportarten! Erhöh 'deine Vitalwerte! Gerne würde ich diesen Fitness-First-Lappen eine Selbstbefragung ins Gedächt-

nis rufen: Sollte ich nicht jetzt schon eine Grabstelle pach-
ten?

Der TEC-Bus hielt pünktlich am Bushof in Eupen. Ich
stieg aus, ein kalter Wind wehte.

Die Taten der Ehrlosen

Dr. Franz

An der Universität der Deutschsprachigen Gemeinschaft in Eupen begann ich ein Studium der Geschichtswissenschaft mit dem Schwerpunkt Mittelalterliche Kirchen- und Religionsgeschichte. Ich fror erbärmlich unter dem grünen Blouson auf dem Weg vom Bushof über die N 67 hoch auf den Kalberberg in die Bibliothek der Historiker. Sébastien lernte ich beim Blättern im Bibliothekskatalog kennen. Auf der Suche nach Literatur für das Seminar *Unehrlichkeit* des Mittelalterhistorikers Dr. Franz waren wir ins Gespräch gekommen. Sébastien saß bei Dr. Franz auf einer 10-Stunden-Stelle als wissenschaftliche Hilfskraft. Franz war ein Experte für Themen des *Abweichenden Verhaltens im Mittelalter*. Sébastien schrieb an einer Examensarbeit: *Zeremonien in Satansmessen.*

„Im Mittelalter oder heute?", fragte ich ihn.

„Sowohl als auch. Zurzeit sitze ich an kirchlichen Prozessakten aus dem 14. Jahrhundert. Berichte über die Geheimkulte, die bei den Tempelrittern vorgekommen sein sollen. Eine Mischung aus Wahrheit und Propaganda. Diese Ritter lehnen Heiraten und Nachwuchszeugen als luziferischen Willen ab."

„Religiöse Asketen?"

„Bei weitem nicht. Reiche Rittermönche. Die feiern in ihren geheimen Kulten *Illuminatio,* sogenannte Erleuchtungsmysterien mit viel Nacktheit und Selbstvergöttlichung. Propagieren strengen Weltverzicht. Praktizieren aber wohl teils exzessiven homosexuellen Verkehr. Aber es bestehen Zweifel an den Überlieferungen wegen der Art der Dokumente.

Alles Prozessakten der päpstlichen Inquisitoren. Die große Gier der Verfolger auf den Besitz."

Sébastien hatte bereits am Institut der Katholischen Universität Leuven den Master of Society, Law and Religion erworben. Ein großer Plauderer. Franz, so erfuhr ich von ihm, erforsche die *Kreaturvergötterungen* in den heiligen Hainen der Heiden des 12. und 13. Jahrhunderts.

„Der sucht nach Spuren von Anbetungs- und Opferpraktiken, Trinkverhalten und den sexuellen Gepflogenheiten der Götzenanbeter. … Kommt mir natürlich sehr entgegen. Ich beschäftige mich schon seit der Zeit in Leuven mit der Geschichte des Satanismus. Okkulte Feiern, schwarze Messen."

Franz hocke immer noch auf einem W1-Lehrstuhl, offenbarte Sébastien, den ich nun häufig in die Mensa des Instituts begleitete. Im Wax-Verlag hatte Franz 1992 seine Forschungen über die Ketzerbekämpfung vom Juni 1233 im östlichen Teil Deutschlands veröffentlicht. Ich lieh das Buch aus. In der päpstlichen Bulle *vox rama* behauptet Gregor IX, dieser Papst aus Ostia, Conti-Adel, der die Armut, die Folter und das Verbrennen der Ketzer liebte, dass in der Gegend von Marburg eine Häresie ausgebrochen sei. Der Prediger und Inquisitor Konrad von Marburg, Seelsorger der verwitweten Gräfin Elisabeth, hatte - wie sich später herausstellte - Elisabeth mit einer *neunschwänzigen Katze* gezüchtigt. Vorgeblich verlangte sie nach diesen Schlägen mit den Lederriemen. Konrad war Ratgeber Papst Gregors. Dem schrieb er, dass in den besagten Gebieten Sachsens und Thüringens Vermögende, gottlose Reiche, in der Kirche einer Kröte oder Katze nachts den Arsch küssen würden. Dann würde das Licht gelöscht und es bräche eine große Unzucht unter den Anwesenden aus. Diese Teufelsanbeter würden die empfangene Hostie im Mund behalten und zu Hause in den Abtritt spucken. Der römische Papst befahl, dies von allen Kirchenkanzeln zu verkünden. Die Krötenküsser wurden verfolgt und, wenn man ihrer habhaft wurde, verbrannt.

Als ich nach der Mittagspause ins Historische Seminar wechselte, stieß ich wie gewollt auf Dr. Franz. Ein ungefähr ein Meter sechzig kleiner, schlanker Mann, vielleicht Ende Vierzig oder Anfang Fünfzig? Schwer zu schätzen. Lockiger, aber schon ergrauter Haarkranz. Er balancierte auf einem Tablett drei Bücher, einen Teller mit Zitronentartelettes und eine Tasse Tee. Ich musste ihm ausweichen. Blieb stehen. Da ich ihm nun so unvermittelt gegenüberstand, nutzte ich die Gelegenheit und bot an, beim Transport behilflich zu sein, was er mit „Gerne!" und einem freundlichen Lächeln bejahte. Er übergab mir das Tablett. Sein Buch klemmte ich unter den rechten Arm. Am Ende des Gebäudezahns lag sein Büro. Es glich einer Mönchszelle. Karg. Nur Regale, Schreibtisch, Stuhl. Kein Bild, kein Kreuz - wie hier im Haus sonst üblich - an der Wand. Aber: Regale, Schreibtisch, Stuhl, ja sogar der Boden und der Besucherstuhl vollgepackt mit Büchern, Akten, Kladden und Heften.

„Stellen Sie das Tablett hier auf den Stapel."

Ich jonglierte das Servierbrett auf einen Bücherturm. Franz setzte sich und griff nach dem Tee.

„Ach, leider habe ich jetzt keinen Tee für Sie."

Ich winkte ab.

„Aber bitte setzten Sie sich doch. Räumen Sie die Bücher einfach auf den Boden."

Als ich saß, fiel mir sofort zwischen all dem Schriftkram eine kleine Holzfigur auf. Klar, das war doch eine *Karin Frank*.

Nach ihrer Ausstellung *Regelsau* im IKOP-Museum in Eupen hatte ich Zeichnungen der Wiener Künstlerin erworben. Darunter befand sich auch eine Grafik zum Ausstellungstitel. Die rot kolorierte Skizze *Regelsau*.

Karin Frank schnitzt aus Zirbenholz wie die *Herrgott-Schnitzer* Oberammergaus. Allerdings Schamlosigkeiten wie die in der Skizze abgebildete, menstruierende Frau, die ihre Schamlippen auseinanderzieht und den Blutstrom auf den Boden hinunterfließen lässt. Ihr bildhauerisches und grafisches Werk zeigt Ähnlichkeit mit den erotischen, lustvoll beängstigenden Phantasien Maria Lassnigs, die ein Ehrengrab auf dem Wiener Zentralfriedhof bekam.

Unter den Zeichnungen Franks, die ich erworben hatte, befand sich auch die gelb kolorierte Darstellung *Christus am Kreuz*. Der gemarterte Nazarener besaß unverkennbar eine Ähnlichkeit mit Curt Cobain.

Die Skulptur auf dem Tisch von Dr. Franz zeigte einen weiblichen Halb-Torso: Der obere Teil des weiblichen Körpers fehlt. Aus dem Unterleib der Frau steigt eine jugendliche, männliche Figur empor. Sie verlässt den Frauenkörper in aufstrebender Geste. Ein Fuß ragt aus der Scheide. Ehrlich überrascht sagte ich:

„Sie besitzen ja eine Karin Frank!"

„Ja!", antwortete Franz. „Ich habe ihre Ausstellung im IKOB-Museum gesehen und diese Figur gekauft. Eigentlich wollte ich die *Regelsau* kaufen, aber die hatte sie bereits dem Museum versprochen. Also entschied ich mich für den *Aufstrebenden.*"

Ich studierte den weiblichen Torso, aus dem der Aufstrebende, ein Junge, wie welterobernd heraustritt.

„Ich bin begeistert von der Fähigkeit der Bildhauerin, Eigenschaften, also hier diese Eroberungsgeste, dieses Strebertum, zu modellieren, oder wie sie alltägliche körperliche Verrichtungen, die wir schamhaft verbergen, wie Furzen, Menstruation oder Geschlechtsverkehr, mit ihren Figuren in Szene setzen kann", kommentierte ich bildungsbeflissen.

„Sie kennen sich in der zeitgenössischen bildenden Kunst aus?"

„Ja, ich war im Kunsthandel tätig und besitze selbst eine kleine Sammlung."

Seine Mimik verriet, dass er in mir einen Verbündeten entdeckt zu haben glaubte. Diese Bekundung konnte ich leider nicht erwidern. Warum?

Als ich über den Flur zurück in die Cafeteria ging, dachte ich, dass mir *irgendwas* unangenehm an dem Gelehrten aufgefallen war. Was war das? Da war etwas, was meine Sympathie für ihn trübte, wenn nicht sogar verdarb. Ja, genau! Es war seine *Stimme*! Seine Stimme war hoch, piepsig. Unwillkürlich dachte ich an einen Eunuchen. Und Sébastien hatte mir erzählt, dass er verheiratet sei. Es gab also eine Frau, die seine Stimme tagtäglich hören musste, womöglich auch während der ehelichen Intimität? Aber vielleicht vollzog sich der geschlechtliche Verkehr auch stumm.

Franz war mit einer ehemaligen Nonne verheiratet. Das erfuhr ich natürlich von Sébastien. Auf mein Drängen hin quasselte er einige Details aus dem privaten Leben von Franz aus. Der habe seine jetzige Frau, die Benediktinerin gewesen sei und bereits den Profess abgelegt habe, aus dem Kloster herausgeholt und geheiratet. Sie stünden nun aber kurz vor der Scheidung. Er schlafe seit der *Burgund-Exkursion* im vergangenen Semester mit Christin, verriet mir Sébastien. Die sei mir doch sicher schon aufgefallen. Ich kannte sie, oder besser gesagt ihren aphrodisischen Hintern, der unter dem stets kurzen Rock, den sie trug, aufreizend wippte. Wenn sie am Kopierer Papier in die unteren Fächer nachlegte, bückte sie sich so, dass der Blick auf ihre nur knapp von einem Slip verdeckte Gesäßspalte fallen musste. Ein Po, der in fließender Form sich aus einer sehr schmalen Taille bildete. Ein Hingucker. Zu Sébastien sagte ich:

„Ich wette darauf, dass die ins Fitnessstudio geht, … bei dem Po."

„Sie joggt", klärte mich der Satanismusforscher auf.

Wie das *Frankfurt Institute for Advanced Studies* herausgefunden hatte, sind auch tiefe Männerstimmen nicht so sexy, wie allgemein angenommen wird. Die Forscherin der Studie kam zu dem Ergebnis, dass am meisten eine *souverän* klingende Stimme bei Frauen ankommt.

Anscheinend hinderte Franz' Stimmlage Christin nicht an eine Affäre mit ihm. Oder war da mehr? Sébastien:

„Kann schon sein."

Ich tippte darauf, dass der Herr Dr. den hinteren Reizen

der blonden Perle erlegen war und sie das für ihre Abschlussarbeit *Die gute Gattin im 13. Jahrhundert* zu nutzen wusste. Ich fand keinerlei Einwand gegen eine solche unausgesprochene Übereinkunft. Allerdings erhielt Franz' Stimme bei mir plötzlich einen penetranten Nachklang. Wie konnte ich das nur die ganze Zeit über verdrängt haben? Mir fiel ein, wann es mir das erste Mal aufgefallen war. Wie tief doch bestimmte Wahrnehmungen verbuddelt werden. Seine Stimme, eigentlich ungenießbar. Gewöhnt sich der Mensch an alles?

In einem Seminargespräch erläuterte er Augustinus´ Idee des Gottesstaats: Den Unterschied der Begriffe *Civitas dei* und *civitas terrena,* das Reich des Heils und das der irdischen Verdammnis. Entweder würden wir zu Kindern des Lichts oder zu Kindern der Finsternis. Piepsig, fast kreischend hörte ich:

„Verstehen Sie, was ins Reich des Heils oder ins Reich der Verdammnis führt? Das sind alles *Spuren, Spuren,* die Menschen, egal wo, in der historischen *Wirklichkeit* hinterlassen. Verstehen Sie? *Spuren!"*

Wirklichkeit und *Spuren* betonte er derart jämmerlich. Es klang einfach nur abstoßend in meinen Ohren. Klar, das war ungerecht. Aber … Pfff! Verdrängt! Ja, diese Eindrücke hatte ich wahrhaftig verdrängt. Und nun, wieder präsent. Ich konnte mich nicht daran gewöhnen. Warum setzte ich mich diesem nur schwer erträglichen Klang aus. Überdeckten die klugen Inhalte seiner Gedanken die Stimme, mit der er sie vortrug? Vielleicht. Den wahren Grund meines nicht von Sympathie getragenen Verhältnisses zu Franz musste ich mir dann aber ehrlicherweise eingestehen: Nichts anderes als sein Wohlwollen wollte ich mir nutzbar machen. Darum ging's mir. Ich heuchelte. Anders als Christin mit ihren anatomischen Reizen musste ich auf etwas anderes zurückgreifen, die obszöne Bildhauerei. Sein Wohlwollen entsprang offensichtlich dem Kunstgenuss, der obszönen Bildhauerei der Wiener Holzschnitzerin. Fast ehrfürchtige Züge zeigte sein Gesichtsausdruck bei meinen Bekenntnissen zu Franks

Kunst und meiner Sammlerleidenschaft. Mit schlechtem Gewissen über die einseitig bestehende Sympathie dachte ich für einen kurzen Moment daran, ihm den Ratschlag zu erteilen, einen Stimmcoach oder meine HNO-Ärztin aufzusuchen. Ein Untersuchungstermin bei ihr fiel zufällig genau in diese Zeit.

Ihre Praxis liegt in der Grande Rue in Malmedy. Bei der Autovermietung RentCar in Eupen lieh ich einen Opel Corsa. Meine HNO-Ärztin ist auch Fachärztin für Phoniatrie. Ihr Mantra lautet: *Eine Stimme hört man.* Die Stimme - so die Fachfrau - könne sympathisch, hell oder tief klingen, sie könne piepsig, ohne Klang, blechern, kreischend, nasal sein oder wie ein Kloß klingen. Wir unterhielten uns über die Pflege der Hör- und Stimmorgane. Ich hörte nicht nur vermindert, sondern sprach auch sehr heiser. Nach Entfernung des Ohrenschmalzes griff sie zum Endoskop und untersuchte Nasenhöhle, Rachen und Kehl-kopf.

„Sind Sie fündig geworden?"

„Nein!"

Sie lehnte sich zurück in ihrem Stuhl, griff hinter sich in ein Regal nach einem Blatt Papier und zeichnete darauf gut erkennbar die Anatomie der Atmungsorgane. Dabei erläuterte sie:

„Sehen Sie hier: Durch das Absenken des Zwerchfells - so - wird der Brustraum vergrößert, die Lungen erweitern sich beim Einatmen und saugen Luft ein. ... So! ... Wenn diese Kontraktion beendet ist, beginnt das Ausatmen."

Geschickt, mit kurzen schnellen Strichen, wie sie den Atemausstoß zeichnete. „Jetzt kommt es auf die Stimmlippenspannung an. Schauen Sie: Durch die Spannung der Stimmlippen - so - entsteht der Primärschall des Kehlkopfes. ... Die Stimmlippen können nicht so frei schwingen bei Heiserkeit. Eine Reizung. Lutschen Sie Isla-Moos."

Ich betrachtete ihre Zeichnung der Stimmlippen, die große Ähnlichkeit mit der Anatomie der Vulva zeigte.

„Sie haben eine künstlerische Begabung. Wie die Natur

sich doch in ihren Formen wiederholt."

Verlegen blinzelte sie mich an: „Ach, ich zeichne privat ein bisschen. Zumeist Blüten."

„Blütenaufbau, Stimmlippen und - ja, die besitzen anatomisch eine gewisse Ähnlichkeit."

Ich verkniff mir, auch die Ähnlichkeit mit den Schamlippen zu erwähnen, ahnte aber angesichts ihres Errötens, dass sie wusste, worum es bei meiner Auslassung ging. Wie schamhaft! Sie legte das Blatt beiseite und wandte sich mir zu:

„Ihre Heiserkeit könnte auf psychischen Stress zurückzuführen sein, denn eine Entzündung kann ich nicht feststellen. Sind sie oft aufgeregt? Wissen Sie, dass sogar Liebeskummer Menschen regelrecht verstummen lässt?"

„Sie machen mich sprachlos, Madame", entgegnete ich spöttisch und heiser.

Liebeskummer? Für einen Augenblick verließ ich in Gedanken das Sprechzimmer und …

"Herr Baal …", rief die zeichnende Medizinerin mich zurück in den Raum.

In ihrer Mimik schimmerte das schüchterne Mädchen durch. Irgendwie sympathisch.

„Sie sind gesund!"

Da es nicht meine Art ist, wortlos zu kommen und zu gehen, verabschiedete ich mich, schon die Türklinke in der Hand, mit:

„In der Scholar bei den Benediktinern erreiche ich mit der Kopfstimme den Ton b."

Fast hätte ich zur Bekundung meiner gesanglichen Fähigkeit die ersten Akkorde der Arie des Sarastro intoniert. Mit wieder ernster Miene antwortete sie:

„Meiden Sie konzentrierten Alkohol!"

Das schüchterne Mädchen hatte der Klugscheißerin wieder Platz gemacht.

Der Aufklärung der HNO-Ärztin über die *Stimmlippenspannung* entnahm ich, dass sich bei Dr. Franz die Stimmlippen einfach komplett schlossen. Wie sehr würde dieses

Phänomen meine Wertschätzung beeinflussen? Leider blieb es bei meiner getrübten Herzlichkeit für ihn. Es bedurfte jedesmal einer gewissen Überwindung, wenn ich ihm zuhören wollte. Auf den Ratschlag, die HNO-Ärztin aufzusuchen, verzichtete ich.

Welcher unkontrollierbare Einfluss doch das Fühlen auf das Denken und Verhalten hat. Wie ungerecht.

Henker und Müller

Auf dem Rückweg von Malmedy nach Eupen hielt ich in Jalhay für eine frisch vom Blech genommene Brioche mit Hagelzucker aus der Boulangerie Forsch. Mit einem Becher Kaffee und einem Stück des köstlichen Gebäcks schlenderte ich zur Église Sainte-Catherine, setze mich in eine Bank vor die alten Adelsgräber aus schwarzem Maaskalkstein und dachte an den Raubvogel, den ich vor Charneux mit seinen Schwingen festgeklemmt in einem Weidezaun gesehen hatte. Ein jämmerliches Bild, das nach Erlösung verlangte. Sollte ich ein Samariter sein und dem Tier aus dem Draht helfen oder der fünfte Engel der Finsternis und dem Habichtweibchen den Kopf abhacken?

Dr. Franz überraschte mich am Montagmorgen vor dem Beginn des Hauptseminars mit einem Forschungsauftrag für die obligatorische Semesterarbeit. Mittwochnachmittag wollte er mich instruieren. Eigentlich beabsichtigte ich, an diesem Tag dem Calestienne-Plateau mit dem Bett des Teufels beim Menhire von Weris, einen Besuch abzustatten. Dachte daran, bei der untergehenden Sonne im Waldgrün zu meditieren, wie schon häufiger. *Gehet in die Wälder und werdet wieder Menschen* - Jean Jacques Rousseau. Ein Alter, der in einem Sprengbunker am Fuchsbach im Venn hauste, erzählte mir, nachts reite der Satan auf dem Menhire. Er werde von einem Müller begleitet. Der sei wütend, fluche über seine bewegungslosen Mühlsteine und appelliere an seinen Kumpanen, den Teufel, ihm zu helfen. Welcher gehörnte Gott mochte in dieser Waldeinsamkeit seinen Samen hinterlassen haben? Ich war neugierig. Aber die Neugier musste aufgeschoben werden

Franz stellte mir zur Bearbeitung zwei ehrlose mittel-alterliche Berufe zur Auswahl. Ich entschied mich aus nahe-liegenden Gründen für beide: Müller und Henker.

„Recherchieren Sie zunächst im Archiv der Herzöge de Pierret in Edingen. Die hatten große Besitzungen in der Wallonie. Vielleicht finden Sie da was in den Regesten. Da lagern bedeutende Bestände zur Geschichte des Mittelalters der nordöstlichen Gebiete des heutigen Belgiens. Sie sollten mit Ihren Forschungen dort beginnen."

In der Unibibliothek stöberte ich zum Thema. Am Donnerstag machte ich mich dann, statt auf den Weg zu dem Menhire, auf den Weg nach Edingen oder Enghien, in die Ijzerstraat oder Rue de l'Yser. Das Kaff ist eine der belgischen Fusions- oder Fazilitätsgemeinden genau auf der Grenzlinie zwischen der Wallonie und Flandern. Auf einem einseitigen Arbeitspapier verfasste ich noch am späten Mittwochabend einen einleitenden Überblick:

> *Der Henker und der Müller gehören zu den Verachteten und Verspotteten. Ehrlose, die keinem Stand angehören und von den braven Bürgern der Stadt verachtet werden. In der Mythologie sind ursprünglich Demeter - zuständig für die Frucht-barkeit der Erde - und Zeus, ihr Bruder und Geliebter, in der Mühle zu Hause. Um das Jahr 1200 kommen in Flandern, dann in der Wallonie die Dämonen in die Mühle. Sie ist nun Wohnort der Hexen. Der Müller in seiner Mühlen-Einsamkeit schließt einen Pakt mit Luzifer. Von den armen Bauern, so erzählen es die Märchen, rafft der Müller Schätze zusammen und versteckt sie in einer Truhe. Menschen werden*

zwischen die Mühlsteine gestopft und gemahlen.

In der historischen Wirklichkeit liegt die Mühle im Rechtsbereich der Burg, des Burgherren, der das Recht zum Betreiben der Mühle an einen Halbfreien verleiht. Der ist faktisch selbständig. Und plötzlich, scheinbar wie aus dem Nichts, steht der Müller außerhalb der Gemeinschaft. Kein Stand. Knecht des Burgherrn, ehrlos unter den Berufen. Keine Zunft nimmt ihn auf.

Der Henker, oft ein vormaliger Soldat, ist zuständig für die Vollstreckung der Todesurteile, für Folter, die Beaufsichtigung der Huren der Stadt und die Reinigung der städtischen Kloaken.

Und siehe da, die Gerichtsstätte, an der der Henker tätig ist, liegt nahe der Mühle - abseits der hinter den schützenden Mauern eingeschlossenen Stadt, die mit Einbruch der Dämmerung ihre Tore schließt. Der Henker, Scharfrichter, ist der Unehrlichste aller Unehrlichen. Der, der berufsmäßig tötet. Ihn trifft nichts als Verachtung. Nur im Serail in Konstantinopel haben sie ihr Zimmer neben dem des Herrschers.

Das fünfte Gebot „Du sollst nicht töten" ist für den Henker aufgehoben. Mit dem römischen Recht kommen Scharfrichter in die Gerichtsstuben der Fürsten Europas. Eingebürgert. Beamtet. Allerdings bleibt die Düsternis, die den Henker auf Schritt und Tritt umgibt. Er ist der Soldhenker für die kirchlichen und weltlichen Herren, für freie Kost und feste Logie. Er sitzt gelegentlich mit ehrlichen Leuten zu Tisch, aber er hat separates Geschirr und nur seine Frau darf beim Bäcker das Brot berühren. Nicht immer findet der Scharfrichter einen Knecht, sodass er selbst Kadaver beseitigen und die Kloaken reinigen muss. Von der Dorfgemeinschaft ist er ausgeschlossen.

Mit diesen Notizen in der Tasche verließ ich in Edingen den IC 1932 und stand um halb Elf vor dem Haus in der

Ijzerstraat.

Ich war verblüfft, als mir auf das Schellen hin Albert de Pierret persönlich die schwere grüne Eichentür zum Archiv öffnete. Ich kannte ihn von einem Dailymotion-Video, in dem er über die Visionen seiner Familie spricht. Die Adelsfamilie gehört zu den vornehmsten katholischen Familien ihrer Linie in den Ardennen.

Seine Archivarin, so der Graf, befände sich im wohlverdienten Urlaub, ich müsse mit ihm vorliebnehmen. Ich wolle ihm keine Umstände bereiten, sagte ich. Das täte ich keinesfalls, behauptete er. Was denn mein Anliegen sei. Ich würde gerne einige Findbücher, Verzeichnisse der Archivalien, nach Dokumenten zu mittelalterlichen Berufsgruppen durchsehen. Es sei für ihn kein Problem, mir die Verzeichnisse herauszusuchen. Nur solle ich bedenken, dass nicht alles an diesem Standort hier zu finden sei. Ein großer Teil der Sammlungen läge seit 1902 im Staatsarchiv in Lüttich und an anderen Orten. Ich nickte und folgte ihm über die schlecht ausgeleuchteten, knarrenden Gänge.

Plötzlich trat aus einer Flügeltür eine Frau auf den Gang, die der Hausherr als seine Gattin Gräfin Julie vorstellte, die die Revue belge de Musicologie herausgebe. Ich begrüßte sie mit „Bonjour Madame la Comtesse", einem devoten Neigen meines Kopfes und „Oh, ils font de la musique?"

„Nur privat," hauchte sie.

Ihr Erscheinen und ihre Erscheinung ließen mich aus allen Wolken fallen: *Ideal* proportioniert, knapp ein Meter siebzig groß, dichtes, halblanges, dunkelbraunes Haar. Und, oh Gott, diese dezenten Rundungen unter einem eng anliegenden, tief dekolletierten smaragdgrünen Kleid. Eine gewisse Ähnlichkeit mit der jungen Anny Duperey. Ich war kurz davor, der Musikwissenschaftlerin die Hand zu küssen. Bemerkte sie meine Unbeholfenheit? Sie wandte sich mir jedenfalls lächelnd zu:

„Ich gieße einen Tee auf. Mögen Sie …?"

Ohne zu zögern stimmte ich zu, zweifelte aber sofort, ob das richtig war, als ich den Blick des Gatten erwischte.

Unrasiert, in dem schwarzen Sakko mit den blank ge-
scheuerten ausgebeulten Seitentaschen fand ich mich für
diesen Auftritt im Vergleich zu ihr und dem in einer Keyler
Herren-Jagdweste gekleideten, glattrasierten, lockig frisierten Mann etwas zu verwüstet. Am liebsten hätte ich beim
Auftauchen der Hausherrin die Kehre gemacht. Aber der
Anblick der verlockend hübschen Gräfin entsprach einer
ästhetischen Offenbarung, die ich mir nicht entgehen lassen
durfte.

Albert bat mich, an der langen Tafel im ehemaligen
Rittersaal, „der jetzt als Lesesaal genutzt wird", schon
einmal Platz zu nehmen, während die Gräfin sich um den
Tee kümmere. Kaum dass wir saßen, zeigte sich der Blaublütige als überzeugter Anhänger des Europäischen Gedan-
kens. Die europäischen Gemeinsamkeiten dürften allerdings
nicht verdecken, dass es Unterschiede gäbe. Spielte er auf
die belgische Sprachengemeinschaft an, die eher einer
Abschottungsgemeinschaft gleicht? Er fände es korrekt, sich
vermehrt mit dem Begriff Interkulturalismus auf territori-
aler Basis statt Multikulturalismus auseinandersetzen. Man
solle doch klare Zeichen setzen. Was war das denn?

„Die Völker Europas müssen ihre Kulturen, ihre Sprachen und ihre Traditionen erhalten."

Erleichtert brachte ich ein „Oh!" hervor, was allerdings
nicht dem blaublütigen Identitätsgerede galt, sondern der
Rettung, die nahte: Gräfin Julie.

Nach vorn gebeugt - mir zugewandt - füllte sie den Tee
in ein Wedgewood-Porzellan.

„… Le gouter de Stanislas aus Nancy …", hauchte sie
erneut.

Während dieser kurzweiligen Zeremonie konnte ich
nicht anders, als meinen Blick unanständig lange in ihr
Dekolleté zu richten. Sie trug wahrhaftig keinen BH. Welche
Kunst der Natur! Diese Granatapfelbrüste. Sie fing meinen
Blick auf. Die dunkelblauen Augen Ihrer Hoheit hefteten
sich für fast ganze drei Sekunden - eins … zwei … drei - an
meinen Blick. Mein Gott, welche Tyrannis! Gerne hätte ich

in diesem Moment eine Verstrickung mit der Erscheinung begonnen. Was für eine Narrenschwäche! Die Eigenart dieser aufflammenden Momente besteht darin, dass sie nach kurzer Zeit verblassen, bis eine neue Erscheinung die Bühne betritt. Diese Augenblicke müssen Augenblicke bleiben. In ihnen lauert Bedeutungslosigkeit. Abwegig zu glauben, man fände in der Salonblässe mehr als eine kurzlebige Erregung.

„Ich hole noch etwas Gebäck", säuselte sie.

Ich brachte diesmal nur ein heiseres „Merci" hervor.

Aus dem Inventar des Archivs der de Pierret legte mir Albert zunächst einige Prunkurkunden in Goldschrift vor, die er ausschweifend erläuterte. Ich blieb höflich stumm. Schließlich rückte er mit den Regesten zu Handschriften über Tagesgeschäfte der lokalen Besitzverwaltungen heraus. So erhielt ich einen teils detailreichen Einblick in den knechtisch-feudalen Alltag der kleinen Leute in den Territorien, die bis zum Ende des 18. Jahrhunderts im Besitz des Hauses de Pierret waren. Die insgesamt 133 Regesten ergaben über die konkreten Lebensumstände der Ehrlosen in den wallonischen Provinzen lediglich vier Hinweise. Es blieb mir also nichts anderes übrig, als ins Staatsarchiv nach Lüttich zu fahren.

90 Minuten braucht der IC von Edingen über Bruxelles-Midi bis Liège-Guillemins. Von dort gelangt man in 15 Fußminuten in die Rue du Chéra. Im Departement III des Archives de l'État fand ich in den Kirchenbüchern und Archivalien der Abteien und Gerichtshöfe einige aufschlussreiche Quellen. Sie gaben detaillierteren Einblick in die Lebensumstände der beiden unehrlichen Berufe in den wallonischen Provinzen und im Gebiet der Deutschen Sprachgemeinschaft.

Zehn Tage, die ich für das Studium von Registerbänden, Quellen und dem Rezipieren eines unappetitlichen Ergebnisses abschloss, das den Quellenbestand zu einem Gerichtsverfahren aus dem 17. Jahrhundert betraf.

Komplettiert wurde der zunächst öde erscheinende Aufenthalt in den Archiven in Edingen und Lüttich durch nass-kaltes Wetter und ein Gästebett für anscheinend Kleinwüch-sige, das ich hinter den hohen Mauern des *Dominicanessen-kloosters* in Edingen gefunden hatte. Eine karge Zelle, aller-dings Logis und Kost inbegriffen, für nur 28 € par Jour.

Neben der Entdeckung der Gerichtsdokumente und der Granatapfelbrüste der Edeldame gab es eine echte Lichtung: Schwester Irmengard. Aber dazu später mehr.

Rue du Chéra 79, Archives de l'État, Lüttich, Prozessakten aus Gerichtsverfahren der Periode 1229 bis 1895, Rubrik G-Jurisdictions, Inventar l'Abbaye de Stavelot; Rubrik F-Jurisdictions Inventar Château de Reichhardstein, Comte Renaud de Waimes.

Ich habe vergessen, wieviele Urkundenseiten ich in den zehn Tagen laß. Wie schon bei den Forschungen in Saint Hubert traf ich auch hier auf die menschlichen Abirrungen. Den ungehemmten sexuellen Trieb. *Als Gott die Laster wider die Natur unter den Menschen sah, zögerte er, im menschlichen Leib auf die Erde zu kommen*, so Augustinus. Die Engel nahmen die Unzucht als Gestank wahr, während sie von den Dämonen mit großer Freude begrüßt wurde.

Es wird gesät in Unehre. Es wird gesät in Schwachheit:
1 Korinther 15, 43

Während der Römerbrief des Paulus den Menschen leh-ren soll, wie man Gerechtigkeit erlangen kann, weist der Korintherbrief von 54 n. Chr. auf die *Verwirklichung von Gerechtigkeit* hin: Anklage, Beweis, Urteil, Strafe. Römisches Strafrecht. Angesichts der Schilderungen in den von mir nun eingesehenen Archivbestände wären wahrscheinlich sogar die Dämonen vor Scham errötet. Hier Ausschnitte aus dem Forschungsbericht:

Die Vither Wassermühle ist eine Bannmühle
des Grundherrn, des Grafen von Limburg. Sie

befindet sich 480 Meter hoch an der Emmels. Die schlängelt sich durch die Goldgräberhügel und Heideflächen zwischen Sankt Vith und Montenau. In Sichtweite der Mühle befindet sich der Galgen. Viel Einsamkeit. Die Bauern mit Äckern zwischen Amel, Born und Medell sind verpflichtet, nur bei dieser Mühle und keiner anderen ihr Korn mahlen zu lassen. Der Mühlzwang des Feudalherrn lässt ihnen keine Wahl. Einige Bauern behaupten vom Müller, dass der dem gemahlenen Korn Sand in die Säcke beimische. Andere sagen, er setze dem Korn beim Mahlen durch Schläuche Rinde, Wurzeln, Kalk und Holzspäne zu. Das Lehnsgericht des Comte Renaud de Waimes, Vasall des Limburger Grafen, wendet Beweisverfahren an, die sich auf fragwürdige Zeugenaussagen berufen. Die Urteile bestehen aus Wiedergutmachung der Schäden, Geldstrafen und mehrtägiges Anbinden an den Schandpfahl. Der steht in Sankt Vith am Markt schräg unterhalb der Burg. Wenn's geregnet hat, riecht man den Urin und Kot der Angebundenen nicht so stark. Spült's in die Kloaken. *Roggenstehler*, rufen Vorübergehende dem am Pfahl festgezurrten Müller zu oder spucken ihn an. Der Frau des Müllers geht es nicht besser. Über sie kursiert das Gerücht, sie forme das Brot mit dem Hintern. Dummes Zeug! Die geistig Schwachen wollen mit den üblen Reden gleich zwei Sünden-Zibbe treffen, die Müllerin und die Bäckersfrau. Eine Zugewanderte aus den niederen Landen. Die Müllerin wird im verleumdenden Quatschen zur geilen Ehebrecherin. So angeschuldigt, ohne Verteidigung, steht sie regelmäßig am Schandpfahl. Die Mühle, so der Pfarrer aus Amel, ein Schrift- und Schreibunkundiger, sei ein Ort rasender Triebhaftigkeit - vorzugsweise in der Nacht von Sonnabend auf Sonntag. Klar, Schabbat. Wann sonst im angstverdunkelten Horizont des Schwarzrocks. Die Mühle wird im mickrigen Wortschatz des Volkes zur *Fickmühle*. Inzest zwischen Müller, Müllerin, ihren Söhnen und Töchtern, Zoophilie mit Esel und Hund. Der Hund habe mit der Tochter des Müllers ein *monstrum* gezeugt. Der Angstverdunkelte brüllt in die Gemeinde: *„Düwelsdanz, Juden, Cathari, Ketzer."* Alles auf einen Sündenbock gepackt und *„ene druff schlage"*. Vor allem in den Nächten von Schabbat: Orgien. Beteiligt ist, außer den Genannten, ein entlaufener Mönch aus dem Kloster Saint Hubert. Er treibt es mit der Tochter des Müllers auf dem Beichtstuhl, der in Saint Saturnin in Waimes vor dem Altar steht. Er auf dem Stuhl in seinem heiligen Kleid, sie mit ihrer Votz auf ihm drauf. Ein Vikar, der es gesehen haben will, meldet es dem Schultheiß.

Die Bauern verlangen von ihrem Leibherrn, vorgetragen von ihrem Bauernrichter, einzuschreiten „gegen das abscheuliche, gotteslästerliche Treiben". Man macht einen weiten Bogen um die Fickmühle. Greift lieber zur alten Handmühle. Was für eine Mühe! Comte Renaud de Waimes fehlen die Abgaben der Bauern. Schickt seinen Vogt mit dem Auftrag, von der Frau des Müllers den ausstehenden Stechgroschen, das Beischlaf- oder Heiratsgeld, zu kassieren. Die Hurerei lässt er unerwähnt. Der Vogt soll - so steht es im Gerichtsprotokoll - in der Mühle durch die Müllerin, ihre Tochter und einen unbekannten Ritter zu einer Orgie verführt worden sein. Er habe *lustsame* Sachen machen müssen, gibt der Vogt zu Protokoll. Habe am Boden gelegen, mit dem Rücken nach unten, sei abgeschleckt worden von dem Ritter und gezwungen gewesen, so das Protokoll, vom *Lotium* der Frauen zu trinken, die sich auf sein Gesicht gesetzt hätten. Er habe erdulden müssen, dass der Ritter seinen Minnedorn dazu benutzt habe, seine Wollust im Anus des Vogts auszuüben.

Schriftlich festgehalten wird das alles später von einem Schreiber der Benediktiner aus Stavelot im Gerichtsverfahren vor dem hohen Gericht auf der Burg Waimes, das zuständig ist für die Blutgerichtsbarkeit unter Vorsitz des Grundherrn und des Abts des uralten Klosters von Stavelot, das - wie man hört – Dreiundzwanzigtausend Untertanen besitzt.

Unter der *peinlichen Frage* auf der Streckbank gestehen Müller, Müllerin, ihr Sohn und der Pfarrer aus Amel die Taten. Für ihr höllisches Tun werden sie allesamt - Menschen, Esel und Hund - verbrannt. Das *monstrum* ist nicht auffindbar. Ebensowenig wie der Mönch, der Ritter und die Tochter des Müllers. Sie seien, wohlwissend um die Folgen ihrer Taten, noch in der Nacht der Orgie aus der Mühle entflohen.

Der Ort der *psychopatia sexualis* soll nach Gerichtsbeschluss zunächst dem Erdboden gleichgemacht werden. Der Grundherr aber kann rechnen. Und er kommt summa summarum auf große Verluste an Abgaben, wenn der Mühlbetrieb eingestellt wird. Also bleibt die Mühle stehen. Das Mühlrad, das muss Reinhard von Waimes dem Abt von Stavelot, François de Lorraine, Bruder des Herzogs von Lothringen, zugestehen, soll ein verflixtes Jahr lang untätig bleiben an der wild rauschenden Emmels. Man könne dort ja einen Hühnerhof anlegen, schlägt der Abt dem Grafen von Waimes vor.

Lange findet sich kein neuer Müller für die

Vither Mühle. Ausgehandelt ist zwischen den Vither und Möderscheider Grundherren: Die Bauern der Vither Mühle können ihr Korn eine Tagesreise weit bis zur Möderscheider Mühle karren. Der Grundherr der Bauern der Vither Mühle erhöht, „wegen der hohen Verluste", die Abgaben der Bauern um zwei Schweine, 10 Hühner und 20 Scheffel Korn.

Nach dem Trauerjahr der verfluchten Mühle kommt ein neuer Müller nach Sankt Vith. Ein bärtiger Hüne aus dem Schrumpftal zwischen den Marktflecken Hatzenport und Münstermaifeld. Verbindungen bestehen über die Nassauischen Grafen, die den Halbfreien loslassen für das Amt im Limburgischen. Die hohe Summe von 20 Silbermark für die Überlassung des neuen Müllers müssen die Bauern aufbringen.

Abt François de Lorraine von der Abtei Stavelot bläut den Leuten in der Predigt einer großen Messe ein:

„So reagiert Gott auf das Böse, das der Mensch tut. Zunächst ist Gott enttäuscht über seine Schöpfung, will sie vom Erdboden auslöschen. Dann aber kommt er auf die Idee, den Menschen für das Böse bezahlen zu lassen. Gott vergelte dem, der das Böse tat, gemäß seiner Bosheit. So steht es im Zweiten Buch Samuel."

In guter Nachbarschaft zur Mühle soll auch ein neuer Henker seinen Wohnplatz finden: Am Galgenberg. Den neuen Henker am Hochgericht in Sankt Vith hat man aus einer Geleitschutztruppe für Ledertransporte durch die Ardennen angeworben. Sankt Vith ist ein wichtiger Handelsplatz in den nördlichen Ardennen. Die großen Waldgebiete sind gefährlich. Sie zu bereisen, raubt den Kaufleuten aus Angst vor der Wildheit des finsteren Waldes den Schlaf. Vor allem fürchten sie um ihre kostbaren Waren. Es lauern versprengte Haufen von Söldnern des Grafen von Bar in den Wäldern. Muss ein Kaufmann mit einem Ledertransport oder Zobelpelzen aus Nowgorod oder mit Weinfässern von der Mosel, mit Tuch- und Eisenwaren aus Metz oder Lüttich die zerklüfteten Waldgebiete zu den Messen und Saisonmärkten in Richtung Flandern oder Nordfrankreich durchqueren, mietet er bereits an den Grenzen der Bistümer Trier, Köln und Lüttich von Agenten den Geleitschutz aus Sankt Vith. Die Agenten finden die Handelsleute in den Schenken, die an den Grenzen florieren. Der Geleitschutz aus Sankt Vith ist teuer. Aber nur mit einem Schutztrupp von etwa zwölf bewaffneten Männern sind die Fernhändler und ihre Waren ausreichend sicher auf den Wegen durch die großen Waldgebiete.

In der Sankt-Vither-Geleitschutztruppe dient ein junger, spitzbärtiger Mann. Nikolaus. Kommt aus der Marktgemeinde Büllingen, einem sehr alten Besitz von Kaiser Lothar. Nikolaus ist mit einem Bauernmädchen vom Losheimergraben verheiratet. Fünf Jahre dient er schon beim Geleitschutz. Bei einem Überfall versprengter Söldner der Gräfin von Bar im Tal der Silbernen Forelle bei Houffaliz auf einen großen Leder- und Metalltransport eines Fernhändlers aus Köln, der auf dem Weg zum Frühjahrsmarkt in Provins ist, beweist Nikolaus Mut und Geschick mit dem einschneidigen Burgunderdolch. Ebenso qualifiziert erweist er sich später mit dem zweischneidigen Langschwert beim Köpfen der Delinquenten.

Als Henker ist dem jungen Mann, seiner Frau und den drei kleinen Kindern ein Grundstück außerhalb von Montenau unweit der Mühle zugewiesen worden. Dort baut Nikolaus seine Kate, nicht weit vom Galgenberg entfernt. Später errichtet man dort die Kapelle *Enthauptung Johannes des Täufers*. Das einsam gelegene kleine Gehöft und der Gestank der Kadaver, die er als Abdecker entsorgen muss, verzehnfacht seine Isolation und die der Familie. Aber er ist zufrieden. Hat sein Auskommen. Die Frau bestellt mit den Kindern den Gemüsegarten und sorgt sich um die Hühner und das Schwein. Er muss als Henker eine gelbe Kappe tragen. Das verleiht ihm wirklich keine besondere Ehre. Gelb ist die Farbe für Schwefel und Hölle. Man soll den Unehrenhaften schon von weitem erkennen. Nikolaus ist nicht dumm, lässt sich nicht einschüchtern. Mildert die Degradierung durch eine hübsche Pfauenfeder an der Kappe und pfeift oder singt, wenn ihm die *brav gens* über den Weg laufen, ein Lied vom Kuckuck. Er hat es mit tiefen Erniedrigungen zu tun, mit Hässlichkeit und Schmutz, „wie die Schweine", sagen die artigen Marktleute, wenn sie ihn sehen. Das Säubern der Kloaken und Sickergruben in Sankt Vith, Waimes und Montenau muss er kombinieren mit der Beaufsichtigung der Tobsüchtigen, der Überwachung des Bordells in Waimes und des Leprosenhauses bei Schönhausen. Auch für Begräbnisse der verstorbenen Insassen auf dem außerhalb der Gemeinde liegenden Friedhof ist er zuständig. Für all diese Arbeiten im Ostkanton des Hohen Venn bezieht er einen festen Lohn vom Rat der jeweiligen Marktgemeinde. Außerdem stehen ihm die Kleidung und weitere Gegenstände zu, die die Delinquenten bei sich tragen. Er besitzt ein Pferd.

Bereits Ende des ersten Jahres im Amt kann er sich die Anstellung eines Knechts leisten, den er allerdings in seiner Kate unterbringen muss, was zu weiteren Kindern im Haus führt. Im Mai des zweiten Jahres fällt ihm eine besondere Aufgabe zu. Seine erste Blutgerichtsverhandlung auf der Burg des Grafen von Waimes. Nikolaus ist schon zwei Tage vor Beginn der Verhandlung vor Ort. Nikolaus übernachtet im Küchenhaus am Feuer. Es ist kurz nach Sonnenaufgang am 1. Mai, als Nikolaus die Bannglocke ertönen lässt. Wegen der noch frostigen Morgenzeit findet die Gerichtsverhandlung im Untergeschoss der Burg des Comte de Waimes statt. Protokolliert wird die Verhandlung vor dem „außerordentlich gebotenen Gericht" von einem Gerichtsschreiber des Comte. Als Richter fungiert sein Untergraf, Burgrichter Matthieu. Neben ihm sind erschienen, als weiterer Urteiler, der Abt der Benediktiner aus Stavelot, als Schöffen ein Hauptkassierer, Schultheiß des Grafen und der Spitalmeister des Klosters Stavelot.

Der Inquisitus Mueslen wird vom Büttel mit Seilen gebunden vor den Richter geführt. Er war im Untergeschoss des westlichen Turms der Burg eingeschlossen. Verschmutztes Stroh, erbärmlicher Gestank. Da sitzt er schon vier Monate. Mit gelber Kappe (ohne Pfauenfeder) in einem schwarzen Überwurf, das Richtschwert im Schaft um den Leib gebunden, ist Nikolaus erschienen, der Scharfrichter und Henker. Der Mueslen bibbert am ganzen Körper. Ist ein Knecht des Großbauern Roger aus Montenau. Er wird beschuldigt, es mit einer Stute getrieben zu haben. Sodomie, die Anschuldigung. Bevor es richtig los geht, findet unter Ausschluss der Öffentlichkeit die *Ergründung der Wahrheit durch scharfe Fragen* statt. Der Burgrichter stellt dem Delinquenten die *peinlichen Fragen.* Der junge Scharfrichter steht bereit, die Tortour durchzuführen. Der Zeuge der Anklage, Martin aus Montenau, ist ebenfalls anwesend. Dieser Martin, so der Richter, habe die besagte Schandtat des Mueslen beobachtet und beim Dorfschulzen zur Anzeige gebracht. Daraufhin sei der Mueslen in Haft genommen worden. Nachdem der Burgrichter die Beschuldigung verlesen hat, wendet er sich dem Inquisitus zu. Er fordert ihn auf, seinem Leib keine Schmerzen zuzufügen und die Wahrheit zu bekennen. Der Inquisitus antwortet, er habe das mit der Stute nur *eu dans la volonte, mais pas fait,* gewollt, aber nicht ausgeführt. Nun liegt die Sache beim jungen Scharfrichter. Der Richter des Comte de Waimes weist ihn ein, wie er bei der Tortour vorzugehen hat. Zuerst fordert Nikolaus also den Mueslen auf, Rock und Strümpfe auszuziehen und zeigt ihm dann die Folterinstrumente. Der Mueslen gibt sich völlig unbeeindruckt von den Instrumenten. Also legt ihm der Scharfrichter die Daumenschrauben an, was aber auch nach mehrmaliger peinlicher Frage zu keiner Änderung seiner Aussage führt. Nachdem er die Daumenschrauben ausgehalten hat, werden ihm die Schienbeinschrauben angelegt. Da fängt er zu weinen an und sagt, dass er gerne büßen wolle. Als er wieder vor dem Burgrichter steht, seufzt und schreit er, er habe es nicht getan, er sei unschuldig, Gott möge sich seiner erbarmen. Nun legt Nikolaus dem Inquisitus auf richterlichen Befehl erneut die Schienbeinschrauben an und schraubt fester zu, sodass der Mueslen winselt und weint. Aber er bleibt dabei, es nicht getan zu haben. Das hat zur Folge, dass der Richter den Scharfrichter anweist, mit der Tortur *ad secundum gradum* vorzugehen. Nikolaus dreht nun die Schienbeinschrauben derart fest an, dass man Knochen brechen hört.

„Jaaa", schreit der Mueslen und sagt unter großem Winseln, er wolle sich bekennen, also lässt ihn Nikolaus los.

Im Protokoll der anschließenden Befragung ist nachzulesen:

Die Richter: „Hat Er hinter den Gärten mit der Stute zu tun gehabt?"

Der Mueslen: „Bevor ich mich martern lasse, ja, ich bekenne es."

„Wie hat Er es angestellt?"

„Die Stute ist frei gegangen, hat gefressen. Ich hab' hinter ihr gestanden."

„Hat Er sein Glied entblößt und in der Stute gehabt?"

„Ja."

„Hat Er seinen Samen in die Stute gelassen?"

„Der ist hineingekommen, aber sofort wieder herausgelaufen."

„Wie ging das genau?"

„Der Samen ist mir abgegangen und sofort wieder herausgelaufen."

„Wann ist das passiert?"

„An einem Sonntag, kurz vor Weihnachten zur sechsten oder siebten Stunde."

„Hat Er mehr als einmal mit der Stute zu tun gehabt?"

„Nein."

„Hat Er schon öfters solcherlei Bosheiten getan und mit Vieh zu tun gehabt?"

„Nein."

„Will Er bei dieser Aussage bleiben?"

„Ja."

Burgrichter, Abt und Schöffen ziehen sich für die Länge einer Gebetszeit in das erste Stockwerk der Burg zurück. Man bringt ihnen Wein, verdünnt mit Wasser. Den jammernden Missetäter bindet Nikolaus los. Lässt ihn sich auf den Boden hocken und reicht ihm einen Krug Wasser. Verschnürt, nachdem der Delinquent getrunken hat, dessen Hände und die gebrochenen Beine.

Inzwischen hat sich viel Volk auf dem großen Platz vor der Burg versammelt. Es ist windig geworden. Sonnenstrahlen brechen durch die Wolken, fallen in den Burghof. Dann kommen die Richter. Die Imbisspause ist vorbei, das Urteil aufgeschrieben. Burgrichter Matthias hält den Gerichtsstab in die Höhe. Das Volk verstummt.

„Ist dies die richtige Zeit zur Rechtsprechung?", fragt er die Schöffen.

„Ja", antworten die.

„Besitze ich die Richtergewalt?"

„Ja! Herr Richter, Ihr sprecht Rechtens."

Der Burgrichter schlägt mit dem Stab auf einen Schild, der ihm vom Büttel hingehalten wird. Eine altersschwache Sterbeglocke ertönt. Der Burgrichter verkündet:

„Von Gott ist uns Recht gegeben. Weltlich Recht hilft Gott. Wie es bei Levitikus im Buch Moses heißt: Wenn jemand beim Vieh liegt, der soll des Todes sterben, und das Vieh soll man erwürgen. Im Namen unseres Herrn Jesus Christus sprechen wir folgendes Urteil: Der Inquisitus Mueslen aus Montenau wird vom Henker mit dem Schwert vom Leben zum Tod gebracht. Der Körper wird danach verbrannt. Die Stute soll vom Henker totgeschlagen werden und ebenfalls verbrannt werden."

Es ist immer noch der 1. Mai. Schäfchenwolken zieren jetzt den Himmel. Der Büttel des Burgrichters und der Knecht des Henkers ziehen den Delinquenten zur Hinrichtungsstätte. Laufen kann der Mueslen schon nicht mehr. Blässe hat die Röte im Gesicht des Mueslen vertrieben. Er zittert am ganzen Körper. Der Knecht ist mit ihm kurz vor dem Podest, das für die Hinrichtung gebaut worden ist. Der Kopf des Mueslen ist plötzlich in wilder Bewegung. Denkt er daran, dass der bald nicht mehr auf seinem Rumpf sitzen wird? Da seine Beine ihn nicht mehr tragen können, schleppen Knecht und Büttel den Mueslen auf das Podest, drücken ihn auf die Knie vor den hölzernen Richtblock. Der Mueslen brüllt und bricht in maßlose Raserei aus. Schreit unverständliches Zeug, spuckt und bittet Gott um Vergebung seiner Sünden. Ein Mönch aus Stavelot spricht einen Bußpsalm und segnet den Todgeweihten. Immer mehr Zuschauer drängen sich vor dem Schafott. Als der Henker das Schwert hebt, brüllt die Menge: *moriendum est, moriendum est*. Der Tod ist unvermeidlich. Nikolaus deutet dem Knecht und dem Büttel, den wild sich bewegenden Mueslen zu bändigen. Der Knecht drückt den Kopf des Mueslen auf den Richtblock, in den eine Vertiefung für das Kinn gestochen ist. Der Büttel fixiert den sich weiter wild bewegenden Unterleib. Es dauert lange, bis der Mueslen endlich stillhält, sich seinem Schicksal ergibt. Sogar sein Wimmern verstummt. Der Henker hat das Richtschwert aus der Scheide gezogen. Es glänzt in der Sonne, blendet einige Umstehende. Langsam, andächtig bewegt der Henker das Richtschwert in die Höhe. Auch die Amsel, die gerade noch zu hören war, ist verstummt. Ein Lufthauch, ein Sausen, ein Knacken. Blut und Gewebe spritzen und platzen aus den abgetrennten Körperteilen des Mueslen. Nikolaus hat mit einer eleganten Drehbewegung den Schwerthieb exakt an die Stelle der Halswirbel gesetzt, die den Kopf des Mueslen von seinem Rumpf trennt. Der Kopf knallt auf das Podest und macht zwei, drei Drehungen, bis er liegen bleibt. Der Rumpf des Mueslen zuckt noch einige Zeit, bis er zu Boden sinkt. Der Pöbel jubelt. Nur ein Hieb, nicht wie bei den vielen schlechten Henkern vier oder fünf Hiebe.

> *Und du sollst fröhlich sein*
> (Deuteronomium 12, 18)

Nächstenliebe

Nein, dem Habichtweibchen hackte ich nicht den Kopf ab. Half ihm, sich mit seinen Schwingen aus dem Weidezaun zu befreien.

Schwester Irmengard war in der Kleinstadt Krobo, 100 Kilometer südlich von Kumasi, in der Ashanti Region Ghanas geboren. In Krobo hatte sie die High School besucht und am nahegelegenen College eine Ausbildung zur Krankenschwester abgeschlossen. Krobo gehört zur katholischen Diözese Techiman.

Das alles erfuhr ich von der belgisch-ghanaischen Nonnenschönheit in unserem ersten Gespräch, das wir an einem sonnigen Nachmittag im Blumengarten des Klosters der Dominikanerinnen in Edingen führten. Sie sprach außer ihrer Muttersprache Twin ausgezeichnet Französisch, Englisch und etwas holprig Flämisch. Am Athénéé Royale in Edingen in der Rue de Nazareth arbeitete sie als Lehrschwester und éducatrice sociale, bevorzugte Ansprechpartnerin für Kinder mit Lernbehinderungen - Legasthenie und geistigen Behinderungen.

Beim zweiten Treffen verriet sie mir, dass sie nach der Ausbildung zur Krankenschwester Schauspielerin habe werden wollen. Und sie sei mit einem Jungen aus der Nachbargemeinde verlobt gewesen. Beides sei gescheitert. Da war sie Vierundzwanzig. Über Accra sei sie zunächst nach Brüssel und dann nach Löwen gekommen. Sie sei nicht wirklich zufrieden gewesen, habe gezaudert, nicht recht gewusst, was sie mit sich machen soll. Also Alkohol und Männerbekanntschaften. Das habe sie „fast aus der Bahn geworfen".

„Was für eine Fügung."

In einem Zug nach Brügge sei sie mit einer Frau ins Gespräch gekommen, die einen geistig behinderten Jungen begleitete. Das Gespräch, die Offenheit und die zurückhaltende Sorge für den Vierzehnjährigen hätten sie berührt, ja beeindruckt. Sie habe sich mit Marie später noch öfters in Brügge auf eine heiße Schokolade im *De Proeverie* getroffen und da erst sei Marie damit herausgerückt, dass sie als Ordensschwester bei den *Zwartzusters* in Brügge lebe. Die Begegnungen mit Marie und deren Mitschwestern hätten ihr zu der Entscheidung verholfen, ein Studium zur éducatrice sociale zu beginnen. Zur Finanzierung des Studiums habe sie am *Ziekenhuis Heilig Hart* als Rettungssanitäterin gearbeitet. Ihr Körper habe nur noch Erschöpfung registriert.

„Da waren nur noch Signale von Hunger, Sex und Müdigkeit."

Als sie sich dann auch noch in einen holländischen Chirurgen verliebt habe, „der nur eins wollte" und sie nach einem halben Jahr verließ, sei sie zusammengebrochen.

„Lust suchen, um den Schmerz zu fliehen? Ich war so dumm! Aber, wie Sie sicher wissen, reinigt Kummer die Seele!"

Ich schien für sie ein offenes Buch zu sein. Ihr sei die ganze Zeit - vier Jahre lang - nicht dieses Gemeinschaftsleben der Nonnen aus dem Kopf gegangen und das, was ihr dann wie ein Blitz durch den Kopf geschossen sei: Mir fehlt was Entscheidendes. Ich bin doch ein liebesbedürftiges Wesen - aber ganz anderer Art, als bis dahin vermutet.

Sie schwieg plötzlich.

Ich traute mich nicht, sie zu fragen, was ihr denn fehle oder gefehlt habe. War gespannt darauf, ob da noch etwas käme. Aber sie schwieg. Ich meinte, dass sich ihr Blick in der einbrechenden Dämmerung verlor. Nach einer Weile sah sie mich an, sagte aber weiterhin nichts. Das verstand ich als Aufforderung.

„Wo waren Sie?", fragte ich sie.

Sie ignorierte die Frage, sagte aber:

„Eine Schale muss zerbrechen. … Wenn man zum Kern will, muss man die Schale brechen."

Ach! Was war das denn? Natürlich kannte sie meine Gedanken.

„… Spirituelle Erfüllung und nicht irgendwas anderes. Ja, spirituelle Erfüllung. Meinetwegen auch Selbstverwirklichung, wenn Sie diesen Begriff hören wollen. Da liegt etwas so nahe, direkt vor meiner Nase, und der Weg dahin ist so ungemein schwer. … Ich las damals Teresa von Avila: Bei ihr fand ich die Bestätigung. Da liegt es vor dir, in allem, was du wahrnimmst, in deiner Seele und es ist derart stark. Ja es ist stärker als alle Interpretationen bedeutender Männer. … Die sind ohne diese Erfahrung."

Hui, das kam aber stolz heraus! Das mit der Schale war, glaubte ich, eine Aussage Eckharts, persönlicher Seelengrund und so weiter. Egal. Teresa dachte ja wohl ähnlich. Ich meinte mich zu erinnern, dass Bruder Alain mich über diese Kern-Metapher aufgeklärt hatte: *aliquid in anima*, diese Sache mit der Gottesgeburt, gleichgültig an welchem Ort, weil sie innerlich stattfindet. Ach, jetzt unwichtig. Wenn das bei dieser Frau zu guten Kräften führte, hielte ich mal mein loses Mundwerk geschlossen. Sie sei dann vor acht Jahren ins Kloster der Dominikanerinnen eingetreten. Hier hakte ich ein. Wollte Leben in die Sache bringen, wie üblich, provozieren:

„Manche sagen ja so was wie: Lieber glaube ich an keinen Gott, als mir einen zu schmieden, den ich später einschmelzen muss, weil er so eifersüchtig und gnadenlos strafend ist."

Die Ordensschwester lächelte, sagte nichts. Also schaltete ich einen Gang höher.

„Er ist ein rachsüchtiger, ungerechter, grausamer Vater."

Ich spürte überhaupt keine Konfrontation oder Ablehnung von ihr. Eher das Gegenteil. Eine Art Wohlwollen, Wärme. Mein Gott, war das verwirrend! Dann sagte sie endlich was:

„Lieber Bernardo, das ist doch nicht mein Gott! Diese Eigenschaften besitzt eher der Teufel. ... Ich spreche lieber von Jesus, der der Sündenbock für alles und alle ist. Der hat mich *hierhergezogen*. Seine Vision. Er will alles, was lebt, heilen. Verstehen Sie? *Heilen!* Dem Verzweifelten Mut machen, dem Schuldigen verzeihen und dem Sterbenden Hoffnung geben."

„Ein überlebensgroßer Idealist! Kann Ihr Jesus Christus sich nicht irren, oder ... kann das nicht ein Irrtum dieses Menschen sein?"

„Nein", sagte sie. „Er ist das Einzige, was souverän ist. Er löst die Gegensätze und Widersprüche auf. Auf ihn passt alles: Gerechte und Sünder, ob lebendig oder tot, ... das innerlich Gespaltene, das Entzweite, Jubeln und Klagen. ER ist *Versöhnung!* ... Ist nicht von mir", schmunzelte sie. „So oder ähnlich sagt es Blaise Pascal. ... Haben Sie die *Logik des Herzens* mal gelesen?"

„So halb und halb. Bin hängengeblieben. Ich musste mich um andere Sachen kümmern."

„Verstocktes Herz, Bernardo?"

„Weiß nicht. ... Eher wohl ein wirres Ich, irgendwie auch beschädigt, zerschlagen oder so ähnlich. Ach, egal."

Sie überraschte mich erneut:

„Bernardo! Nicht so destruktiv. Bien sur, ist doch der richtige Weg. Jetzt muss der marode Zaun nur noch abgebrochen werden, damit Ihr Herz und Ihr Ich zusammenkommen."

Immer dieses Missionarische, stöhnte ich in mich hinein. Als sie den Satz beendet hatte und ich sie ansah, gewann ich den Eindruck, dass sie wieder in eine innere Welt abgetaucht war. Ihre Körperhaltung veränderte sich kaum, aber ihr Blick richtete sich in eine Ferne oder - wie soll ich sagen - in ein Verborgenes. Sie schien mir für einen Augenblick nicht anwesend zu sein.

Mit „Christus ist eine gute Begegnung" kam sie blitzartig zurück in die Unterhaltung. Ich gab mich damit nicht zufrieden.

„Und der Mensch reißt im Namen des gütigen und guten Gottes alles Recht über andere Menschen an sich. Man braucht sich doch nur die Kolonialbarbarei anzusehen! Diesen Rassismus, der nicht aufhört."

Oh je, ich war wieder dabei, abzurutschen. Was maßte ich, weißer Sonderling, mir an, ausgerechnet sie auf *diese* Kloake hinzuweisen? Halts Maul Junge, oder willst du dich einreihen in die Sekten linker Selbstoptimierer?

Sie schwieg. Verdammt noch mal! Manchmal versagten bei mir die Bremsen. War ich nicht in getarnten Kolonialschlamm getreten, der sich als Nächstenliebe ausgibt? Weltberühmt der Nutzen, den mir „die Liebe zum Nächsten" bringt: den kalten Herd der Wut, den warmen Herd sozialer Fürsorge, Parolen, Selbstvergewisserung antikolonialer, antiimperialistischer Sekten. Nur nicht *schweigen* und tun, was nötig ist. Gott sei Dank fragte ich sie nicht noch, ob sie wahrhaftig immer noch an das Gute im Menschen glauben würde. … Brauchte ich gar nicht in Erwägung zu ziehen, es zu sagen. … Tränen kullerten auch so schon über ihre Wangen.

Einen Satz so lange bedenken, bis er Verletzungen vermeidet. So weit war ich noch lange nicht. Würde sie sich nun abwenden und gehen? Nein. Sie zog ein weißes, gebügeltes Taschentuch aus ihrer Kutte und trocknete ihr Gesicht, sah mich an und - das warf mich um - lächelte.

„Si malum est, Deus est. Wenn es das Böse ist, so ist es Gott. … Es gibt diese manchmal unerträgliche Wahrheit. Das Schlechte kann nur im Guten sein. … Die Bosheit kann für sich selbst gar nicht existieren."

„Verzeihen Sie, Schwester Irmengard. Aber es ist wirklich manchmal schwer zu ertragen, das Böse. Das reine Böse! Darf ich was loswerden, was mich seit meiner Kindheit nicht verlässt?"

„Natürlich, erzählen Sie!"

„Ich war vielleicht sechs oder sieben Jahre alt und lief manchmal zu einer Tischlerei, um mit Holz zu basteln. Ein Alter da mochte keine Kinder. Eines Tages sagte er zu mir:

Komm mit! An einer hohen Mauer lehnte eine Leiter. Der Alte forderte mich auf, die Leiter hochzusteigen, um mir das Spatzennest in einem Mauerloch anzusehen. Da nisteten zwei erst vor kurzem geschlüpfte Jungvögel. Sie warteten auf die Fütterung durch ihre Eltern. Ich sah mir die piependen, kleinen nackten Lebewesen staunend an. Kaum war ich wieder von der Leiter, stieg der Alte hinauf und mauerte die Vögel ein. Ich muss kreidebleich gewesen sein, sagte aber nichts. Schon damals muss ich diese furchtbare Machtlosigkeit empfunden haben. Was sollte ich als Knirps tun? Diesen Alten hörte ich auch über Schwarze reden wie über seine schüchterne Frau: ... *Die braucht wie die Kaffer `ne Tracht Prügel. Die sollen wissen, wo die Grenze ist.* Später bin ich schweißgebadet aufgewacht, weil ich kurz davor war, diesen Alten im Traum totzuschlagen. Aber ich werde diesen Dreckskerl nicht los. Ich habe damals nichts getan. Das quält mich am meisten."

„Sie waren doch noch ein Kind! ... Was glauben Sie Bernardo, wie lange hätte Sie das erleichtert, wenn Sie ihn totgeschlagen hätten? ... Es ist manchmal so unermesslich schwer, das Böse auszuhalten, weil es kein Ende nimmt, ... und es ist in allem, wie Gott."

Das erleichterte mich natürlich nicht, aber ich gestand Schwester Irmengard:

„Es ist nicht nur dieser Hass auf die Ungerechtigkeit. Meine eigene schmale Existenz ist gepflastert mit Verfehlungen, soweit ich zurückdenken kann. Sicher, ich sehe das wie Sie, wenn Gott ist, ist er in Allem. Ohne das Destruktive kein Leben. Aber ich komme aus dieser Unerbittlichkeit nicht heraus."

Und nun beichtete ich der Nonne aus Krobo. Vom Elend des Begehrens, der Heuchelei, der Feigheit, Selbstüberheblichkeit und so weiter und so weiter. Ich hörte überhaupt nicht mehr auf. Und sie hörte mir zu, und ich redete und redete den ganzen Kram herunter. Mein Gott, tat das gut, mich zu entblößen. Sie hörte mir einfach zu, als hätte ich sie zuvor nicht mit meinen Dummheiten beworfen.

Mein erstes Beichtgespräch mit einer Klerikerin. Das erste Mal wurde mir klar, wie hoch die Mauern sein mussten, die der klerikale Männerbund um sich gezogen hatte. Wieviel Angst mussten diese Männer vor einer Priesterin im Beichtstuhl haben. Sündenbekenntnis vor einer Frau, Verkündung der Buße und Vergebung der Vergehen durch sie. Unvorstellbar? Sie würde vielleicht über manches lachen, sanft reden und abraten vom Gewinn der Meisterschaft in der Kontrolle der Affekte. „Sei nicht zu hart zu dir selbst." Zu romantisch? Ja!

„Es ist nicht einfach, Bernardo, in unserem täglichen Tun aufmerksam zu sein, nicht im Vorstellen und Wünschen hängen zu bleiben. Nicht bei anderen die Fehler suchen. … Sehen Sie … Saubermachen, Kochen, Essen, Schlafen, Gehen, Lachen, Schweigen. … Das ist alles notwendig und gut und dennoch Schaum der Welt. … Und alleine sein, Bernardo, das ist nicht gut. … Ich kann hier in der Gemeinschaft und, vielleicht überrascht Sie das, in der Unterhaltung mit Ihnen meine spirituellen Bedürfnisse befriedigen. Verstehen Sie das, Bernardo? Ich fühle mich wohl. … Auch in Ihrer Gegenwart."

Ich konnte es nicht sein lassen.

„Ja. … Aber noch eins. … Leben sie asketisch? Folgen Sie dem Ideal der Keuschheit?"

Ein völlig wacher Geist strahlte aus ihren Augen. Nicht eine Spur von Selbstverleugnung.

„Ich achte den Leib, aber ich trenne ihn nicht vom Geist. *So* kommt es dazu, dass ich Nein sage und enthaltsam bleibe. Mein Gott hat nichts gegen Sexualität, aber ich finde Enthaltsamkeit gut. Ich entscheide selbst, oder besser, meine Seele entscheidet, ob ich masturbieren muss oder nicht. Keine Kirchenherren."

Da sprach die Mystikerin Marguerite Porète aus ihr: Die befreite Seele kann nicht sündigen. Irmengard musste nicht befürchten, wie Marguerite auf dem Scheiterhaufen von den Kirchenherren verbrannt zu werden.

„Schwester Irmengard!"

„Ja?"

„Ich mag Sie!"

„Das ist schön, wenn Sie das sagen. Ich hoffe, Sie mögen auch das, was ich sage."

Ich nickte. Natürlich sah ich ihr Erröten nicht, aber den Glanz in ihren Augen. Ich wollte es bei dem Nicken nicht belassen, sondern mich erklären:

„Ich empfinde Respekt vor Ihnen. ... Frage mich, wie kann man diese Dramatik aushalten, in die die Sexualethik der katholischen Kirche einen gläubigen Menschen stürzt. ... Zum Beispiel das mit der *Selbstbefleckung*. Da wird ungeniert formuliert: *Verschmutzung des Selbst*."

Wieder lächelte sie:

„Es geht doch immer nur ums Aushalten ... und bei sich bleiben."

Ich ließ nicht locker. Es nagte in mir:

„Und ... von der Jungfräulichkeit gar nicht zu reden. ... Aber als Mann kann ich dazu wenig sagen, außer .... Sie kennen die Geschichte von Maria Goretti?"

„Oberflächlich, eine italienische Märtyrerin?"

„Ja. Sehen Sie, die Reaktionen des damaligen Papstes und der katholischen Kirche auf die Vergewaltigung und Ermordung dieser jungen Frau, das nenne ich sexual-sadistisch."

„Das müssen Sie mir erklären."

„Also: ...Vielleicht kommt daher meine Erregung: Meine Grundschule in Sankt Vith trug Maria Gorettis Namen. ... Mir dreht sich immer noch der Magen um: *Lieber Tod als Sünde!* In die dunkelsten Winkel des Lebens führen derartige Steigerungsformen. Angeordneter Märtyrertod. Diese Aussage zur Selbstvernichtung wurde dem armen Mädchen von Kirchenmännern als ultima ratio in den Mund gelegt. Keiner weiß, ob sie diesen Satz jemals selbst gesagt hat: *Lieber Tod als Sünde!* Und wenn sie ihn gesagt haben sollte, dann hätten die Herren der gequälten Seele des Mädchens Trost spenden, ihr gerecht und lebensbejahend zur Seite stehen müssen. Aber nein, mit kühler Jesuitenmoral ging es darum, das Mädchen als Märtyrerin für einen Propagandafeldzug zu missbrauchen. Von allen Kanzeln in Jugendgottesdiensten und in den katholischen Mädchengruppen an höheren Schulen wurde Maria Goretti als Vorbild jungfräulicher Keuschheit, als Märtyrerin gefeiert; Sie hat ihrem Vergewaltiger noch vor ihrem Tod, Folge seiner vierzehn Stiche mit einer Ahle, vergeben. Nach 26 Jahren Haft ging der ins Kloster. … Verstehen Sie! Da war möglicherweise noch eine ganz andere Geschichtserzählung am Werk, als die offiziell erzählte. Nützlich war der Kirche nur eins: Lieber Tod als Sünde."

„Sie hassen die Kirche?"

„Ja! … Diese Kirche hasse ich!"

„Das verstehe ich. Aber das brauchen Sie nicht. Das war vor hundert Jahren. Mit *dieser* Kirche ist es bald vorbei. … Wie schon gesagt: Alles Männer. … Wenige dürsten nach innerer Erfahrung …", sagte Irmengard spöttisch und wurde nun rebellisch.

„In sie ist Gott nie wirklich eingedrungen. Das haben sie aus Angst vor dem Verlust ihrer Macht verhindert. Das sehe ich so wie Sie. … Aber seien Sie gnädig!"

Das sagte sie nicht aufgebracht oder laut, nein, so ruhig und lächelnd überlegen brachte sie das heraus, dass ich mir verkniff, ihr zu sagen, was ich dachte: Und Sie selbst? Das sagen Sie als Frau, Nonne? Wissen Sie, ich sehe Sie als stark gefährdet an durch Ihren geschworenen Gehorsam und Ihre Demut. Täusch' ich mich? Oder kommt daher ihre Angst vor der weltlichen Wildheit? Wie ein Mädchen des 13. Jahrhunderts Zuflucht suchend in geschlossener weiblicher Gemeinschaft hinter hohen Mauern! Selbstgewählter Knast mit Blumengarten. Nein, ich sagte das natürlich nicht.

„Bernardo, das ist sehr höflich, dass Sie jetzt nicht gesagt haben, was Sie über mich denken. Aber Sie können das ruhig tun!"

„Entschuldigen Sie, … Hellseherin. Sie sind wahrscheinlich ganz anders."

Bei Hellseherin musste sie lachen. Das tat mir verflucht

gut.

„Bernardo, wissen Sie, es gibt für mich seit meiner Kindheit eine alles überragende Empfindung."

Ich war gespannt.

„Einsamkeit in der Welt. … Erst auf den staubigen Straßen in Krobo, dann in dem erstickend vollen Kumasi und später auch während der Zeit mit dem Chirurgen in Löwen. … Ich bin durch eine andere Begegnung erlöst worden von dieser Einsamkeit. Christus hat meine Innerlichkeit aufgesogen. Keine Ablenkung mehr durchs Begehren, Kaufen, Laufen, mich der Flut der Reize aussetzen. Nein, ich habe so viel mit meiner Umkehr zu tun. … Wer genussvoll leben will und es kann, soll das tun. Ich brauche das nicht."

Sie richtete sich lächelnd mit ihrem Oberkörper auf:

„Je n'ai pas besoin de bite."

Es kam noch besser:

„Und übrigens, jungfräuliche Zeugung ist Unsinn. … Seinen Leib achten und ihn verteidigen. Ja. Aber entweder Sex oder Gott, nein, so etwas gibt es für mich nicht."

Ich war verblüfft. Etwas gerührt. Dann wurde es wirklich häretisch:

„Das weltliche Rädergetriebe ist für mich alles Überfluss. … Auch an Energie."

Oh lala, … überflüssige Vermehrung. … Das war absolut ketzerisch! Natürlich fand ich das gut! Weg von überflüssiger Energie! Plethora. Nicht nur keine Kinder mehr zeugen. Und was betraf das alles noch? Nur noch Wasser und Brot, Askese, frieren, schweigen; … Doch nicht nur die Sexualität? Nein, ihre Gesprächsfreude, auch ihre Erscheinung ließen nicht auf eine gnostische Lebensweise schließen. Das mit den Kindern? … Ein Existenzial! Machen oder Schweigen. Ich hielt den Mund.

Ich muss aber etwas hinzufügen, das kein gutes Licht auf mich wirft, aber ehrlich gesagt, darf schlechtes Licht sowieso auf mich fallen. Mein Interesse galt immer schon dem verborgenen Teil des Gesprochenen. Schwester

Irmengard zog mich auf einer Ebene nicht nur geistiger Sympathie an. Ihren unbekleideten Körper lernte ich nicht kennen, redete mir aber ein, dass ein unausgesprochenes Verlangen nach körperlicher Nähe zwischen uns bestand. Die Gesprächswärme verbarg doch etwas. Irmengard, da war ich sicher, konnte und wollte wenig verschweigen. Sie war echt! Wieder von einer Frage von mir provoziert, war ich platt über ihre Reaktion. Immer schon würde ich mich fragen, was Nonnen für Unterwäsche tragen würden. Es platzte aus mir heraus:

"Tragen Sie etwa einen String-Tanga?"

Ihr Lachen war derart herzhaft, dass ich froh war, dass ich das Richtige gefragt hatte. Sie gestand mir in aller Offenheit, dass sie einen Pagenslip trage. Bei diesem Bekenntnis lachte sie weiter so befreit, dass ihr die Tränen kamen und ich sicher war, dass sie das aus einem Gefühl der Freiheit, *es zu sagen,* tat. Da war sie so frei wie im Bekenntnis zu ihrer Christusliebe. Ungewöhnlich für eine religiöse Frau mit Profess, dachte ich. Abends, bei dem Gedanken an ihre Unterwäsche und was sie bedeckte und sie sich mit ihren Fingern rieb, versteifte sich mein Glied so sehr, dass es der Erleichterung bedurfte. Ich hatte ein schlechtes Gewissen und für einen sehr kurzen Moment eine unerfüllbare Sehnsucht.

An einem der letzten Frühabende kehrte ich noch aufgewühlt von den Entdeckungen im Staatsarchiv in Lüttich ins Kloster zurück. Die achtzehn Nonnen hatten sich im Chor zur Vesper versammelt und sangen gerade ein marianisches Antiphon, dem ich gerne zuhörte. Danach war, wie ich schon feststellen konnte, Schluss mit der Gemeinschaft. Das Komplet, gegen einundzwanzig Uhr, war jeder Nonne freigestellt, in ihrem Zimmer oder vor dem Altar zu beten. Sie waren frei darin, auch anderen Verrichtungen nachzugehen. Wie ich von Schwester Irmengard erfahren hatte, diente diese Zeit jeder einzelnen Nonne zu stiller Meditation, dem Lesen, Gesprächen oder einem Gang in die Stadt. Ich war an der Paradiespforte stehen geblieben, um die Nonnen, ungestört von meiner Anwesenheit, in ihre Klausur ziehen zu lassen.

Irmengard schmunzelte mich an, und ich war erneut fasziniert von ihren großen, leuchtenden Augen. Sie trug, anders als ihre älteren Mitschwestern, ein Ordenskleid, das nur drei Viertel lang war, ihre Brüste hervorhob, zwischen denen das schwarzweiße Kreuz ihres Ordens baumelte. Die schwarze Haube trug sie auf dem Hinterkopf, so dass ihre kleinen Ohren frei lagen und ihr schwarzes Haar dem Gesicht der Dreiundvierzigjährigen einen jugendlich pfiffigen Ausdruck verlieh.

In ihrer linken Hand lag der Rosenkranz, an einem Gürtel befestigt, der ihre schlanke Taille betonte. Zwischen Daumen und Zeigefinger bewegte sie eine der zehn Perlen irgendeines Geheimnisses.

Die Gruppe der Nonnen löste sich auf, und Irmengard kam auf mich zu. Sie umarmte mich unbefangen und kurz:

„Warten Sie auf mich?"

„Ja, … vielleicht", gab ich frech zurück.

„Machen Sie es nicht so spannend."

„Ehrlich?"

Sie nickte.

„Heute hab' ich noch kein Wort gesprochen. Nur gruselige Entdeckungen gemacht. Quellen aus dem 17. Jahrhundert mit Details einer Hinrichtung und ordinäre Exzesse in Mühlen."

„Na, kommen Sie!"

Ich folgte ihr durch eine südöstlich gelegene Tür in einen Gang, der am Kapitelsaal der Nonnen vorbeiführte in den Kreuzgang, von dem man über eine niedrige Balustrade in den gepflegten Blumengarten und auf einen schlichten Brunnen blicken konnte, der mehr dem Durstlöschen als der Kunstbetrachtung diente. Wir setzten uns auf eine Bank. Ich war ratlos. Sollte ich ihr wirklich von den unappetitlichen Entdeckungen erzählen?

„Dann erzählen Sie mal", forderte Irmengard mich auf.

„Ach, wissen Sie, da ist so viel Abnormes. Muss ich

immer in das abstoßende Gesicht des Zyklopen schauen? Nein. Ich fühle mich wirklich etwas ausgewrungen."

Irmengard legte einen Moment lang ihre Hand auf meine Schulter.

„Sie forschen im Mittelalter. … Ist das nicht wie Stammesgeschichte? Nachts am Feuer sitzen, sammeln, jagen?"

„Na, ja, schon ein bisschen mehr. Aber nicht allzu weit weg davon. Abends am Herdfeuer sitzen und sich gegenseitig die Läuse aus den Haaren zupfen. Eine bewährte Hygiene."

Sie lachte: „Auch Nüsse mit Steinen aufklopfen?"

„Schwester Irmengard, Sie werden es mir ja nicht glauben, aber ich liebe es, mit zwei Steinen, die ich vor Jahren am Strand in Dieppe gesammelt habe, Nüsse aufzuklopfen."

„Sie sind ein Snob!"

Gott, dieser erfrischende Bariton ihres Lachens! Das ließ mich verleiten, meine Anrede zu verändern:

„Irmengard, darf ich Sie so nennen?"

„Ja, Bernardo."

„Manche Verhaltensweisen sind im 13. und 14. Jahrhundert schon gar nicht mehr so fern von unseren heutigen. Und manches ist geblieben, hat nur sein Gesicht verändert. … Ach, können Sie mir nicht etwas von sich erzählen? … Unsere modernen Zauberworte sind ja *Fortschritt, Entwicklung*. … Aber, den Mond anrufen, … war das nicht schöner?"

„Denken Sie, das hab' ich gemacht? Nein, ich weiß, Sie meinen nicht mich. Den Mond anrufen, das kenn' ich aus unserer Stammesgeschichte nicht. Aber Heilkunde, Gartenkultur, Instrumente spielen, sich etwas erzählen, darin waren sie groß, die Menschen im Dorf meiner Großmutter. Das Böse verursachte Krankheit und Tod. Der Mond, so viel ich noch aus Erzählungen weiß, wurde geliebt, weil er Kühle brachte. Das Gute musste bewacht werden. … Meine Großmutter hat mir, als ich so etwa dreizehn Jahre alt war, von einem Schamanen aus dem Dorf erzählt, aus dem sie stammte. Sie sei damals in meinem Alter gewesen. Das Dorf lag vielleicht eine halbe Stunde Fußweg von dem kleinen Ort entfernt, wo sie zu der Zeit, als ich sie besuchte, als Schneiderin lebte und mit dem Nähen ihren Unterhalt verdiente. In dem kleinen Ort gab es eine Post und eine Krankenschwester. Das war`s. Meine Großmutter konnte nicht lesen und schreiben. Sie war immer noch fest in der alten Dorftradition verhaftet. Meine Mutter war schon früh von einem Missionar mit ihrem Bruder nach Techiman in das katholische Internat gebracht worden. ... Aber zurück zu der alten Frau. In ihrem Lehmhüttendorf ist der Dorfschamane der Wächter gewesen, was bedeutete, dass er die Tradition bewahrte. Er war dazu da, Gut und Böse im Dorf zu versöhnen. Dazu gehörte, so sagte es meine Großmutter, dass er mit ihr und ihrer Schwester kopulierte, obwohl beide schon Männer besaßen, ... also Ehemänner würden wir hier sagen. Er sei geiler gewesen als ein Stier oder Esel. Einen Priester, der meine Großmutter und ihre Familie taufen wollte, habe sie mit einem Antilopenknochen geschlagen und versucht zu vertreiben. Den Knochen habe sie vorher bespuckt. Das sollte der Geisterabwehr dienen. Meine Mutter erfuhr später, dass das der Missionar war, der sie und ihren Bruder nach Techiman brachte. ... Aber jetzt habe ich Sie gar nicht sprechen lassen. Entschuldigen Sie."

Ich winkte ab.

„... Erfahrung mit Geistern. Das mit dem Knochen gefällt mir. Muss ich mir merken: Geister, ja, aber hier fehlen die Antilopen."

Wir lachten.

„Ihre Großmutter, lebt sie noch?"

„Nein. Sie ist schon lange tot. Ich glaube, ich war dreißig Jahre alt, als sie starb. Ja, da war ich schon in Belgien. Aber ich habe sie kurz vor ihrem Tod noch besucht. Sie hatte Krebs. Meine Mutter hat sie ins Spital nach Kumasi geholt. Da lebt meine Mutter mit ihrer Familie."

„Außer Ihnen!"

„Nun ja."

„Sie sind traurig darüber, nicht da zu sein?"

„Sicher, manchmal schon, aber das vergeht. Teresa von Avila sagt, lass dich nicht ängstigen oder erschrecken, du hast die vollkommene Liebe und die wird dir nicht auf einmal zuteil. … Man kann niemals alles auf einmal bekommen, Bernardo, oder hergeben. Also darf ich getrost manchmal ganz traurig sein. Aber ich habe da jemanden in meinem Herzen."

Mein Gott, wie sie mich jetzt ansah! Was für eine Frau! Sie schwieg. Ich sah plötzlich ihre dunkle Haut glänzen unter den Tränen, die ihr über die Wangen liefen. Ich sagte nichts, berührte ihre Hand. Sie ergriff sie und hielt sie einen Satz lang fest.

„Tu Deinem Leib öfters was Gutes, damit Deine Seele Lust hat, darin zu wohnen. … Teresa. … Die Oma ist im Spital in Kumasi gestorben. … Als ich sie kurz vor ihrem Tod dort besuchte, stand eine Nonne an ihrem Bett und hielt ihre Hand. Eine Franziskanerin, Krankenschwester aus Belgien, wie ich von ihr erfuhr. Sie habe festgestellt, dass die alte Frau ein sanftmütiges Wesen sei. *Wirklich lieb!* Sie sagte, dass sie niemanden mehr, auch nicht meine Mutter, an ihr Bett lasse. Ich sei wohl eine Ausnahme. Sie hat sogar mit der Nonne ein Gebet geübt und mit ihr gesprochen."

Irgendwas ließ Irmengard leise stöhnen.

„Ein Andachtsgebet", sagte sie.

„Können Sie es sprechen?", fragte ich.

Fragmente des Gebets blieben ein paar Stunden bei mir hängen.

Kurz vor meiner Abreise fand ich einen Briefumschlag in meinem Zimmer, unter der Türe hindurchgeschoben:

„Für alle Fälle, Bernardo! Das Andachtsgebet des Jesuiten Jules Croiset:

Herr! Strafe mich nicht in Deinem Grimm, züchtige mich nicht in Deinem Zorn. Erbarme Dich, ich bin schwach. Heile mich, denn mein Körper ist mit großem Schmerz geschlagen. Meine Seele ist in Verwirrung. Wie soll ich Dich in der Hölle loben, wo nur Heulen und Zähneknirschen ist. Nimm mein Weinen und Klagen gnädig auf, oh Herr! Meine Feinde sollen sich schämen und augenblicklich zurückweichen.

Auch wenn Sie, lieber Bernardo, der Nächstenliebe skeptisch gegenüber sind, bleibe ich Ihre Schwester Irmengard, geborene Akorfa Yaa."

Akorfa Irmengard war kein demütiges Sandkorn. Schnellen Schrittes war ich schon kurz vor der Klosterpforte angelangt, um noch den Mittagszug nach Eupen zu erreichen, als mein Name hinter mir gerufen wurde. Schwester Irmengard. Sie lief und rief. Ich blieb stehen. Dann stand sie lächelnd und heftig atmend vor mir.

„Ich bin unmöglich! Sie wollten mir doch von Ihren Entdeckungen im Staatsarchiv erzählen, die Sie so betrübt haben. … Und ich gacker' Ihnen meine Geschichten ins Ohr. Wenn Sie darüber reden wollen, dann …"

„Akorfa?"

„… Bernardo? …"

„Akorfa. … Ihre Geschichten, die Gespräche mit Ihnen haben mir gutgetan. Ich danke Ihnen sehr!"

Ich nahm ihre Hand, drückte einen Kuss auf sie.

„Mein Zug!"

„… Wenigstens noch einen Satz? … Von Teresa."

„Ja. Los!"

„Bete nicht um leichtere Last, sondern um einen stärkeren Rücken. Klemm' Dir *das* hinter die Ohren, Bernardo!"

Sie nahm mich in den Arm und gab mir einen Kuss - auf die Wange.

Später verspürte ich besonders an saturnischen Tagen Sehnsucht nach Akorfas Bariton und ihrem Duft: Rosmarinhonig. Was für ein Glücksmoment war sie, so irdisch und doch so fern. Für immer. Warum sollte ich Anmut, Schönheit und Klugheit belästigen mit Geschichten von Schandpfählen, Fickmühlen, Pferdefickern und Kopf-ab-Hinrichtungen.

Weihwasser

Martine löffelte Vanilleeis mit Schokolade. Sie saß in der Eisdiele *L'Aristide* in Malmedy. Es war ein außergewöhnlich warmer 10. Oktober, mittags. Das geblümte Frühlingskleid mit dem dunkelblauen Bolero, der zurückgesteckte Pony ihres brünetten Haares ließen mich daran denken, dass der größte Verlust des Lebens der Aufschub ist. Sagt, glaube ich, Seneca. Anyway. Das hier war so ein Augenblick. Aber bekanntermaßen war ich mir selbst ein Hindernis. Zaungast sozusagen. Sie las in einem Buch. Mithin beste Voraussetzungen für einen Miniflirt.

„Bonjour, Martine!"

„Ah, salut."

Das war flüchtig und zögerlich. Ich ging weiter.

Der Abend sollte zu einer unverhofften Begegnung führen.

Martine schrieb an ihrer theologischen Examensarbeit über die Predigt Nummer zwei Meister Eckharts *Intravit Jesus in quoddam castellum*. Pergamenthandschrift, 14. Jahrhundert. *Juncvrouwe ist also vil gesprochen als ein mensche, der von allem vremden bilden ledic ist.* Einmal, beim Mittagstisch in der Mensa, erläuterte sie den Satz. Es war eines unserer wenigen Gespräche, die wir bis dahin geführt hatten.

„Der Begriff Jungfrau besagt, dass ein Mensch von allen Bildern frei ist; unberührt sozusagen ..."

„Ah ja, jungfräulich. Noch ohne Begriffe oder Vorstellungen?", fiel mir dazu ein.

Sie errötete.

„So ähnlich. Jedenfalls soll das heißen, dass Bilder, die sich einem von außen aufdrängen, flüchtig sind wie ein

Hauch."

„Flatus" setzte sie noch überflüssigerweise nach. Ich vermied es, eine Assoziation ins Spiel zu bringen, die sich mir logischerweise aufdrängte: *Fürze des Geistes*. Da ich's nicht sagte, brauchte ich mich auch nicht zu entschuldigen.

Gemeinsam mit Sébastien hatten wir im August einen Sommerkurs an der philosophischen Fakultät der Université catholique de Louvain, Löwen oder Leuven belegt: „Maître Eckhart sermons sur *le fait de le faire*". Eckharts Predigten über das *Lassen*. Devise: Keine Flucht aus der Welt, die im Chaos versinkt, sondern lass von dir selbst ab und somit auch von Gott, da Gott Ausfluss in allen Kreaturen und Dingen ist. So hat' ich's verstanden. Sébastien sagte mir, dass Martine ihn gefragt habe, ob wir nicht mitkommen wollten.

„Elisa Rubino aus Lecce liest über Meister Eckhart."

„Oui, bien sûr. Ich frage Bernardo."

Zufällig hockte ich in der Bibliothek über Michelle Perrot, Geschichte der Frauen, als mich Sébastien instruierte. Flüsterte:

„Ein verführerisches Weihwasser. … Meinst Du nicht auch?"

„Ein verführerisches Weihwasser? Wer?"

Wie er das *Weihwasser* betonte! Klar! Niedrige Motive! Entweder hervorgerufen von der attraktiven Gläubigen oder der italienischen Professorin. Von ihm geflüstert verstand ich:

„Martine! … Obwohl, die aus Lecce: A mother I would like to fuck."

Ermahnte ihn laut, „Sébastien!"

Man sah schon zu uns herüber. Fügte leise hinzu:

„Ja, ich komme mit."

Weihwasser, irgendwie traf's Martine ganz gut. Ich hörte Sébastien, der mir einmal nach drei Rotwein gestand, ein *Natursekt-Liebhaber* zu sein, rufen: Aspersorium, befeuchte mich! Nach seinem Magister, den er im vergangenen Jahr mit der Arbeit über die Geheimkulte der Templer abgeschlossen hatte, saß er seit zwei Monaten an dem sich in Frankreich stark ausbreitenden Satanismus. Der feiere seine schwarzen Messen mit sexuellen Ausschweifungen, erklärte er mir: Mohrrüben im Anus, Urin statt Weihwasser, schwarz gefärbte Hostien und anderem blasphemischen Kram. Er hatte mir die Messen detailliert geschildert und angeboten, mich zu einer, die er in Trier „aus Forschungsgründen besuchen" wollte, mitzunehmen. Ich dachte an Caroline. Was die wohl macht. Ob sie solche „Partys" besuchte? Sébastien war weit entfernt von romantischen Bootsfahrten mit Novalis-Zitaten für die Geruderte, wie: *Nach dir sich sehnen macht zum Traum die Zeit.* Er flüsterte:

„Martine hat mir von diesem thüringischen Mystiker vorgeschwärmt. Im *Lassen* habe der seinen Weg gefunden. Kannst du damit etwas anfangen?"

„Nimm dich selber wahr und wo du dich findest, lass von dir ab."

„Hört sich buddhistisch an. Und das zu Anfang des 14. Jahrhunderts am Rhein?"

„Können Sie bitte leise sein!"

Auch nach dem Besuch des Kurses verbesserte sich mein Verhältnis zu Martine nicht sonderlich. Trat ich unverhofft in ihr Blickfeld, schlug sie - so meinte ich - einen Bogen um mich. Allenfalls ein verschlucktes Grinsen. Das war's. An meinem verfrühten Aufbruch aus dem Eckhart-Seminar konnte es meines Erachtens nicht liegen. Obwohl … Schnoddrig gab ich in einer Seminarpause die Charakterisierung Eckharts durch den Logiker und Vereinfacher Wilhelm von Ockham zum Besten. Er und der Mystiker trafen während des Inquisitionsprozesses, der gegen Eckhart wegen Ketzerei von den päpstlichen Behörden in Avignon angestrengt worden war, aufeinander. Eckhart entging nur knapp dem Verbrennen.

Als wir beim Pausenkaffee zusammenstanden, spottete ich in Richtung Martine:

„Am Rande oder im Inquisitionsprozeß in Avignon treffen Eckhart und Wilhelm von Ockham aufeinander. Der Logiker fällt ein robustes Urteil über unseren thüringischen Mystiker und Lenker der weiblichen Seelen, ein herrlicher Satz: *Es ist doch überflüssig, mehr zu machen, wenn es auch mit Wenigem geht...* Also dieser Frauenversteher ist ja wirklich eine harte Nuss! Aber die Nonnen sollen ihn geliebt haben. Fraglich, ob sie ihn auch verstanden haben. Ich meine, das ist doch schräg, wenn er sagt: *Manche sagen, sie glauben an Gott, glauben aber Gott nicht.* Es soll um die Präposition *an* gehen. Ich versteh's nicht. Versteht die schlichte Nonne das damals?"

Meine Güte, klang das überheblich. War gar nicht so gemeint. Zu spät!

Martines Wangen erglühten. Sie sprühte Funken in meine Richtung. Da hatte ich was losgetreten! Ich bezog Stellung. Legte die Hände an die Hosennaht. Oh Hybris!

„Es geht um Hingabe ...!"

Das versuchte sie zu posaunen.

„Du hast den Satz nicht verstanden! Du musst doch mal die Dialoge zwischen Eckhart und der Begine Katharina lesen, bevor Du so urteilst. Du pochst doch sonst immer aufs Quellenstudium. Bist Du nicht Stammgast in den Archiven?"

Wie war das denn jetzt gemeint? ... Nun ja, ich hörte mir ihre Predigt weiter kommentarlos und in strammer Haltung an:

„Eckhart hat diesen Dialog selbst verfasst. Er lässt Katharina ihrem Beichtvater, der Eckhart selbst ist, klar machen, dass sie als Frau mehr leiden muss als Jesus. Sie lebe arm wie eine Kirchenmaus. Wasser, Brot und ein Rock. Und sie bringt dem Beichtvater ein Beispiel von einer Frau, die in die Wüste geht. Der Beichtvater hält ihr entgegen, dass sie als Frau zu schwach sei, es um Vieles schwieriger habe als ein Mann, alles zu verlassen wie Besitz, Verwandte, Freunde und ihre Ehre. Katharina kontert, dass sie bezweifeln würde, ob er ihr als Beichtvater *und* Mann den richtigen Weg zeigen könne. Eckhart lässt den Beichtvater dann zugeben, dass weder er noch sonst jemand in der Lage sei, sie an einem Leben zu hindern, das von Gott berührt sei. Nur sie selbst könne ihr Leben in alleiniger Verantwortung tragen. … Verstehst Du diese Spiritualität, Bernardo? Das ist im 14. Jahrhundert modern gedacht!"

Wie einen Fehdehandschuh warf sie mir ihren Monolog vor die Füße. Im Seminar hatte sie die ganze Zeit geschwiegen, obwohl sie sehr gut lateinisch und italienisch sprach. Was hatte ich verbrochen, dass sie jetzt so wortgewaltig auf mich losging? Ich konnte das doch so nicht auf mir sitzen lassen:

„Ja, Du hast sicher recht! Aber, was ist denn nun mit der Präposition *an*?" beharrte ich fordernd.

Sie atmete durch, hob dabei leicht den Ponnykopf und sah mich irgendwie komisch an:

"Ich kann *an* Gott glauben. Aber was nützt mir das? Nichts. … Ich kann Gott nur *erfahren*, von ihm *ergriffen* werden, wie ich, … na ja, … *von* der Liebe ergriffen werde."

Martine! Das verstand ich:

„Stimmt! *An* die Liebe zu glauben, ist wirklich Quatsch.", sagte ich und erwiderte ihren Blick, nickte bejahend.

Was war das für ein Blick, den sie mir zuwarf. In dem war nichts Oberflächliches. Madonna! Ich hörte ihrer jetzt wieder gewohnt leisen Stimme zu:

„Eckhart nennt die Frau in einer Predigt weise. Er bezieht sich damit auf die weibliche Liebe, die sich sorgt, die schützt: Averazione dell'amore. *Liebesergriffenheit* heißt das! Bernardo, schon mal davon gehört?"

Das saß. Martine, was machst Du? Warum regst Du Dich jetzt so auf? Du bist ja den Tränen nahe!

Eine zarte Röte schmückte weiter ihre Wangen. Zu schön, zu klug! Prickelnd, juckend. Berührend, ihre feuchten Augen.

Aber: Ob nun der Erfurter Frauenversteher oder Martine: Irgendwie hatte ich plötzlich die Nase voll vom *Lassen*, von *Ergriffenheit* und fehlender Ironie. Lieber jetzt sofort ein stiller Platz im Beginenhof, als weiter diese Predigten anhören zu müssen. Das Einzige, was ich noch herausbrachte, war eine kleine sarkastische Bosheit:

„Wahrlich, wahrlich ein freier Geist und … früher Feminist."

Martine wandte sich ab. Ging aber nicht. Warum nicht? Ich wusste noch nicht einmal mehr, wen oder was ich mit dem Satz mehr treffen wollte. Wahrscheinlich doch mehr sie als den christlichen Philosophen. Aber warum? Sollte sie sich mir widerstandslos mit feuchten Augen unterwerfen? War ich so unduldsam in dem scheiß Machtspiel? Klar! Meine Mutter hatte mir schon vor langer Zeit verkündet:

„Junge, Du lässt dich schlecht führen!"

Warum sollte ich auch? Eine letzte Geste, bevor ich in Richtung WC abzog, schickte ich dann doch in Martines Richtung: Mit offenen Armen und hochgezogen Schultern deutete ich ihr, als sie sich noch einmal zu mir umgedreht hatte, meine Niederlage an. Ihre Gesichtszüge zeigten Enttäuschung. Nun schaute sie auch noch traurig. Hatte wohl mehr erwartet. Das hing mir dann doch irgendwie nach.

Nach der Pause in der Cafeteria kam ich nicht wieder mit in den Seminarraum. Entschuldigte mich mit einer Kunstauktion, die ich in Brüssel unbedingt besuchen müsse. Das war gelogen. Mir ging das fachliche Gesäusel über die „hohe Sprachkunst der Mystiker" zwischen Sébastien und Martine, seinem erwählten Weihwasser, auf den Wecker. Das angespannte Verhältnis zu Martine lag vielleicht auch daran, dass sie mich für den Teufel hielt, der das Weihwasser mied, für das auch ich sie inzwischen hielt.

Was mich dennoch den Faden zu ihr nicht abreißen ließ, waren diese bernsteinfarbenen Augen unter ihrem Pony und ihre zurückhaltende gebremste Gestik. Und wenn sie schmunzelte, fand ich sie unwiderstehlich. Das alles wären gute Voraussetzungen für einen Flirt gewesen, dem eine erotische Beziehung mit maßvoller Beständigkeit hätte folgen können, so mein sandiger Allerweltsglaube. Wenn ich sie gelöst von ihrem akademischen Ernst beobachtete und sie mich mit einem Lächeln in der Bibliothek begrüßte, zwei Sätze flüsterte und sich wieder ins Lesen vertiefte, sah sich Saturn für einen kurzen Moment der Chance beraubt, mich zu quälen. War da mehr als Sympathie für ein Weihwasser?

Völlig überraschend traf ich Martine an diesem 10. Oktober abends im *Max*. Ich traute meinen Augen nicht. Sie in diesem Nachtcafé? Das hatte ich nicht erwartet. Zufall? Spontan sagte ich mir: Hände weg von diesem unergründlichen Phänomen. Gibt es ein Morgen-, Mittag- und Abendgefühl? Gibt es einen Morgen-, Mittag- und Abendverstand?

Mit Sébastien war sie in ein Gespräch vertieft. Ich hielt mich abseits. Als Sébastien mich entdeckte und grüßte, schlenderte ich ohne Eile los und dachte an ein Intro für die Begegnung. Sébastien kam mir zuvor. Wie immer ironisch, so, wie es ihm gefiel.

„Monsieur, Goldjunge, Unüberwindbarer! Welches Archiv muss zurzeit unter Dir leiden?"

„Das herzogliche derer von Pierret in Edingen hat kapituliert. Die Quellen in anderen Archiven zittern schon", erwiderte ich trocken mit einem *Stella Artois* in der Faust.

Der Komödiant neigte seinen Oberkörper devot in Richtung Martine. Ich beteiligte mich widerwillig an der Aufführung. Wandte mich ihr ernst mit einem knappen Kopfnicken zu und deklamierte kühl:

„Martha, du bist besorgt um alles? Du bekümmerst dich um so vieles. Das ist doch nicht nötig. Schau, sagst Du das nicht selbst, Maria, die Hure aus Magdala am See, hat den besseren Teil gewählt? Sie sitzt zu Füßen des Herrn, hört sich seine Geschichten an und lässt Dich schuften."

Statt mir an die Gurgel zu gehen, zeigten ihre Mundwinkel ein ironisches Lächeln. Das hatte ich wirklich nicht erwartet.

„Kaum zu glauben, aber ich dachte wirklich schon mal daran: Wann ist es so weit, dass dich der schräge Vogel mit der heiligen Sünderin versucht, herauszufordern. … Hältst Du mich wirklich für eine Martha? Du willst mich aufs

Glatteis führen, nicht wahr? Das ist gemein, typisch Bernardo. … Maria Magdalena ist eine Protestfigur gegen den Versuch, der Frau den Eros auszutreiben, mein Herr!"

Wumm! Das hatte Stil, entwich ihren Lippen flüssig und humorvoll. Sie verlor nicht ihr Schmunzeln. Ich hatte sie nicht unterbrochen und war - wie sagt man - „von ihr angetan", nahm meine Rolle an, allerdings flämisch:

„Nee, nee mevrouw, dat zou nooit bij me opkomen! Ik hou van zwart ijs!"

Nun lachte sie herzhaft.

„Martine, warum sollte ich Dich nicht aufs Glatteis führen? … Na ja, stimmt schon, keinen festen Stand, immer in Gefahr, auszugleiten, das Gleichgewicht verlieren. Aber wenn es dazu kommen sollte, mit Dir auf dem Glatteis zu stehen, halte ich Dich, falls Du zu stürzen drohst!"

Sofort dachte ich: Wie klingt das denn in ihren Ohren? Doch wohl nicht wie eine Annäherung intimer Art. Um Himmels Willen! Obwohl …

War ich wirklich erleichtert über ihre Erwiderung, die sie mir entgegenlachte?

„Wenn Du Dich selbst noch halten kannst. … Ja, dann komm ich mit aufs Eis", konterte sie ziemlich lebhaft.

Sébastien war bereits am Beginn meiner Deklamation in Richtung Bar deutend aufgestanden, um zwei *Stella* für Martine und mich und einen *Vine Blanc* für sich zu besorgen. Sie wandte ihren Blick jetzt in Richtung Bar. Suchte sie nach Sébastien? Um eine romantische Empfindung, die der Flirt hervorgerufen hatte, zu konservieren, versuchte ich ziemlich platt, ihre Aufmerksamkeit wieder auf mich zu lenken. Rief gespielt vorwurfsvoll:

„Martine!"

Sofort drehte sie sich zu mir um und sah mich mit ihren großen bernsteinfarbenen Augen an.

„Ja, was ist? … Ich hab` nach einer Freundin geschaut, die kommen wollte. Die kommt wohl nicht."

„Willst du mit mir vorliebnehmen?"

„Ja sicher."

Das tat irgendwie gut. Ich wurde unnötig verwegen:

„Statt aufs Glatteis würde ich Dich lieber ins *Le Vogue* entführen."

„Ach Du! Klar, der Herr Postulant bewegt sich in Louvains Untergrund."

„Postulant außer Dienst, Madame."

Das *Le Vogue* war ein bekannter Nachtclub in Löwen. An manchen Wochenenden tanzten dort Besucherinnen unaufgefordert, wagemutig und bejubelt an der Stange. Ich war mir nicht sicher, ob Martine das wusste. Sie lächelte nachsichtig, und natürlich wusste sie es nicht. Meine Bemerkung war so daneben wie mein Versuch, das meiner Meinung nach in Schieflage gebrachte Bild von mir zu korrigieren.

„Donc vraiment, Martine, jetzt wirklich, ich dachte, ich kann Dich beeindrucken. Martha und Maria, Vita activa und Vita contemplativa ... Du weißt doch, wie das ist: Immer dieser Wunsch nach Anerkennung", sagte ich gespielt zerknirscht.

„Oh ja, Du und Dein Spott ... Ach, Du bist ein schräger Vogel," entwich es ihr klagend.

Bedauerte sie da was?

„Von schrägen Vögeln hältst Du nichts. Sagtest Du das nicht schon mal? Tja, aber wie komm' ich aus dem Zoo denn raus? ... Wohl nur so: ..."

Ich stand immer noch an dem Ecktisch und machte mit ausladender Geste heftige Flugbewegungen mit den Armen.

„Bernardo, lass das! Ich meine das doch nicht so."

Das kam wirklich erschrocken, sympathisch und naiv über ihre Lippen, die ich jetzt gerne geküsst hätte.

Das *Max*, ein Zoo für die *Krone der Schöpfung*? Und diese Selbstherabsetzung. Das musste die Theologin, aber vielleicht auch noch etwas anderes in Martine erschreckt haben. Sie deutete mir mit der Hand, mich auf den Stuhl neben sie zu setzen. Ich war perplex und setzte mich. Eine Dezisekunde lang ruhte ihre Hand sogar auf meinem Arm. Das erste Mal von ihr berührt. Ich sah sie an. Sie wich dem Blick nicht aus.

Worüber wir nun sprachen? Über das weite Feld infla-
tionärer Begriffe des Studiums und wissenschaftlicher Vorhaben. Aber dann wurde es privat. Sie fragte mich wahrhaftig nach meiner Mutter.

„Kennst Du sie?"

„Nein, nicht persönlich, aber Sébastien hat mir von ihr
erzählt. Flüchtig. Dass sie mit einem Kunsthändler liiert ist
und Du in seinem Geschäft arbeitest oder gearbeitet hast."

Sébastien, der Schwätzer. Na egal, was soll's.

„Die sind nicht mehr zusammen. Ich helfe im Geschäft
ab und zu aus."

Ich erzählte ihr dann wahrhaftig von der gescheiterten
Beziehung meiner Mutter zu ihrem *Bekannten*. Und dann
wäre ich fast in einen Monolog übers Loslassen verfallen.

„Ihr fällt das wirklich schwer."

Aber da kannte Martine sich - theologisch - besser aus.
Also beließ ich es zu guter Letzt bei der Schilderung meiner
heroischen Kunstaktion mit dem Uhu an der Eingangstür
der Kunsthandlung des Bekannten in Bütgenbach. Da, so
fühlte ich's, wurde ich ein bisschen ihr Held.

Jeder kennt diese gestischen Zeichen, die Gerede begleiten, etwas ausdrücken, was das Reden nicht kann. Martines
Mimik lockerte sich; Grübchen und Lachfalten und mit
ihren Fingern in ihrem hübschen, zurückgesteckten Pony.
Ich war versucht, ihr meine Rechte aufs Knie zu legen. Aber
da war das Frühlingskleid so weit hochgerutscht, dass ich
meine Hand bei mir behielt und meinen Blick von ihren
Oberschenkeln löste. Um mich von dieser blöden Verkramp-
fung zu lösen, trank ich einen Schluck *Stella* und tat unwissend:

„Sag mal, formuliert Eckhart nicht sinngemäß: Je größer
der Durst, desto süßer ist das Trinken?"

„Ja, und?"

„Daraus könnte man doch schlussfolgern, je größer das
Begehren, um so köstlicher ist der Genuss, oder?"

Trotz des fahlen Barlichts sah ich, dass ihre Wangen wieder von dem zarten Rot erobert wurden.

„Ja, aber er meinte damit ein rein Geistiges."

„Ja sicher. Aber auch das sexuelle Begehren ist ein rein Geistiges - bis der nackte Trieb die Macht übernimmt."

„Hast du denn da deinen Freud richtig gelesen?"

„Na ja. Also, das Geistige durchdringt die Leiblichkeit, sagt ein anderer großer Meister."

Sie wiegte leicht ihren Kopf, ihre Wangen standen nun in voller Blüte und sie lächelte mich mit feuchten Augen an. Wir waren so ins Gespräch vertieft, dass wir Sébastien nicht kommen sahen. Was nun folgte, könnte man vielleicht unter „kommunikative Strapaze" abhaken. Er überfiel uns aus dem Hinterhalt mit den Getränken, knallte die zwei *Stella Artois* auf den Tisch und schoss den Satz ab:

„Ist die Vergangenheit nicht immer in uns gegenwärtig?"

Das war kurz vor dem Lallen einzelner Laute. Besänftigend fragte ich ihn:

„Woher kommst du? … Wie kommst du darauf?"

„Woher schon …?"

Er deutet in Richtung Bar und verschüttete dabei etwas von seinem Wein, was ihn nicht störte.

„Gespräch mit unserem Kommunisten über den Mangel an revoltierenden Gemütern. 200 Gramm Wodka! … Bist du hier nicht der Mister Geschichtsphilosoph? Klär's auf! Revolte als inneres Erlebnis.", und ließ sich auf den Stuhl fallen.

Einige Gäste sahen zu uns hinüber. Ich rätselte:

„Was meinst Du?"

Er starrte Martine an. Anzüglich. Offensichtlich gefiel ihm der Überfall oder, besser gesagt, Störfall in der Unterhaltung mit Martine, die jetzt abrupt abgerissen war. Ich tippte bei seinem Blick hin zu ihr auf eine Mischung aus sexuellem Begehren und Eifersucht. Gut. Warum nicht? Wenn hier im Zoo überhaupt etwas in Frage stand, betraf es die Rolle der Genitalien.

„Martine, hilf ihm auf die Sprünge," versuchte er

anzuordnen.

Sie schwieg. Ich dachte, das findet sie jetzt abstoßend. Er befand sich im Tunnel. Musste also dick auftragen, immer noch kurz vor dem Lallen:

„Kennst du den Dakota-Roman von Jack Finney?"

Sie schüttelte den Kopf.

„ `Ne Zeitreise. Die Vergangenheit ist nicht verschwunden. Vergangenheit und Gegenwart existieren parallel nebeneinander. Hat was mit der Zeitreise-Theorie von Einstein zu tun. Den kennst Du doch, oder!"

Warum so aggressiv? Will er die Frau verletzen? Martine:

„Natürlich."

Das musste doch jetzt nicht sein, dass sie ihm auf diese Unverschämtheit antwortete.

„Siehst Du. Dann sag' ich Dir mal, was der Erfinder der Relativität dazu zu sagen hat."

Oh, mein Gott. Dieses arrogante Arschloch! Ich musste jetzt was sagen:

„Die Vokale entströmen ja noch relativ ungehindert Deinem Mund. Mit den Konsonanten Sébastien … oh je, oh je."

„Arschloch!"

Ich lächelte ihn an. Er hatte sich vollends Martine zugewendet und strengte sich an.

„Du bist auf einem Boot, das den Fluss der Gegenwart hinuntertreibt. An den Ufern gleitet die Vergangenheit vorbei. Da stellt sich die Frage, wenn ich vom Boot aufs Ufer der Vergangenheit trete, kann ich dann da etwas verändern, in der Vergangenheit? Die Titanic nicht untergehen lassen? Etwas nachholen, was ich versäumt habe? Es jetzt nachholen? Es mir jetzt schnappen?"

Worauf wollte der Knabe hinaus? Sébastien wartete gar nicht erst auf eine Erwiderung Martines.

„Ich will's mal so sagen: Das kennst Du sicher auch. Ich hab' was versäumt, von dem ich mir wünsche, dass ich's gemacht hätte, aber nicht gemacht habe oder ein anderer hat's mir weggeschnappt, … zum Beispiel den Sex mit einer bestimmten Frau…"

Och Gott, wollte der Stratege sich so voran arbeiten? Das führt doch bei Martine zu nichts.

„Ich verstehe nicht richtig, was Du meinst?", antwortete Martine also.

Aber nicht ihre Antwort überraschte mich, sondern ihr Blick hin zu mir. Bitte Martine, jetzt nicht das! Sie sah mich und nicht ihn an, und in diesem Blick meinte ich eine Aufforderung zu entdecken: Ich soll was sagen? Kurz, ich glaubte in diesem Moment, dass sie *mich* gemeint haben könnte. Rettung durch *mich*? Um Gottes Willen! In solcherart SOS war ich noch nie gut gewesen. Erst sagte ich nichts, dann nahm ich Zuflucht zu dem, was ich kannte. Nun, das war nicht mein Bestes, aber es gehörte halt zu mir. Also provozieren, einen effektvollen Hieb setzen. Auf jeden Fall vom Üblichen abweichen. Damit ja kein falscher Verdacht aufkommen konnte. Also ergriff ich das Zepter:

„Deine Frage, Sébastien, oder Ausgangsfrage ist doch, können im Strom der Zeit Gegenwart und Vergangenheit zeitgleich existieren und bestehen? Richtig?"

„Hm."

„Wenn dem so ist, besteht dann die Möglichkeit, dass wir im Jetzt etwas nachholen, was wir im Früher versäumt haben? Richtig?"

Sébastien nickte erneut. Martine sah gespannt in meine Richtung. Klappte doch ganz gut für den Anfang.

„Ich geb' mal ein Beispiel. Seit einiger Zeit erforsche ich ja - in Saint Hubert hab' ich damit zufälligerweise begonnen - den Flagellantismus in der Wallonie. Also die großen Geißlerzüge von 1260, dann zur Zeit der Pest Anfang des 14. Jahrhunderts und in Klöstern des 16. Jahrhunderts."

Sébastien gähnte:

„Ja, ich weiß. … Aber was soll das mit den Parallelen von Vergangenheit und Gegenwart zu tun haben? … Wen interessiert das hier?"

Klar, der Doktorand war eifersüchtig.

Martine:

„Mich!"

Sie sah abwechselnd zu mir und auf ihre farblos lackierten Fingernägel. Wollte ich bei Martine eine Niete ziehen oder ihre Zuneigung gewinnen? Ich wusste es nicht. Was sollte das überhaupt? Was wollte ich? Wollte ich das Weihwasser entweihen? Man kann ja nie wissen, was sich im Gefühlsraum des Anderen abspielt. Auch der Andere ist natürlich nur mangelhaft über seine eigenen Gefühle informiert. Von mir ganz zu schweigen. Aber egal.

„Ich war noch nicht fertig, Sébastien."

Er zuckte mit den Schultern.

„Also deine Zeitstrom-These passt da vielleicht ganz gut. Beim Flagellantismus ist es ja schlicht und einfach ein eher ungewöhnliches Begehren, Lustgewinn, der durch Bestrafung beziehungsweise Selbstbestrafung mit der Peitsche oder mit der eigenen Hand oder der Hand des Anderen erzeugt wird".

Ich machte eine Pause.

Beide zeitgleich: „Und?"

„Na ja, die Nervensysteme haben sich natürlich im Laufe der Zeit geändert, die Schmerzempfindungen, die Art der Verausgabung, die Art und Weise, wie der Lustgewinn erzeugt wird, also Spielzeuge und so weiter ..."

„... Du meinst Maschinensex?", brummte der Stratege.

„Ja, meinetwegen. Heute. Früher schlichte Lederriemen oder Torturen, die unsere Vorstellungskraft in Albträume versetzt."

„Heute und früher hypersexuelle Lust. Richtig?"

Ich nickte zustimmend. Sébastien erwachte:

„Man braucht sich nur in den Läden in der Rue Saint Denis die Auslagen von Sextoys anzusehen. Tortur-Porn an Gerätschaften im Hobbyraum des Einfamilienhauses. Premium Sexmaschine mit 400 voreingestellten Stößen, Eindringtiefe bis 17 cm. Oder den Klinikstuhl ..."

„Sébastien!", rief ich gespielt empört.

Aber ich musste ihm natürlich recht geben:

„Du kennst Dich aus! ... Die Lustsucht ist anscheinend grenzenlos. Und dieser exotische Spielemarkt ist einer der Märkte, der weiter boomen wird," behauptete ich.

„Wie die Foltermethoden ..."

Es bedurfte nicht der 120 Tage von Sodom, um die Details der Anwendung roher Gewalt erhitzter Täter an ihren Opfern bis zum Eintritt von deren Tod zu fantasieren. Jeder von uns las täglich Zeitungen und Internet.

Wahrhaftig schwiegen wir einen Augenblick. Ich weiß natürlich nicht, was die beiden anderen dachten, doch weit entfernt von meinen Vorstellungen konnten sie nicht sein, hoffte ich: Schläge mit Stöcken, Gewehrkolben, Peitschen, Eisenstangen, Baseballschläger. Vergewaltigung, Waterboarding. ... Sébastien brach zuerst unser Schweigen:

„19 Prozent unserer geliebten Mitmenschen, las ich letztlich, halten Folter in bestimmten Fällen für notwendig."

Ich sah zu Martine. Wusste ihre Mimik nicht zu deuten. Mir schien, dass sie uns zwar zuhörte, sich aber keinesfalls an unserem Exkurs in den Dschungel der Lüste und Bestrafungen beteiligen wollte. Also steuerte ich Eindrücke von einer Kunstausstellung bei, die ich kürzlich in Knokke besucht hatte:

„Bei Mourmans hatten sie Skulpturen von Allen Jones, PopArt, England 70-er Jahre, ausgestellt. Darunter die Skulptur einer Frau in Sadomaso-Fetischkleidung als Stuhl, also - wie heißt das noch - Doggy Style, Hündchenstellung."

Sie hatte zugehört:

„In der Regel sind es die Frauen, die sich den Triebwünschen der Männer opfern müssen."

„... Oder auch wollen," ergänzte Sébastien bissig und ich nickte zustimmend.

Martine konzentrierte sich auf ihre Fingernägel. Sollte ich aufhören und gehen? Warum? Nein!

„Der Flagellantismus bleibt über die Jahrhunderte hinweg bis heute eine ... lustvolle - ich würde sagen - leibliche Kommunikation."

Martine versuchte ihre Verlegenheit durchs Glattstreichen ihres Rocks zu verbergen. Ging nicht. Sie gab aber die Betrachtung ihrer Fingernägel auf. Wandte sich mir zu. Was soll ich machen? Das fragte ich nicht. Sébastien setzte an ... Ich hob die Hand, sagte:

„Nicht erlaubt!"

Stille war aber das, was ich jetzt überhaupt nicht vertragen konnte. Ebenso wenig wie Sébastiens Unbeholfenheit in Fragen des Genusses. Und Martine sagte nichts. Sah mich an wie die liebe Jungfrau und machte mich zum Lastträger.

„Vergangenheit und Gegenwart. Vergangenheit, die in der Gegenwart ihre Gültigkeit nicht verloren hat. Tortur. Es ist vielleicht ungehörig, aber ich wende das Blatt und werfe einen Blick auf das Begehren, geschlagen zu werden. Also, ich nenne es mal das *verschollene Stöhnen*. Magdalena de Pazzi ist eine adelige Nonne, spätes 16. Jahrhundert. Sie strebt nach mystischer Vereinigung – mit Gott. Aber da ist noch der verfluchte menschliche Körper. Was passiert? Die de Pazzi wird vor dem Altar der Chiesa del Carmine im Kreis ihrer Mitschwestern von der Priorin mit den Lederriemen auf Gesäß und Oberschenkel gezüchtigt. Wohlgemerkt auf Magdalenas ausdrücklichen Wunsch hin. Während die Nonne sich nackt züchtigen lässt, stöhnt die später Heiliggesprochene Wünsche nach Einführen eines Penis in ihre Vagina hinaus."

Sébastien setzte an, um etwas zu sagen.

„Moment! Gleich. Das ist wohlgemerkt aus einer 400 Jahre alten Schrift überliefert. Und dann erfahre ich vor wenigen Wochen, *oral history*: Eine junge Frau bekennt, dass sie das auf den Arsch geschlagen werden zu ihrem neuen sexuellen Begehren zählt, ja, sie sähe darin sogar eine Form der *Emanzipation und eine Bereicherung für ihre Orgasmen*. Schau an, da ist es wieder, das *verschollene Stöhnen*. Wer hätte das gedacht! Stöhnen und Schmerzlust im Fluss der Geschichte. Allerdings: Kein Akt der Gottesliebe. Sterbliche Selbstliebe. Also passt das, Sébastien. Die Vergangenheit ist immer in uns gegenwärtig, aber geistig gewandelt."

„Wer hat dir das denn erzählt?", fragte Sébastien.

„Du weißt doch, die Quellen sind mir heilig."

Ich trank erst mal das Bier aus. Martine glühte weiter, blieb immer noch sitzen und stumm.

„Ich frage mich, ob Du das wirklich Abirrungen nennen kannst. Das gehört doch zu den normalen sexuellen Strebungen der menschlichen Natur."

„Ja, vielleicht Deinen. Meinen nicht," erwiderte ich Sébastien.

Hatte jetzt keine Lust mehr, damit weiter zu machen.

„Ach, der Philosoph im Damenzimmer - wie es sich geziemt," zündelte der Mann.

„Sicher! Du kennst dich da ja aus. Ich meine wegen deiner teilnehmenden Beobachtung bei den Satanisten, nicht wahr? Diese schmutzigen Sachen der Absinthtrinker mit den Arbeiterinnen im Salon d'Amour oder vor kurzem in Trier?"

Ohne Erwiderung, oder wenigstens zu lächeln, schüttelte er den Kopf, stand auf. War ihm das plötzlich gegenüber Martine peinlich? Er hatte sie die ganze Zeit nicht aus dem Blick gelassen. Ich dachte, jetzt verlässt er das Café. Aber er fragte in meine Richtung und in Richtung von Martine:

„Stella?"

Dass Martine so ungerührt neben mir sitzen geblieben war und kein Wort über unsere wettkampfmäßig vorgetragenen Sauereien verlor, beschämte mich ein wenig. Mit einem Blick in Richtung Nirgendwo und mit dem, was sie dann sagte, überraschte mich Martine ein weiteres Mal. Allerdings war ich mir sicher, dass sie ihren Gedanken aufbewahrt hatte für eine Zeit ohne Sébastiens Anwesenheit. Mir war es recht.

„Weißt du, … alles, von dem ihr da redet, zeugt von Verlassenheit."

„Verlassenheit? Verlassenheit von was?"

„Verlassenheit von einem ganz anderen Objekt des Begehrens. …"

„Wie? Welchem Objekt des Begehrens?"

Ich dachte schon etwas erregt an weiß Gott was.

„Gott."

„Ach Gott wieder", seufzte ich unwillkürlich.

Ich empfand keine Sympathie für dieses Großwort. Es machte mich klein, eng, hoffnungslos, zwang mich zur Unterwürfigkeit, zwang mich auf die Knie, machte mich einsam. Ich dachte an die Unterhaltungen mit Schwester Irmengard Akorfa. Einsamkeit, Alleinsein war gefährlich. Diente das Alleinsein in der Geschichte der Bestrafungen nicht vor allem der Ausgrenzung und Disziplinierung: Das in der Ecke stehen in der Schule, Karzer, Kerker, Klause und so weiter. Schickt dieser Gott nicht sogar seinen Sohn in die Einsamkeit? Der hängt am Kreuz und fragt seinen Vater:

„Warum hast du mich verlassen?"

Selbst benutzte ich das Großwort nur noch, um merkwürdigerweise irgendeine Aussage zu stützen, wie vorhin. Martine jedenfalls wich zurück, erstaunt oder betroffen, ich konnte es nicht schlüssig deuten. Plötzlich schoss mir eine Fantasie ins Bewusstsein:

„Stell Dir vor Martine: Ich bin ein Junge von sieben Jahren, Sohn eines Fischers an der Somme. Es ist das Jahr 1360 und ich betrete an einem sonnigen Aschermittwoch das erste Mal die Kathedrale Notre Dame in Amiens. Beim Betreten dieses ungeheuerlichen Raums erschaudere ich. Mich überwältigt etwas, das ich fühle, aber nicht benennen kann, als ich meinen Blick 134 Meter hoch ins Gewölbe richte. Über diesem kleinen Furz ruht erdrückend das himmlische Jerusalem, wie ich später höre. Da oben wohne Gott, erklärt man mir. Mein ganzes Bestreben auf Erden müsse sein, so zu leben, dass ich Einlass finde dort oben in schwindelnder Höhe, dem Wohnort Gottes."

Also Gott. Ort des Begehrens. War Martine dabei, das zwischen uns entzündete Feuerchen zu löschen? Verbannt in ein Geheimnis, was sie sicher jeden Sonntag in Saint Remacle im Chor der Gläubigen aussprach: *Geheimnis des Glaubens.*

„Bernardo, so habe ich Gott nie verstanden und so verstehe ich ihn nicht. Seine Macht hat für mich nicht die Schwere eines Gewölbes, wie Du sie empfindest. Hatte ich Dir nicht schon gesagt, dass es sich bei diesem Wort für mich um nichts anderes als einen Hauch handelt. Es ist ein Fantasiebild."

„Verstehe. Doch ja, ich erinnere mich. In Löwen, Eckhartsche Mystik. Buch der Tröstung?"

„Ja, Tröstung ist Er. Aber ich will Dir noch etwas zu der Verlassenheit sagen, Bernardo, wie man die Verlassenheit nur bewältigen kann, auch wenn Du mich auslachen wirst: Offenbarung!"

Nun also auch noch Offenbarung! Natürlich lachte ich nicht. Warum sollte ich? Irgendwie passte das doch: Verlassenheit gleich Offenbarung gleich Erlösung. So oder ähnlich. Einfache Gleichung. Ich ließ mich hinreißen zu einer sehr praktischen Umsetzung dieses schulgerechten Dreischritts, von der Vorstellung zur Anwendung: Das erste Mal berührte ich Martine flüchtig an ihrer Schulter: zaghafter Versuch, auf Verlassenheit aufmerksam zu machen? Blies quasi in die nur noch schwache Glut und gab mich unwissend:

„Offenbarung?"

War's eigentlich auch. Jetzt fehlte nur noch die Erlösung. Warten wir's ab.

„Wie geht das, Verlassenheit spirituell bewältigen?"

„Abgeschieden sein, auf eine Offenbarung hoffen, erlöst oder getröstet werden. … Du hast dich doch sicher schon verlassen gefühlt und warst es auch."

„Ja, sicher."

„Was hast du dann gemacht? Bist du wie andere hier ins *Max* gegangen?"

„Nein. Um Gottes Willen."

Gelogen. Typisch: Sich nicht einzugestehen, dass es genau das war: Ja! Ins *Max* ging ich der Einsamkeit wegen. Aber ich bog es so zurecht:

„… Auch mit jemandem neben mir an der Bar, der das

Alleinsein weg palavert bei 200 Gramm Wodka oder fünf *Stella Artois*. … Die dabei verkündeten Offenbarungen sind so nützlich wie Heu für die Pferde."

Immerhin: Heu!

„Erinnerst Du Dich an das *unum est necessarium,* über das wir in Löwen gesprochen haben?"

Ich nickte, ohne mich zu erinnern. Ahnte sie wohl auch:

„Wer sich von der Verlassenheit befreien will, der muss Abgeschiedenheit zulassen. Dafür muss er sein Bestes geben: unum est necessarium."

„Ja. Das verstehe ich. Also einen Ort, … wo ich nicht reden muss? … Hört sich nicht schlecht an. Was sagt denn Dein Eckhart dazu?"

„Ich verstehe ihn so: Zuerst muss ich dahin kommen, bereit zu sein oder empfänglich, Abgeschiedenheit zuzulassen. … Das kann dann sogar mitten auf der Straße sein. Die Hindernisse, aus der Verlassenheit herauszukommen, liegen ja in mir selbst und nicht in der Einkaufsstraße."

„Verstehe", sagte ich, verstand aber nicht wirklich, was sie meinte.

Die hohe Kunst der Ontologie. Überrascht wurde ich mit einer Berührung, die mich aus meinem Nachdenken herausriss. Martine hatte meine Linke ergriffen. Ich fühlte ihre schlechte Durchblutung.

„Bernardo! … Ich sitze gerne neben dir. Das ist kein Geheimnis."

Doch, für mich war's eins!

„Da ist viel Unruhe in mir, aber ich glaube auch in Dir. Ich meine nicht das Drumherum hier. Es gelingt mir nicht, das Gefühl der Verlassenheit abzulegen, obwohl Du da bist. … Da sind so viele Widersprüche. … In dieser Welt einen Halt zu finden, ist so trügerisch. … Es fällt mir schwer, ihn zu finden, … also ich meine, Halt in der Abgeschiedenheit."

„Halt bei mir finden?", fragte ich sie direkt und fühlte schon innerlich eine Bedrohung aufsteigen.

Sie zog ihre Hand weg und sah mich fragend an. Und ich stellte die Frage:

„Du willst durch Abgeschiedenheit raus aus der Verlassenheit, sitzt aber gerne neben mir. Du suchst Abgeschiedenheit, während Du neben mir sitzt? Martine! Sind das nicht ein paar Widersprüche zu viel?"

„Ja, das ist es ja."

„Ich verstehe das mit der Abgeschiedenheit nicht so richtig."

Sie hatte sich mir jetzt ganz zugewandt. Ihre Knie berührten meine. Ihr Kleidchen war noch weiter hochgerutscht. Hübsche Bogenlinien schwarz bestrumpfter Oberschenkel. Ich widerstand der quälenden Erregung, meine Hand auf ihr Knie zu legen, versuchte ernsthaft, mich zu konzentrieren.

„Gibt es einen Ort für Dich, wo Du Dich nicht verlassen fühlst?"

„Na ja, am liebsten würde ich sagen, dass ich mich gerade jetzt an einem solchen Ort aufhalte. Es ist sehr schön, mit Dir hier zu sitzen und zu reden. Fühle ich mich verlassen? … Weiß nicht, … philosophisch gefragt? … Das führt zu weit hinaus ins Denken. Ist dafür hier der richtige Platz? Ich glaube nicht. … Es ist kein Palaver mit Dir. … Aber, meinst Du nicht etwas anderes? Das hier ist ja keine Abgeschiedenheit."

Ich wollte mich wirklich auf ihr Denkspiel einlassen. Aber offensichtlich waren da auch Gefühle im Spiel. Nicht nur, weil sich unsere Knie berührten. Über ihre Gefühle mir gegenüber war ich mir nicht im Klaren. Dieser ganze Abend überraschte mich. So etwas hatte ich nicht erwartet. Und sie selbst? Merkwürdig. Ich sah in die Rillen im Holztisch, an dem wir saßen. Versank für einen Augenblick lang in die melancholische Betrachtung der Rillen im Holz. Dann sah ich sie an:

„Ja, es gibt so einen Ort der Abgeschiedenheit für mich!"

„Wo ist der, Bernardo?"

Sollte ich verraten, was ich hütete wie Goldsand oder die Angst vorm Sterben? Sie bohrte regelrecht.

„Bitte verrate es mir. Ich habe stärkere Nerven, als Du

denkst. Es ist nicht so, dass ich noch nichts Schlimmes erlebt habe."

Ich schaute sie fragend an.

„Jetzt nicht", wehrte sie ab.

War das jetzt zwischen uns Nähe oder Neugier? Ich entschied, Neugier. Atmete tief ein:

„Das ist aber sehr intim, was Du da fragst."

„Oh ja, das stimmt. Bitte entschuldige. Du musst das doch nicht tun. Ja, ich bin neugierig, möchte es gerne wissen. Ich … respektiere Dich."

Wow! Das konnte ich schwer ertragen. Also:

„Schon in Ordnung …", und fing an.

„Jedesmal, wenn ich das mit der Verlassenheit, wie Du sagst, … die ist für mich eine Art Gemütsbewegung, … also, wenn ich diese Gedrücktheit besonders stark spüre und glaube, da komm' ich so einfach nicht raus, fahre ich in ein Dorf, besuche eine abseits an einem Acker gelegene alte Kirche.

„Wo?", fragte sie.

„Saint Thibault. … Eine Dreiviertelstunde mit dem Bus von Montbard aus. … Da finde ich manchmal das, was Du wahrscheinlich Abgeschiedenheit nennen würdest.

„Wie geht das?", bohrte sie weiter.

„… Psychotherapeutische Sitzung", schmunzelte ich, belustigt über die Selbsttherapie meiner Ausflüge nach Saint Thibault.

Martine wollte sich nicht so recht zu einem Lächeln durchringen. War ihr alles wohl nicht ernst genug. Ich liebe diese Verringerung von Bedeutsamkeit. Bedeutsamkeit und Größe herausstellen konnte ich noch nie leiden. Greife da gerne zu Spott. Auch wenn der mich selber trifft. Ich glaube, das verstand sie nicht. Also versuchte ich es wieder ernsthaft:

„Diese Prioratskirche am Acker besitzt, wie vor Hunderten von Jahren, eine bezaubernde Intimität und Schönheit. Hohes, schlankes, elegantes Gehäuse, der Chorraum verwittert, Zahn der Zeit. Ich glaube, dort erschließt sich mir ein

Zugang zu der Vorstellung eines mittelalterlichen Bauern vom Jenseits, dem himmlischen Jerusalem."

War nicht gelogen. Martine ergriff meine Hand wieder, fester, hatte ich den Eindruck. Das musste jetzt nicht sein. Ich war ganz woanders hin abgedriftet.

Saint Thibault ist ein lichtdurchfluteter *Sarkophag,* ein Schmuckstück für jedermann. Gewagte Umsetzung einer Idee der Anbetung in Stein, mitten auf dem platten Land. Grandiose Baumeister waren da am Werk. Thibault, ein Grafensohn. 1017 in Provins geboren. Verweigert den Ritterschlag, wird Camaldulesermönch: Weißer Kittel, Vollbart. Radikale Askese: Nie Fleisch, freitags nur Brot und Wasser. In der Fastenzeit weder Milch, Käse, Eier noch Butter. Thibault geht in die Grafschaft Luxemburg, führt ein eremitisches Leben im Ardennenwald. Gräbt, wie ein Bauer, bewirkt beim Landvolk Wunderdinge. Das begeistert die einfachen Leute: Ein genügsamer, armer Vornehmer sehr hoher Herkunft. Thibault, der Grafensohn aus der Champagne, Verwandter des Königs, der auf alles verzichtet, von Wasser und Brot lebt, stirb 1066, den ganzen Leib voller Geschwüre. Körperreste landen auf unbekanntem Weg im Dorf Fontaine beim Abt einer bescheidenen Prioratskirche aus Holz. Man baut einen schön verzierten Schrein für zwei Rippen der Leiche des Thibault.

Plötzlich Sühnewallfahrten *en masse.* Ein Edelmann, der seinen Knecht mit einem Tritt in den Bauch getötet hat, wird unter der Bedingung, dass er ohne Hemd und nur versorgt mit Wasser und Brot eine Pilgerreise zum Schrein des Thibault macht, die Absolution gewährt. Sogar das Pariser Parlament verurteilt einen Sire, eine Pilgerreise zum Reliquiar des Thibault zu machen. Immer mehr Nobilität vermacht dem Priorat Nachlässe. Das bedeutet erhebliche Einkünfte, Geld, Besitzurkunden, in den Truhen des Priorats. Aus der Dorfkirche wird eine reiche Basilika. Dorf und Kirche nehmen ab sofort Patronat und Namen des Thibault an. Saint Thibault. … Und dann kommen Kriege, Revolution und Zerfall, und der schöne Sarkophag droht einzustürzen. Erst seit 1840 fließen größere Bankkredite für zaghafte Restaurierungen.

„Und was machst Du nun da in dieser Kirche? Was heißt das denn, psychotherapeutische Sitzung?", fragte Martine, nun ungebremst neugierig geworden.

„Ein Happening."

Martine schaute mich ängstlich an. Vielleicht lag auch Besorgnis in ihren Augen. Ich weiß es nicht. Erwartete sie eine meiner üblichen Obszönitäten?

„An einer Seitenwand vor dem Chor ist sie angebracht: Die Jungfrau mit Kind, 1330 aus einem einzigen Block geschnitzt, fein modellierter schlanker Körper. Eigensinnig, eigentlich wenig einladend für eine innere Annäherung. Doch, die Falten ihres Kleides, die die Kurven ihres Körpers leicht umfließen. Der Hüftschwung. Erotisch. Der Blick zum Kind - auf Abstand gehalten - könnte auch sagen: Du nervst, du störst. Ist ja nicht ihres. Ging nicht durch ihren Geburtskanal. Der Knabe, ein weltfremdes, ikonografisches Attribut dieser Frau aus Nazareth, Galiläa. Hier in Saint Thibault spielt das Kind selbstvergessen mit einem Vogel. Saint Thibault ist fast immer leer. Sonntags zum Hochamt kommen vielleicht zwanzig Alte. ... Die Jungfrau, eher herbes, rundes, bäuerliches als liebliches, fein geschnittenes Gesicht, gewelltes Haar unter dem geblümten Tuch im roten Gewand mit blau-grünem Mantel, der lässig darüber geschwungen ist.

Da, vor ihr, platziere ich mich auf einen brüchigen Stuhl, den ich aus dem Gerümpel einer Nische am Eingang mit nach vorn genommen habe. Irgendwer hat ihr den rechten Arm abgeschlagen, und die Krone, die auf ihrem Haar sitzt, ist gebrochen. Sie hält das Kind auf ihrem intakten, linken Arm. Alles scheint ausbalanciert. Trotz oder gerade wegen der Verletzungen an der Figur eine fremde, kühle Idylle. ... für mich. Sehr fremd. ... Lieblose Nähe."

Ich sah Martine in die bernsteinfarbenen Augen. Mit dem Mittelfinger meiner rechten Hand schob ich ihr eine Haarsträhne von ihrer linken Augenbraue zurück in den

Pony. Sie ließ es willig geschehen. Schloss sogar für einen Moment die Augen.

„… Alles um mich herum wird dann nebensächlich."

Das galt auch für diesen *Augen-Blick* im *Max*.

„… Verstehst du das?"

„Ja, … ich glaube schon", antwortete sie zittrig, band ihren Blick an mich.

„Dann ziehe ich mich aus. Nackt."

Martine ließ meine Hand nicht los, nein, sie drückte sie wie helfend, Halt anbietend.

„Nacktheit ist die größte Provokation im Christentum. Der nackte Mensch ist immer sündig. Das ist christlich-orientalische Scheiße. Es gibt keine Nacktheit ohne Sünde. Folge der Erbsünde. Egal. … Ich lasse alles, wie es ist. … Dann lege ich mich auf das harte Paviment und dann trifft mich meine menschliche Belanglosigkeit. Kosmisch. Und für einen Moment fühle ich mich ausgeleert von allem. Ist das die Abgeschiedenheit? Keine Ahnung, was das ist! Unwillkürlich fließen ein paar Tränen. Lieg' gedankenlos einfach nur da auf dem Boden. Kann sein, dass das so etwas ist wie die *shūnyata* im Buddhismus, existenzielle Leere, die mich an diesen scheiß Jahrhunderte alten Steinboden in diesem Sarkophag fesselt. … Ich weiß nicht. Ich weiß nicht, wieviel Zeit vergangen ist, da meine ich, in der Stille eine Stimme zu hören, die sagt: *Steht auf, Söhnchen!*"

Erst jetzt hörte ich wieder das Murmeln der Gäste und Gläser-Klirren im Café.

„Ist das nicht verrückt?"

Martine beugte sich zu mir herüber und gab mir einen Kuss auf die Wange.

„Nein, das ist doch gut", sagte sie und strich mir über die geküsste Wange.

„Na ja, das ist es dann auch. Danach fühlt es sich eigentlich so an wie früher nach der Beichte. Erleichterung. Will gar nicht reden. Zieh' mich an, wisch' mir das Gesicht trocken, schaue das bemalte tote Holz an, stecke fünfzig Euro in den Opferstock und hoffe, dass ich das Schweigen nicht so schnell wieder aufgeben muss."

Ich ergriff mit meiner Linken Martines Hand, die immer noch meine Rechte hielt.

Das Happening vor der Jungfrau in Saint Thibault: Eigentlich nichts Neues. Bereits im Betstuhl vor dem Don Bosco praktizierte ich diese Aktionsform und Gewissensübung. Seit geraumer Zeit setzte ich sie auch auf den Soldatenfriedhöfen in den Argonnen ein. Zuletzt an einem Sieben-tausend-Gräber-Feld, an dem ich in meinem Schlafsack übernachtete. Vermutlich während der REM-Phase entstiegen die Skelette ihren Gräbern. Totenstille. Keines sprach ein Wort. Als ich die Augen aufschlug, ging über dem *Toten Mann* und der *Höhe 304* die Sonne auf.

Wir küssten uns. Es war spät. Martine sah auf die Uhr. Halbzwölf. Vor uns standen sechs geleerte Flaschen *Stella Artois*. Sébastien hatte anscheinend das Handtuch geschmissen. War mit „... You never love people. Only its characteristics," wieder zur Bar aufgebrochen, nachdem er unsere Getränke abgestellt hatte. Zu Martine gewandt bemerkte ich:

„Da hat er nicht ganz unrecht."

„Du weißt, dass Pascal sagt, das Christus alle Widersprüche verschmelzen kann. Also auch zwischen Sébastien, Dir und mir."

Sie dachte doch jetzt nicht etwa an einen Dreier! Dass ich diesen fiesen Gedankensplitter einen Moment für wahr hielt, lag daran, dass sie meine Hände, die sie in ihre einschloss, heftig drückte.

„Bringst Du mich zum Zug?"

„Klar! Fährst Du zu Deinen Eltern nach Verviers?"

„Ja. Zurzeit wohne ich bei ihnen."

„Hast Du nicht mehr dein Zimmer in Louvin?"

„Doch. Sie überlassen mir für die Examenszeit den Salon im oberen Teil des Hauses. Kennst Du es?"

„Ich denke schon. Liegt doch in der Nähe von Saint Remacle, neben dem Musée d'Archéologie?"

„Ja."

„Madame logiert dans une Maison de millehuit-centvingt?"

„Nein, Siebzehnhundertfünfzig."

„Im Louis XV-Stil!"

„Nachgebaut. ... Ja, das Innere des Hauses ... Ach! Besuch' mich! Es ist wirklich sehr schön da!"

Wer hätte das gedacht! Das Weihwasser verlor die Scheu vor dem Teufel?

Vorsicht, Martine! Nicht, dass das Weihwasser seine Heilkraft aufs Spiel setzt, dachte ich.

Als wir die Station erreichten, stand der Zug nach Verviers bereits auf Gleis 2. Es war 0:05 Uhr. Er fuhr 0:30 Uhr. Der Bahnsteig menschenleer. Wir küssten uns diesmal lang und heftig. Ich griff ihr in die Bluse und unter den BH. Schob meine Linke in ihren Rock, weiter in ihre Strumpfhose und unter den Slip. Ertastete ihre Feuchtigkeit. Sie ließ das bereitwillig zu, griff aber nicht in meine Hose, was mir gefallen hätte.

Schon Mitte der Woche erhielt ich einen Brief von ihr und dann kurz hintereinander zwei weitere, in denen sich Anzeichen einer Verliebtheit ankündigten.

In den letzten Wochen war viel passiert. Zu viel. Drei Tage blitzte es in meinem linken Auge. Zeichen einer Netzhautablösung? Anzeichen für ein Loch in der Netzhaut? Das fehlte noch! Ausgerechnet jetzt am Wochenende. Am Sonntagabend saß ich vor dem Fenster der Wohnung in der Haferstraße, sah hinaus in die erleuchteten Räume im Nachbarhaus. Und es blitzte im Auge. Legte Richard Strauss' *Also sprach Zarathustra* auf den Plattenteller und zerfloss vor Selbstmitleid. Es könnte Krebs sein, Blindheit stände mir bevor. Und wenn es denn so sein sollte? Die Erinnerung an Richard „Dick" Burnett, den Fiddler aus Kentucky, der blind war, tröstete mich nach zwei Stunden Zarathustra. *Ich bin ein Mann in steter Trauer*, eine Aufnahme mit Dan Tyminski, kramte ich aus meiner bescheidenen

Vinyl-Sammung raus. Es ging auf Mitternacht zu. Ich schlief bei der vierten oder fünften Wiederholung des Farewell Songs auf dem Stuhl sitzend ein.

Plötzlich schwebte etwas in den Raum. Ein Engel. Er trug eine Art weißes transparentes Negligé, das vom Wind bewegt um einen mädchenhaften Körper wehte. Da waren Konturen kleiner Brüste zu sehen, zerzaustes, langes, gelbes Haar und Flügel, zerzaust wie das Haar. Ruhig, ohne Worte, legte er seine Hand auf meine Wange und dann auf die Schulter. Sein Schatten lag auf mir. In dem Moment sah ich ein Gesicht. Zweifellos. … Martine. Schweißgebadet wachte ich auf. Sie hatte mir geschrieben, ich könne auf ihr Herz zurückgreifen, wenn ich es wolle. Das durfte sie natürlich nicht sagen. Man stelle sich vor, ich hätte das wirklich beabsichtigt. … Allein die Vorstellung ließ mich zu einem Wasserglas für 10 Milligramm Adumbran greifen. Das Blitzen nahm ab.

Zwei Mal besuchte ich sie im noblen Salon ihrer Eltern. Es lief Johann Sebastian Bachs *Cembalo Konzert*. Während dieses Meisterwerks des Barocks erkundete ich Martines Körper mit Fingern und Lippen, ihre Brüste, ihren Bauch, küsste ihre noch sehr jungfräuliche Vulva und fuhr mit der Zunge über ihren aufgerichteten Kitzler. Ihre Erregung war heftig. Sie bäumte ihr Becken. Den Beischlaf verweigerte ich. Machte mir vor, das fuße auf einer wohlüberlegten Zurückhaltung. Blödsinn. Es war kein Kondom zur Hand. Das musste sie sehr enttäuscht haben.

„Warum nimmst Du mich nicht?", klagte sie mit hübsch geröteten Wangen.

Ich hätte ihr antworten müssen: Wär' ein Kondom zur Hand gewesen, ja, ich hätte mit Dir geschlafen. Aber, Martine, ich war in deine Lust vernarrt. Hätte dir das gereicht? Stattdessen bat ich sie um einen Tee und log:

„So schnell geht das nicht bei mir …"

Letzteres entsprach zwar einer kleinen Wahrheit, hatte aber hier nichts zu suchen. Offener hätte ich formulieren müssen: Ich will mich nicht beherrschen lassen durch Deine

Verliebtheit oder Liebe. Wahrscheinlich würde ich Dich gerne mit einer langen Schnur an mich binden. So lang, dass ich weit genug weg sein kann. Um das zu bewirken, griff ich zu einer nicht so feinen Methode, mit der ich mir oft, leider nicht immer, den Hals vor drohender Beherrschung rettete. Aber ich musste ihr doch was Nettes sagen.

„Du hast so viel Feingefühl, strahlst Ruhe aus und Güte."

Diesen Eindruck hatte ich nicht vorgetäuscht. Aber er diente nur einem Zweck: Distanz schaffen. Sie berührte mich an einer Wange. Ihre Bernsteinaugen glänzten. Tränen.

„Ich will Dir nahe sein", schluchzte sie.

Erstaunt, wie ein Kind bei einer Entdeckung, hörte ich:

„Die schmecken süß!"

„Was meinst Du?", fragte ich.

„Die Tränen."

„Ja, Martine!"

„Hast Du das noch nie geschmeckt?", fragte sie vorwurfsvoll mit tränenerstickter Stimme.

„Doch …"

Sie weinte noch eine Weile. Das war in Ordnung. Ich sah ihr dabei zu. Dann wischte sie die Tränen mit ihren Fingern von den Wangen und ich hörte ihr jungfräuliches Bekenntnis.

„Ich halte mein Leben nicht in den eigenen Händen. Ich habe mich Gott preisgegeben, das weißt Du. Ich hätte gerne mit Dir geschlafen, weil Du, auch wenn Du das nicht annehmen willst, eine Gabe Gottes bist. … Du kleiner Idiot!"

Verfluchte Scheiße. Ich hab's übertrieben. Was mach' ich hier? Ich bin dem nicht gewachsen. Mich entwaffnen lassen? Ich brauche meine Waffen. So geht das nicht. Ich lass mich nicht auf solche Diskussionen ein. Diesen scheiß *Gottesfrieden* gibt's nur im mittelalterlichen Landrecht. Ich muss hier raus. Weg von *inner space music*. Was schaut sie so? Ich zog mein abgenutztes schwarzes Jacket mit den zerbeulten Taschen an.

„Sorry, Martine. Ich bin Dir nicht gewachsen. Ich bin

nichts als eine Wand von Ideen und üblen Affekten. Sorry. Danke für den Tag."

Welche Erleichterung, als die schwere Barocktür sich hinter mir schloss. Die hundert Meter bis hinter Saint Remacle lief ich in unter 20 Sekunden. Im Gare Verviers Central kaufte ich im Buffet eine Flasche Zuidamer Jonge Genever, setzte mich ohne Fahrkarte in den Zug nach Lüttich und den Wacholderschnaps an die Lippen. Erleichterung. Meine Welt.

Noch im Buffet von Liège Guillemins schrieb ich ihr: *Du weißt, wie das ist? Der Liebesstrom. Diese beiden Ufer am Fluss. Auf der einen Seite des reißenden Stroms wartet die Romantik, auf der anderen Seite die harte Wirklichkeit. Es gibt keine Brücke. Alle Versuche, sich im Fluss zu begegnen, sind zum Scheitern verurteilt. Es gibt einige Waghalsige an beiden Ufern, die steigen ins Wasser, können sich auch gegenseitig kaum halten, werden von der Strömung erfasst und weggerissen. Vielleicht retten sie sich auf ein Stück morsches Holz, das in den Ozean treibt. Ihr Schicksal ist besiegelt. Einige andere haben zwar das Glück, von einem vorbeifahrenden Schiff aufgenommen zu werden, aber dieses Schiff wird nie an einem Ufer anlegen. Das steuert ins Schattenreich von Gesetz, Ehe und eine Fortpflanzung der Schrecken. Wir entkommen dem Reich des Hades nicht.*

Martine, die den manchmal ängstlichen Blick Tschulpan Chamatowas besaß, hätte ein Ankerplatz sein können. Sie war begabt darin, dunkle Räume zu erhellen durch eine banale Frage wie: "Was macht deine Mutter? Hat sie noch ihren *Bekannten*, wie du ihn nennst?" Oder: „Ich sehe dich! Verstehst du das? Es gibt eine Nähe, die ist so intim, dass sie keine Sexualität benötigt." Oder: „Du solltest mit jemandem sprechen, wenn du was loswerden musst."

Ein Satz, den sie kurz vor unserem Aufbruch aus dem *Max* nahe an meinem Ohr flüsterte, lagert in meinem Archiv:

„Weißt Du, dass ein Leid, das man gemeinsam durchgestanden hat, auf besondere Weise bindet?"

Bisher lagert der Satz dort, wo er hingehört. Erst zu meinem 30. Geburtstag erhielt ich wieder eine Nachricht von ihr. Eine Ansichtskarte aus dem Musée Ducale in Bouillon:

„Es soll dir gut gehen! Glückwunsch! Martine."

Nach ihrem Examen Ende Februar hatte sie eine Stelle als Referendarin für katholische Religionslehre am Königlichen Athenäum in Bouillon angenommen.

Was aber ist die Liebe?

La maîtresse

Am 30. März schien die Sonne von einem wolkenlosen Himmel. Auf Friedhöfen wurde wieder das Wasser angestellt. Ich hatte noch etwas Zeit. Von der sitzhoch gemauerten Umrandung eines Kinderspielplatzes beobachtete ich gedankenverloren die jungen Frauen mit ihren Kindern und Hunden. Den Platz hier in Triosvierges sollte ich mir merken. Ort für die Zeit einer kleinen Meditation.

Das Handy meldete sich: „Ich benötige Deine Hilfe. Kannst Du einen Motherwell in Burg Reuland verkaufen?"

Meiner Mutter verschwieg ich, dass ich die Tätigkeit im Kunsthandel ihres Ex-Bekannten wieder aufgenommen hatte. Zu der Party, von der ich sie abholen sollte, war ich gegen 14 Uhr von der Galerie in Bütgenbach aus mit dem alten 190 D aufgebrochen. Die Feier fand unweit in einem Reihenhaus mit großer Terrasse statt. Ein Ehepaar, Freunde meiner Mutter. Vier weitere Frauen. Eine davon unverkennbar aus einer Täuferbewegung: Geflochtener Zopf, knöchellanger Rock und hoch geschlossene Bluse. Eine Harfinistin und zwei weitere mir unbekannte Frauen. Man kannte sich aus einer Wandergruppe. An diesem Tag war die Gruppe über die Höhen am *Gaalgebierg* gewandert und durch den *Bois de Biwisch* runter nach Troisvierges.

„Oh, Du bist schon da? Hast Du Dir einen Wagen bei Scheiff gemietet?", begrüßte mich meine Mutter.

Jetzt musste ich es ihr wohl sagen:

„Nein, ich bin mit dem 190-iger hier. Dein Ex hat ihn mir geliehen."

Ich spürte ihr Erschrecken.

„Ach, Du musst mich nicht nach Hause bringen. Ich fahre um Halbsechs mit dem IC nach Vielsalm. Da bekomme ich noch den Bus nach Sankt Vith. Bin so nur eine knappe Stunde unterwegs und schneller als mit Deinem Auto zu Hause."

Erstens handelte es sich nicht um mein Auto, sondern um das ihres ehemaligen Bekannten, und zweitens war ich mir sicher, dass sie lieber den Busanschluss in Vielsalm verpassen und eine Stunde auf den nächsten Bus nach Sankt Vieth warten würde, als sich in *dieses* Auto zu setzen. Natürlich fragte sie mich mit keinem Wort nach den Umständen, wieso ich wieder in der Galerie ihres Ex ein paar Stunden arbeitete. Sie fuhr lieber mit Zug und Bus, als sich in das kontaminierte Auto zu setzen.

Mir wars recht. In einer Grafikmappe, die im Fahrzeug lag, befand sich die Serigrafie *Chair* Robert Motherwells, die ich einer Kundin in Burg Reuland präsentieren und für mindestens 600 Euro verkaufen sollte. 20 Kilometer über die N 62.

„Na gut, wie Du willst! Dann fahre ich noch nach Burg Reuland."

„Tu das! Aber bleib´ bitte noch ein wenig. Es ist unhöflich, jetzt sofort wieder aufzubrechen", flüsterte sie mir zu.

Also nahm ich unwillig den komfortablen Gartenstuhl, den mir die Hausherrin anbot und ließ mir die Sonne ins Gesicht scheinen.

Ich schätzte alle in diesem illustren Kreis auf etwa Ende Dreißig bis Mitte Fünfzig. Die Gespräche der mir allesamt unbekannten Damen und des Hausherrn, eines munteren, korpulenten Kardiologen, drehten sich um medizinische Themen. Man verdiente den Unterhalt in medizinischen Berufen, außer meiner Mutter, Postbeamtin, mittlerer Dienst, Büro für Luftfracht. Durch die Unterhaltung erfuhr ich allerdings auch, dass der Kontakt meiner Mutter zu diesen Leuten schon seit zwei Jahren bestand. Man hatte sich auf dem *Marché de Noël* auf Schloss Gouvy kennengelernt. Mit der Kardiologen-Ehefrau hatte sie sich angefreundet, „… eine liebe Freundin Ihrer Mutter", so eine der Wanderdamen. Tat interessiert, aber was ging mich das an? Es gab Kaffee und Kuchen. Nach zwei Tassen Kaffee und einem Stück Nussstrudel verabschiedete sich die Dame vom *Silberberg*, „… mein Zug geht in einer Viertelstunde …", was ich zum Anlass nehmen wollte, mich ebenfalls zu verdrücken.

„Ach bleiben Sie doch noch", drängte die Freundin. Der Kardiologe brachte meine Mutter mit seinem Wagen zum Bahnhof.

Ein weißer *Zenato Lugana* wurde in Gläser gefüllt und mein Blick blieb erstmals an einer der Frauen haften. Sie trug schwarze Zara-Lederleggins. Ende Dreißig? Mädchenstimme. Raues Lachen. Von der Stirn bis zum Kinn ein Rohdiamant und hübsch gewachsen. Ein Meter sechzig klein. Hochgeschlossener Pullover, lila, petrolgrün. Sie schützte ihre Augen mit einer Sonnenbrille.

"Bereit für den Laufsteg?", provozierte ich lächelnd.

Meine ungebührliche Begrüßung führte wohl dazu, dass sie ihr brünettes, schulterlanges Haar von der Schmetterling-Haarklammer befreite. Ihre Federohrringe - ich tippte auf Sterling Silber - sehr feminin. Ihr Blick signalisierte die distanzierte Erotik einer Jane Russell; auf eine bestimmte Art unsicher. Noch sagte sie nichts. Dann saß sie plötzlich unaufgefordert neben mir:

„Jacqueline. Hallo!", und redete, mit Akzent.

Ich hatte mich noch mit keiner Silbe vorgestellt. Aber sicher war die Runde informiert. Dann flossen ungebremst ihre Mitteilungen. Sie leide unter Asthma, Familienkonflikten und „einfach zu viel Anteilnahme für andere". Aber, und das kam jetzt nicht selbstironisch, sondern überraschend selbstbewusst: Sie besäße die Stärke eines kalten, harten Winters.

„Woher kommen Sie?", musste ich also fragen.

„Aus Finnland, Karelien. Kennen sie das? An der russischen Grenze. Dort ruft man mich Janne."

Sie sei vor achtzehn Jahren zum Studium nach Lüttich

gekommen und heiße seither Jacqueline. In der Therme in Spa arbeite sie als Orthopädin. Viele ihrer Kunden kämen aus dem Palace. Nobel-Wellness. Übernachtung ab 180 Euro. Ein zweites Glas Wein. Sie wurde poetisch und ich betrachtete sie genauer. Ihr Beine besaßen Eleganz. Anziehend.

„Ich liebe den Sternenhimmel über den Auen am Ufer der Semois und die Schwäne an der alten Eisenbrücke bei Chassepierre. Wenn ich die Zeit habe, lauere ich denen auf und schaue ihrem Gleiten in dem stillen Wasser zu."

Und sie genieße das Fallschirmspringen. Auf ihre Berichte reagierte ich wiederholt mit einem schlichten

„Hmhm" oder „Warum?"

Das überhörte sie, zeigte mir ein Familienbild mit Mann und Kind. Jacqueline war neun Jahre älter als ich.

Der Hausherr goss sich und mir Wodka ein. Ich schwärmte vom abstrakten Expressionismus Motherwells. Er nötigte mich, den Druck auszupacken. Mir war's egal. Unverhoffte und allgemeine Bewunderung. Er wolle 1000 Euro zahlen, cash. Ich telefonierte mit Bütgenbach:

„... Natürlich. Verkauf ihn. Das sind ja 400 mehr. Ich rufe in Reuland an."

„Aber 300 für mich."

„Fripouille."

Mit seinem Sprachfehler intonierte der Ex den Halunken wie „Kuckuck".

„Eh bien, c'est d'accord."

In solcherlei Zerstreuung verlief ein prächtiger Abend. Gegen 21 Uhr fragte ich Jacqueline:

"Du wohnst in Spa?"

„Ja, warum?"

„Lust auf einen Abstecher ins *Sara*, Malmedy?"

„Warum nicht!"

Wir verabschiedeten uns und brachen auf. Ich folgte einem sportlich-eleganten, roten RAV 4 Toyota SUV. 177 PS. Bereits kurz nach der Auffahrt auf die E 42 bei Winterspelt verlor ich den Toyota bis kurz vor der Abfahrt Malmedy aus dem Blick. Der alte 190 D kam die Hügel der Ardennen nur noch mit 100 km/h hoch. Um 22 Uhr parkten wir in einer Seitenstraße hinter Saint Gereon. Im *Sara* feierte irgendwer. Es knallte *DJ Hamiday*, dann der Dancefloor Killer *Rafael Santa, Wirres* und anderes Progressives. Sie tanzte.

Es war Mitternacht. Ich stand draußen. Fliederduft, Autoabgase und der Stundenschlag von der Kathedrale St. Quirinus. Sie kam zu mir. Ich legte meine Arme um ihren zarten Leib und hauchte ihr, mehr, als dass ich's wirklich wollte, einen Kuss in den Nacken. Nur so. Sie umschloss mit ihren Händen meine. Ein Brennen und eine Ahnung zogen durch meine Brust. Den üblichen Wangenkuss zum Abschied erwiderte sie und … bot mir ihren Mund an. Ich spürte das erste Mal ihre Zunge.

Es gab keine Verabredung.

Zwei Wochen vergingen ereignislos.

Hybris: Griff diese Orthopädin nach meinem Leben? Welche Frau hatte das nicht getan? Die Frau vom *Silberberg* sparte ich aus. Logisch, dass die das Geschenk des Mönchs nicht hergeben wollte.

Auf dem Schönberger Friedhof fand ich etwas Frieden im Birkenrauschen, Gemeinschaft mit den Toten. Das beruhigte! Dann bekam ich einen Brief. Jacqueline schrieb von einem roten Kleid, das sie sich in der Rue de la Cathédrale in Lüttich gekauft habe.

Eine Woche später sah ich sie in dem knappen Roten von *Vera Wang*, folgte ihren Beinen auf dem *Sentier du Freuheux* ins alte Viertel *du Thier* in Spa und ihrem unbekannten Sprechen. Sie nahm mich oben an der Treppe in den Arm und überfiel mich mit einem Schwall ihrer Poesie:

„Ich hoffe, Dir geht es gut. … Du bist heute das Lächeln auf meinen Lippen. Du machst mich glücklich. Bernardo, Du herrschst in meiner Seele. Ich küsse Dich überall, Deinen warmen Körper. Mein Geist, mein Körper hat Sehnsucht nach Dir. Es gibt kein Wort in den Sprachen, die wir sprechen, das das Gefühl beschreiben könnte, was ich für

Dich empfinde. Mein Verlangen nach Dir ist so groß."

Wie aus einem Lesebuch.

Im *Parc de 7 Heures* griff ich unter das Kleid aus roter Seide und traf auf keinen weiteren Stoff.

„Ich mag es von hinten! Fick mich!"

Das tat ich hinter einem Rhododendron. Unerfahren, geschweige denn ungeschickt, war sie nicht.

Das war am 25. April und setzte sich wochenlang fort in den alten Thermen, der Bibliothek Salle Turin, im Centre Culture und der Église Saint-Remacle. Sie bevorzugte mein Glied zwischen ihren zarten Lippen. Geschminkt in der Farbe ihrer Vulva. Meisterin des Ludelns. Ihr infantiler Ehrgeiz war darauf gerichtet, dem Organ den Samen zu entlocken.

Im *Max* fand ich Mitkämpferinnen zur Verteidigung der freien Liebe. Aber bei Caroline meinte ich - paradoxerweise - Eifersucht zu spüren. Ich fand Gefallen daran, von ihr als Arschloch bezeichnet zu werden. Es kam dazu, dass ich lachte, wo man hätte wütend werden müssen, verkuppelte an einem Abend Sébastien mit einer Grundschullehrerin, die niemals zu ihm passen würde. So vergeudete ich meine Zeit. Zwei Wochen hörte ich nichts von ihr. Dann eine SMS:

„Es ist nicht leicht, es allen recht zu machen. Trotzdem habe ich viel an Dich gedacht. Ich möchte Dein Leben nicht durcheinanderbringen. Sonne meines Herzens. Ich küsse Dich überall."

Selbstzufrieden lag ich in der Hafenstraße auf meiner Camiere und lauschte dem Blattwerk der großen Linde vor dem Haus. Die Hybris stand in voller Blüte. Dennoch schrieb ich ihr eine SMS:

„Was willst Du von mir?"

Sie schrieb um 20:44 Uhr zurück: „Ist alles in Ordnung? Geht es Dir gut?"

Und tags darauf: „… Das, was mir fehlt, das, dem ich nie begegnet bin!"

Dann: Funkstille. Sie schrieb nicht mehr. Was war das? Aufgerieben in Leidenschaft. Zweifel. Kein Essen schmeckte mehr. Kramte Burtons *Schwermut der Liebe* aus dem Bücherregal. Ging mir etwa der Halt verloren? Das geübte Allein-sein in den Archiven und den Bibliotheken machte mich nervös. Trübsinn und, wo es nur ging, Maurice Durufles suite op. 5. Und ich schaute auf das verdammte Handy. Hoffte auf eine Nachricht: Nichts!

Doch dann, sie hat geschrieben! Mein Gott, sie hat ge-schrieben:

„Gute Nacht! Kuss!"

Take me far away from here / before I close my eyes.
Das Band der Liebe.
Surround me with your love.

Ich wusste von der Scheidung von ihrem finnischen Ehemann und dass sie mit ihrer kleinen Tochter jetzt in Spa lebte. Es ging wie in allen diesen balla-balla-Kriegen ums Sorgerecht. Ums Fortgepflanzte *aus-zwei-wird-eins.* Um den Besitz am Recht aufs Sorgen? Sorgen? Wessen Sorgen?

Die Nachricht kam aus ihrem Urlaubsort an der nieder-ländischen Nordseeküste. Ich erhielt folgende Zeilen:

„Ich liebe Dich und ich habe Sehnsucht nach Dir. Wenn ich zaubern könnte, würde ich die Zeit anhalten. Ich weiß, dass die Liebe keine Zeit kennt. Aber, bitte, bitte, komm!"

Von Lüttich aus nahm ich den Zug nach Bremen. Dort holte sie mich am frühen Abend mit ihrer Tochter vom Bahnhof ab. Vier Stunden waren sie gefahren. Das Kind - es kennt mich nicht, ich kenn' es nicht - rief von weitem meinen Namen. Dann fuhren wir fast sechs lange Stunden durch Friesland. Orientierungslos. Ich trug dazu bei, indem ich ihr falsche Richtungen angab, denen sie bereitwillig folgte. Ich verfluchte mich. Sie lachte herzhaft:

„Das soll nie enden!"

Das Kind: Ob es denn nicht schlafen dürfe. Natürlich dürfe es das. Tiefe Nacht. Positionslichter der gewaltigen windgetriebenen Stromerzeuger unweit der Nordsee. Keine Aussicht auf die richtige Richtung, bis ein Landwirt weiterhalf. Es war kurz vor Mitternacht, und der Toyota hatte nur noch Benzin für 50 Kilometer. Meinen Berechnungen nach würden wir aber noch 90 Kilometer bis zur Behausung in Nord-Holland zurücklegen müssen.

„Du besitzt meine Seele, Du herrscht in mir, Ich will, dass das hier nie aufhört", sagte sie wieder, löste eine Hand vom Steuer und legte sie auf meinen linken Oberschenkel. Die Scheinwerfer erfassten eine nicht enden wollende Landstraße.

„Ich will dich!", hauchte sie, vom Fahrersitz aus an mich gelehnt, ins Ohr.

Das Kind schlief. Endlich erkannte ich auf einem Hinweisschild, wo wir uns befanden. Das alte Kriegsgebiet von *Afsluitdijk* in Nord-Holland. Sie lenkte das Auto, als gäbe es keine Begrenzungen, Wälle, Kurven. Dann nur noch geradeaus mit einer letzten sehr scharfen Kurve. Sie war müde. Der Wagen schlingerte in ein totes Städtchen. Es war nichts passiert. Ich bat sie, anzuhalten.

„Ich muss pissen!"

Wovon hängt das menschliche Glück ab?

„Ich brauche einen Riesenkuss von Dir, mein Märchen; sei einmal in Deinem Leben ein Egoist …", lachte sie: „… Geh' pissen!", lachte weiter, „… Oder soll ich Dir beim Pissen helfen?"

Den Toyota parkte sie neben einer Kapelle. Das Kind schlief. Ich gestand ihr:

„Heute Morgen musste ich an Dich denken und mich wichsen."

Sie lachte.

„Komm mit!"

In der unverschlossenen Kapelle Sint Paulus holte sie mein Glied aus der Hose. Sie küsste mich, umschloss das Glied mit ihren Lippen und sagte: „Es ist so schön!"

Tankstellen gab es hier nirgendwo.

Das nächste Städtchen, Friedhofsstille. Ich dachte gerade daran, ob es in diesem ausgestorbenen Landstrich etwas zum Schlafen geben könnte für die Mutter und das Kind, da stoppte sie plötzlich, sprang aus dem Toyota, hielt in ihrem Flatterkleid und ihren schönen Beinen einen alten Renault an. Zwei Männer. Ein Junger, ein Alter. Lange Haare. Kifferrauch stieg aus der Kiste. Ich kam dazu. Es war so friedlich und freundlich - wie nach der Verabreichung der Hostie in der großen Messe.

Was hatte Jacqueline nur, dass das so war?

Ich musste übersetzen. Die Kerle führten uns nach Haarlem zu einer Nachttankstelle. Ich wusste nicht, wie man den Automaten bediente. Für das Flatterkleid kein Problem. Die Männer lachten und begleiteten uns bis zum Meer. Ich versprach ihnen Bier und Freundschaft in einer Woche.

„Ik koop een biertje voor je op de botermarkt in Leyden."

In der Unterkunft am Meer wartete ihr Mann. Auf das Kind.

„Er weiß von Dir als Jemandem, der eine Mitfahrgelegenheit gesucht hat", hatte sie mich instruiert.

Aber so dumm schien er nicht zu sein, in mir nicht mehr als nur einen Beifahrer zu erahnen. Sein Händedruck bei der Begrüßung war weich wie Buttertoast. Es war fast zwei Uhr. Jacqueline erfand eine fantastische Geschichte. Einen Unfall, in den wir verwickelt gewesen seien. Zwei Männer, denen wir hätten helfen müssen. Ihr Mann sah mich an. Es war mir peinlich. Ich schwieg. Sie beherrschte das Lügen. Ihr Mann flog am nächsten Morgen mit dem Kind von Amsterdam-Schiphol zurück nach Helsinki.

Und dann war da eine Woche am Zijlpoort in Leyden mit ihr und mit den Schwänen auf dem Kanal am Stadtwall. Am Meer tauchten wir in die Wellen. In der alten Reichsuniversität besuchten wir die Gewächshäuser im *Hortus Botanicus,* und ich rieb sie mit meinen Fingern während der Betrachtung des *Jüngsten Gerichts* des Lucas van Leyden in den alten Tuchhallen von hinten. Eine Woche musste ich spielen und verlor mich in einen mir unbekannten Frohsinn. Lichtete sich ein Nebel in mir?

Und sie?

„Mein ganzer Körper, mein Geist hat Sehnsucht nach Dir."

Jacqueline war mit kleinen Brüsten und steifen Nippeln geschmückt. Ihre manchmal hellblau leuchtenden Augen, ihre zarte Haut, ihr rasierter Scheidenvorhof, ihre Schamlippen und die Klitoris überzeugten mit ihrer Symmetrie, Farbe und ihrem Geschmack, wie ich später erfuhr, auch andere Betrachter und User.

Schlehen sammeln

Im nächsten Sommersemester beabsichtigte ich, an die *Katholieke Universiteit Leuven* zu wechseln. Die flämische Variante der alten, angesehenen Universität von Löwen nach den gewaltsamen Auseinandersetzungen im Sprachenstreit von 1968. In einer der kommenden Wochen sollte ich das Thema für meine akademische Zulassung erhalten.

Den Forschungsvorschlag für den Master of History vom Department of Humanities & Social Sciences in Löwen bekam ich Ende September: *Claritas, perfectio et proportio.* Klöster der Bettelorden im Mittelalter. Ein Beitrag zur mittelalterlichen Ästhetik.

Mitten in der Ausarbeitung des thomistischen Begriffs der *perfectio* - Schönheit existiert nicht unabhängig vom Gebrauch - lenkten mich manchmal Gedanken ab an das beunruhigende Wesen aus Spa und ihr Schweigen auf von mir nicht geschriebene Briefe. Selbst schuld! War ihr Begehren erloschen?

Ich kam einfach mit der Stelle: *...quoniam visibilis pulchritudo invisibilis pulchritudinis imago est ...* nicht voran. War sichtbare Schönheit nun ein Abbild der unsichtbaren Schönheit oder nicht? Dieses Gerede von der inneren Schönheit ...

Zack, Zack! Eine weitere Bühne. Vielversprechend nach dem durchwachsenen Herbstwetter und den Erinnerungen an die späten Sommertage, mit ihr. Noch immer nicht genesen von dieser Liebeserkältung, zu schwach für neue Bühnenauftritte, folgte ich der sehr privaten Idee einer Genesung durchs Ohr. Die Genesungshoffnung, die Trost beschert, galt einem schlichten schönen Klang, der Schuhmacherorgel. Der Orgelbauer saß im Langesthal in Eupen, nahe dem Stausee. Eine seiner Orgeln stand seit 20 Jahren in Saint Pierre in Bastogne. Sie wird als symphonisch im Farbenreichtum, als einzigartiges, gefühlsbetontes Universum des Orgelklangs beschrieben. Ein Werk des Spätromantikers Maurice Duruflé, *Prélude et Fugue sur le nom d'Alain,* stand auf dem Programm, sowie Barockwerke von Lully und Bach. Der Kammerchor Namur sollte die *Grande Motet* Jean-Baptiste Lullys singen.

Ein sonnig kühler Novembertag, Sonnabend. Frühmorgens machte ich mich auf den Weg. Nicht ohne Auftrag aus dem Haus *Am Silberberg*: „Kannst Du noch Schlehen sammeln im Venn?"

Diesmal verzichtete ich auf den 190 D. Bei der Autovermietung Scheiff in Sankt Vith hatte ich mir einen 2 Liter Roadster Mazda MX 5 geliehen und war die elendig kurvige Strecke durch den Bois de la Ronce hierher aufs Plateau der alten Kampfgebiete gerast. Kurz vor Bastogne hielt ich am Kriegerdenkmal für die *ramponierten Bastarde, unsere Brüder,* 2700 amerikanische Boys. Land of memory. Weihnachten 1944, Ardennenschlacht, Houffalize, La Roche, Saint Vith, Hosingen, Wiltz, Berlé zerstört, Massaker in Baugnez und sechs Wochen Bastogne belagert. Das kleine marmorne Denkmal, eines von vielen, vom US-Schauspieler Tom Hanks und seiner Frau mitfinanziert. Selten kam ich hier vorbei. Aber wenn, dann blieb ich eine Zeit für den Blick übers Land und in den großen Himmel. Verschlossene Landschaft, einen Spalt geöffnet.

Gegen Mittag erreichte ich die kleine Brücke von Bodange, hinter der ein Waldweg hinauf führt in den Anlierwald. Den Mazda parkte ich oberhalb der Brücke. Sonnenstrahlen färbten die Blätter rostrot. Ich genoss die

Herbstluft und die „Krrer" Rufe der Kraniche.

Nachdem ich vielleicht zwei Stunden gelaufen war, streckte ich mich unweit des Châteaus de Losang auf dem Waldboden aus. Die Sonne hatte die satte Decke des Herbstlaubs erwärmt. Ich ließ mich vom Duft des Gehölzes und der Pflanzen betäuben.

Hierher war ich ihr damals gefolgt; auch an einem Sonnabendmorgen. Es war Mitte August und hatte die letzten Tage geregnet. Sie sammelte frisch aus der feuchten Erde gewachsene Steinpilze. Ich sah ihr zu. Als der Korb überquoll, küsste sie mich und holte mir den Schwanz aus der Hose, umschloss ihn mit den Lippen. *Wonnesaugen.*

Abends in ihrer Wohnung in Spa eine Pilzpfanne mit Zwiebeln, Petersilie, Butterschmalz, Pfeffer und Salz. Klassisch. Ich entdeckte in ihrer Vinylsammlung den *Feuervogel.* Ich liebte diese Ballettmusik von Strawinsky seit meiner Kindheit. Einer der Splitter paradiesischer Vergangenheit.

„Wollen wir mit einem Zelt zum Wandern nach Sussex?"
Begeistert stimmte sie zu.

Von Hastings aus über Rye Battle und Heathfield wanderten wir ins romantische Firle. Nahe dem Dorf kampierten wir auf einer sattgrünen Wiese. Das Wasser holte ich aus einem Brunnen im Dorf. Drei Tage, einer davon im strömenden Regen. Eine naturmystische Zeit. Unsere Tänzchen und die Singerei und Trällerei - The Stooges, Funhouse, von ihrem Discman - nackt im warmen Regen. Viel Haut, viel Tasten und ihr bescheuertes „… tiefer, tiefer, ja, komm, komm!". Und mein bescheuertes „… Du göttlicher Funke". Dann der Nachmittag in St. Paul's Church. Sie hatte sich auf der schmalen Bank, die vor der Orgel im Seitenschiff angebracht ist, vornübergebeugt. Ihren Oberkörper stützte sie auf der Sitzfläche ab, streckte mir ihr entblößtes Gesäß entgegen: „Komm! Mach!" Mein Samen tropfte von der Bogenlinie ihrer weißen Oberschenkel auf das karierte Paviment des Kirchenbodens. Ohne jede Scham, ohne jede Nützlichkeit, ohne Sinn und Verstand - wie eine gehauchte Ewigkeit.

Gott ist in Allem.

Three days Timelessness!

Nach dem Aufbruch in Firle und einem letzten Besuch in St. Pauls Church verriet sie mir die Geschichten mit ihrem neuen Chef im Palace in Spa, der ihr sein Glied präsentiert habe, zunächst auf einem Foto, dann erigiert in natura. Sie habe abgelehnt, ihn zu bedienen, aber zugestimmt, ihm bei Nachstellungen anderer Frauen zu assistieren und einer Kopulation mit einer Dame nach einem gemeinsamen Saunabesuch in den Thermes de Spa passiv beigewohnt. Sie fände morgens oft Liebeszettel unter dem Scheibenwischer ihres Autos geklemmt. Da passte doch etwas nicht. Oder verwies mich das wieder nur auf das Feudalzeitalter? Momente der Macht des neuen Herren. Und ich? Der Spaß- vogel am Salonleuchter?

Nach sprachloser Zeit auf der Fähre zurück in Oostende. Schweigen. Liège, Place du Marché:

„Ich muss zu meinem Kind."

Weg war sie, keinen Blick zurück. Ich sah ihr nach, es war fünf Uhr nachmittags und ich ging ans Ufer der Maas. Nach dem grußlosen Abschied in Lüttich keine Silbe mehr. Diese Geschichte mit ihrem Chef nagte in mir. Die Sprach- losigkeit bis Liège. Nicht ganz. Ich hatte noch etwas gesagt über Bindung, Moral, Täuschungen, was sie leise ächzen ließ. Sie war verstummt. Dann schwieg auch ich. Mein Ehr- geiz war verbraucht. Damals, wenig später, Mal für Mal, Woche für Woche in immer größer werdenden Abständen, verschwand sie aus meinem Leben. Oder sollte ich vielleicht sagen, ich aus ihrem? Auf ihre letzte SMS, an deren Ende sie fünf Fragezeichen hinterließ: „… und das soll Liebe sein?????", antwortete ich ihr mit nur einem Fragezeichen. *De profundis.* Was für ein Verlust! Niemand hat mich je so verwirrt und fassungslos gemacht wie sie. Jacqueline.

Kurz vor 18 Uhr betrat ich Saint Pierre. Die südliche Säule vor der Schuhmacher-Orgel war beträchtlich geneigt. Eine Last von sechs Jahrhunderten. Ich lehnte mich an das romanische Taufbecken aus Maaskalkstein und sah hoch zum Sterngewölbe der Kirche. Ich setzte mich im Mittelschiff auf eine der Kirchenbänke. Von hier aus ließ ich meinen Blick über die Kirchendecke wandern. In einer Gewölbekappe waren die Szenen der Wundertätigkeit des Gotteskriegers Michael gut zu sehen. Die Decke wurde angestrahlt.

Ich hörte ihre abwesende, leise Stimme. Erneut perlten Erinnerungen. Ihre Ambivalenz, dieses Hin und Her. Das eine Mal bot sie mir ihren Po an vor einer Jungfrau mit Kind in Saint Barthélémy, dann meditierte sie vor der Jungfrau, um mir anschließend zu verkünden, die Jungfrau Maria habe ihr untersagt, sich auf diese Weise anzubieten. Diese Ambivalenz hätte mich aufmerksam machen sollen.

Hier in Saint Pierre hatte sie die flamboyanten, floralen Muster bewundert:

„Schau mal das Laub, wie schön sie die Brunnenkresse gemalt haben … und da, … Grünkohl und eine Distel."

Sie staunte leise über die polychrome Farbigkeit des Gewölbes. Die Säulenringe aus rosa Sandstein von der Sûre und zart gelblichem Sandstein aus dem Moselland.

„Welche Farbharmonie! … Sieht mal da. Schmetterlinge und eine Biene mit ihren Fühlern und Flügeln, … sogar der gerippte Körper."

Durch ihre Schilderungen angeregt, ließ ich meinen Blick schweifen ins Zentrum des Gewölbes. Abraham, der seinen einzigen Sohn Isaac ohne Zögern opfern will für den Herrschaftsanspruch eines Gottes, den wir Vater nennen. Vater? Gott oder Teufel? Die Selbstopferung des Nazareners wird präfiguriert: Issac trägt Holz. Fürs Kreuz des Erlösers?

„Ach, schau mal, … da in der Mitte, die Frau am Brunnen, aus dem sie Wasser in zwei Kannen schöpft …"

„Erinnerst Du Dich an die Bibelstelle?"

„… Ich erinnere mich nur daran, dass sie alleine in der Mittagshitze die schweren Wasserkannen nach Hause tragen muss. …"

„Die Frau kommt aus Samaria. Da steht Jesus vor ihr

und sagt: Geh, ruf Deinen Mann und komm' wieder her! Die Frau antwortet ihm: Ich habe keinen Mann. Jesus darauf: Stimmt, Du hast keinen Mann. Du hast fünf Männer gehabt und der, den du jetzt hast, ist nicht Dein Mann. ... Der Meister hat sie entlarvt oder er will ihr sagen: Denk' nach, bevor Du Satan ins Bett nimmst."

Eher zu sich selbst als zu mir hin sagte Jacqueline:

"Fünf Beziehungen und keine ist gelungen ... Sie lebt einsam, ... wird verachtet. Wahrscheinlich rufen sie ihr *Hure* hinterher. Ist so wie heute."

Da war es jetzt wieder, das Ziehen und Stechen in der Brust. Enteraminmangel. Was war los in den Archiven, die meine Gefühle bunkerten? Liebe, was ist das? Ein Neurotransmitter im zentralen und peripheren Nervensystem? Liebe, was ist das? Irgendwann stellt jeder diese Frage. Ist unausweichlich. Natürlich besteht die Möglichkeit, sie einfach wegzuwischen. Fühlte ich mich von ihr nicht sogar belästigt? Aber sie war, verflucht noch einmal, da! Und jede Antwort erschien ungenügend! Wer liebt, so hieß es irgendwo, sei immer schon besiegt. Ein großer Meister schrieb 1807: *Die Liebe ist der Grund von allem*. Ein anderer Magister - Andreas Capellanus - schreibt 1180: *So siecht der Liebhaber an der Liebe zu so einer Frau dahin, weil er sie mit keinen Künsten vergessen oder seinen Sinn von ihr wenden kann. Diesem, oh Magister, ein Heilmittel!*

Schlehen, oh Magister!

Gehörten die Schlehen nicht zu den Kräutern, die die Dame vom *Silberberg* an ihr folgenreiches Liebesabenteuer erinnerten? Da fiel es mir plötzlich ein: Morgen, Sonntag, war der Todestag meines Samenspenders. Da schien es ja folgerichtig, dass ich gerade an diesem Tag seit Jahren zum Sammeln von Schlehen ins Noir Flohay im Hohen Venn geschickt wurde, wo bekanntlich Beelzebub haust. Immer wieder gab die Frau mir Rätsel auf. Aber war ich selbst nicht das Rätsel?

Nach diesem zermürbenden Erinnerungs-Abend in

Saint Pierre und einer Flasche Médoc, geleert mit zwei Alten im *Au Carré,* tröstete mich dann doch die schlichte Aussicht aufs Schlehensammeln im Hochmoor

Ja, es habe bereits nächtlichen Bodenfrost gegeben, erfuhr ich in einem morgendlichen Telefonat mit meiner Mutter. Ich könne die Schlehen wie vorgesehen ernten.

Ob das bei diesem dichten Nebel möglich war? Egal. Es war kurz nach Neun, als ich das Zimmer im Hotel du Sud in Bastogne verließ und aufbrach. Knapp sechzig Kilometer bis zur Autovermietung Scheiff in Sankt Vith. Dann der TEC-Bus 368 Richtung Hohes Venn. Es war kurz nach Zwölf, als ich auf den Holzstegen und Pfaden zum Arboretum am Croix Noire unterwegs war. Der Nebel war endlich einer ungehindert strahlenden Sonne gewichen. Es wurde sehr warm.

Vom Croix Noire aus wollte ich zur Haltestelle an der N 68, die in der Nähe des Hofs Terell liegt. Von dort ging um 18 Uhr der letzte 368 nach Eupen.

In Eupen hatte ich vor zwei Monaten, Mitte September, ein Appartement bezogen. Die Wohnung *Am Silberberg* in Sankt Vith verließ ich nach 27 Jahren trotz der aufdringlichen Wehmut meiner Mutter. „Ich bin ja nicht aus der Welt", konnte sie mich natürlich nicht trösten.

Das Appartement in der Hafergasse in Eupen bestand aus einem 30 Quadratmeter großen Salon, mit großen Rundbogenfenstern, durch die man auf die barocke Fassade von Sankt Nikolaus blicken konnte. Eukalyptusparkett, zweiter Stock, Blausteinstufen, alte Stuckelemente, eine Einbauküche mit Essecke und ein 10 Quadratmeter großes Bad. Mein Kunsthandel ermöglichte diesen Komfort. Aber alles spartanisch möbliert und nur die wichtigsten Bücher.

Der 18-Uhr-Bus vom Hof Terell war, wie schon gesagt, der letzte aus dem Hochmoor.

Auf die dornigen Schlehensträucher stieß ich am Waldrand vor dem Croix Noire. Die süße Schlacht um die dunkelblau und violett leuchtenden Beeren hinterließ blutende Risse an Händen und Unterarmen. Die Früchte stopfte ich in einen Behälter in meinem Rucksack. Konfitüre und Likör wurden daraus *Am Silberberg* gezaubert. Heilmittel für einsame Sonntage.

Von einem ehemaligen Torfstecher aus Bouquet, Bastin, den man *Le fou*, den Verrückten, nannte, hatte ich gehört, dass am Croix Noire ein großer Moortümpel sei.

„Da tummeln sich Dämonen. Die schwirren da überall herum. Wie vor 800 Jahren", wollte er wissen. In der Heide, im Wald, an den Quellen und diesem Tümpel.

„Die Nichtmenschen sind mit dem Moor vermählt ...", verkündete der rebellische Knecht des Großbauern aus Bouquet, Bastin, vehement, als ich ihn zuletzt im *Max* mit rudernden Armen sah.

Er hielt seine Reden wie der Gelehrte eines Ordens. Die Deppen an der Theke hatten ihren Spaß.

„Ah, der Stecher wieder. Stichst Du immer noch den Unschuldigen - Torf?"

Ha-Ha-Ha. Der Torfstecher trat mit seinen in Sandalen steckenden nackten Füßen gegen die Theke. Ein Zeh blutete.

„Euer Quaken kann sie nicht vertreiben. Die wissen, alles Irdische ist Quälen und Quälen", rief wild der Knecht mit den Hippie-langen Haaren und verdreckten langen Fingernägeln.

Man stellte ihm drei Flaschen *Jupiler* hin und ließ ihn wie Hintergrundmusik weiterreden. Eine wahre Unendlichkeit hätte sein ketzerisches Gerede dauern können. Kurz dachte ich daran, ihn anzufeuern.

Hinter Ternell balancierte ich über Moorpfade und die brüchige Brücke im Getzbachtal, stieg hoch zum Croix Noire. Da überkam mich eine derartige Müdigkeit, dass ich stehend hätte einschlafen können. Es war immer noch warm und sehr, sehr still. Ich bin kein Anhänger der Wachaskese. Insofern wollte ich der Müdigkeit, die mich hier mitten im Hochmoor überfiel, nicht widerstehen. Ehrlich gesagt war mir einen Augenblick lang mal wieder alles egal. Sterbensmüde legte ich den Rucksack mit den Schlehen am Moortümpel des Torfstechers ab, sah in die amphibische Landschaft und gab dem Schlafmangel nach. Streckte mich auf dem gelbgrünen sonnigen Moospolster aus. Eine Gruppe Kraniche zog trompetend und fiepend in Richtung ihrer südlichen Überwinterungsplätze. Das dunkle Blau dieses spätherbstlichen Himmels, das sich in der Ferne mit dem grauen Dunst wieder aufkommenden Nebels im Tiefmoor vermischte, machte alles undurchdringlich. Ich schloss die Augen und schlief ein.

Mein Körper wurde von einer wässrig schwammigen und kalten Masse umschlossen. Bis zur Hüfte war ich bereits eingesunken, suchte mit meinen Füßen vergeblich nach einem festen Stand in dem Morast, der mich unaufhaltsam tiefer zog. Ich griff Halt suchend ins Wollgras. Es half nichts. Ich rutschte immer tiefer.

Als ich auf der trockenen Nadelholzrinde an einem Sandstein, der meine linke Wange berührte, aufwachte, hörte ich noch den letzten Rest meines jämmerlichen Stöhnens. Wie heißt es noch im Brief an die Thessaloniker: *Halte Dich wach, damit Du nicht vom Satan versucht wirst.*

Es war 17:46 Uhr. Ich hatte noch 14 Minuten bis zur Abfahrt des letzten TEC-Busses. Die Sonne war gerade untergegangen. Es blieb etwas Licht für den Moorpfad bis zur N 68. Ich rannte los.

Sex

Ein Dreivierteljahr später, das Traumerlebnis im Moor war in Vergessenheit geraten, fuhr ich an einem tropischen Sonnabendnachmittag mit dem TEC 390 durch die königlichen Wälder hinauf ins Venn. Nebelschwaden über dem Hochmoor.

Engel verlassen nie den Himmel, Dämonen nie den Menschen. Ein zaghaftes Herz vermag das Schöne nie heimzuführen, so oder ähnlich heißt es in einem Roman von John le Carré.

154

Die Haltestelle lag gegenüber der Fischbach-Kapelle und dem Restaurant *Le-Mont-Roger*. Ein Fensterplatz.

Keine Viertelstunde später. Da war sie. Unverändert. Urplötzlich war sie wieder in meinem Leben erschienen. Zuerst per SMS mit der Frage, wie es mir geht, dann mit der Bitte nach Auskunft über eine Literatur: Mirabeaus gelüfteter Vorhang und Batailles Geschichte des Auges. Verdrängte Gefühle brachen wieder auf wie Krusten getrockneten Bluts. Wieso ließ ich das zu? Wieso machte sie das? Ich wich der Frage nach den Vernunftgründen aus. Dann das erste Telefonat mit Berichten aus ihrem Arbeitsleben. Seit einem Jahr eine kleine Privatklinik für Orthopädie in Verviers. In den späteren langen, telefonischen Gesprächen sickerten Bruchstücke der Metamorphose durch. Der neue Freund. Zögerndes Nein auf meine Frage, ob sie ihn liebe. Seine Vorlieben im Bett. Andeutungen von irgendwelchen Clubbesuchen.

Schließlich die Verabredung für das Treffen im *Le-Mont-Roger*. Ich war gewarnt. Was konnte mir schon passieren? Ich ahnte nicht, wie das ist, zuzuhören. In einem Telefonat gab ich vor, ein Krieger des *Aussprechens* zu sein. Die altbekannte Hybris.

„Gerne bin ich Dein Beichtvater", scherzte ich.

Und hatte keine Ahnung von der Wirkung einer derartigen Aufgabe. Vermessen! Und dann diese Aufforderung an mich selbst: Mensch, bleib' warm bei der Kälte inmitten hochsommerlicher Temperaturen. Ist doch nur ein Lüftchen, das da heranströmt. Gepfiffen! Es war ein Orkan.

Nun saß sie mir gegenüber und lächelte.

„Wie geht`s Dir?"

Ich hörte zu und stellte Fragen. Das war mir ja aus dem Beichtstuhl bekannt. Nur umgekehrt. Plätze getauscht. Ich war der Beichtvater und sie erzählte und erwartete womöglich eine Absolution.

Sie würden sich küssen auf einer *Matte* im *La vie est belle*, Luxembourg Ville, Rue de Pomme. Sie zeigte mir Fotos auf ihrem Handy: Ihr neuer Freund, „… ein Urologe aus Damaskus, „… hab' ich nach dem Burnout, als mein Mann mir das Kind weggenommen hat, über *Sympatic-agence de rencontre* kennengelernt", zog seinen Schwanz aus ihr heraus.

Das nächste Bild: Da ist sie, schön, zauberhaft, ihr Körper, ihr Haar, nackt auf dem großen Bett des Clubs vor der Großleinwand, auf der ein Hardcore-Porno läuft. Neben ihr kopulieren andere Paare, lecken gegenseitig ihre Genitalien. Er habe die Aufnahmen heimlich mit ihrem Handy gemacht.

„Und was machst Du da?"

Mir klebte ein Kloß im Hals. Sie erzählte:

„Zu mir kommen andere Männer und Frauen. … Aber natürlich lasse ich die nicht an mich `ran."

„Überhaupt nicht? … Du kannst mir ruhig alles sagen."

Ich begann leicht zu zittern.

„… Also schon, … eine Frau, die mich leckte."

„Und der Mann?"

„… Na ja, nach einer Zeit hab' ich seinen Schwanz gelutscht … und der Frau die Klitoris geleckt und wir haben uns gegenseitig Finger in die Scheide gesteckt und masturbierten."

Ich hörte dem Größenwahn der sexuellen Strebungen zu, musste zwischendurch immer wieder hinausschauen, um mich einer anderen Realität zu vergewissern. Das Abendlicht glättete alle Falten. Aber es täuschte nur eine Ebene vor.

Die Beichtende rückte, von mir angespornt, mit weiteren Bekenntnissen *en détail* heraus. Auch Männer würden ihr Finger in ihre Scheide stecken und sie küssen. Ihr neuer Freund würde seinen Schwanz in ihr „härten" und dann eine andere Frau ficken.

„Wenn er in mir ist, berührt er die Brust der anderen, neben mir liegenden Frau, die von ihrem Mann geleckt wird."

Das Zittern meines Oberkörpers ließ sich nicht stoppen.

„Du bist doch nicht nur einmal in dem Club gewesen, oder?"

„Wir waren auch in Deutschland."

„Wo?"

„Ich weiß nicht genau, ... glaube bei Bonn."

„War da denn was anders?"

„Nein. Das ist wie in den Pornos. Die Frauen lutschen Schwänze, wichsen sie, bis sie spritzen. In den Mund oder auf die Brüste oder ins Gesicht ... oder eben in die Scheide."

„Und Du?"

„Ich schaue zu."

Sollte ich das glauben nach den ersten Bekenntnissen? Es bereitete ihr sichtlich Lust, das Erlebte dem willigen Zuhörer zu beichten.

Was gehört alles zum Sex? Alle möglichen Organe. Es gibt einfach keine Definition. Eine nicht enden wollende Aufzählung schon bei Krafft-Ebing 1886. Ganz zu schweigen von der Liste der Natur und den Sexfantasien der neuen Welt: Von de Sade bis zum Penguin Atlas of Human Sexual Behaviour. Sexual Practice around the World. Der Mensch, von Natur aus gesellschaftlich in seinem Sexualleben, durch und durch. Alles ganz normal. Auch die Clubs. *La Subbura.* Elendsviertel der Seele? Am ausgefransten Stadtrand. Abirrungen von dem, was man Fortpflanzung nennt? Sicher! Was ist das für eine Ökonomie? Alles ausgerichtet auf ein Ziel: Ejakulationsorgasmus! Klar! Vaginal- oder Klitoralorgasmus?

Das Männerwerk: Sich entladen müssen! Arbeit! Schwitzen! Duschen! Was für ein Tagwerk! Was für ein Tun im Licht welcher Vorstellungen? Ein Blick in die Zukunft des neuen Menschen? Alter Körper, alte Seele, alte Liebe. Ade!

„Das ist doch Quatsch, was Du da redest", sagte sie.

Sie betreibe *Slut shaming.*

„Das ist für mich die pure Leichtigkeit. Genuss. Ich knutsche alle und hab' Sex mit allen."

Später - nach weiteren Berichten - kam anderes ans Tageslicht. Vor allem: Eifersucht, Wiederholungen, Abgestumpftheit und vor allem: Leere. Pure Nutzlosigkeit! Geistlose Wirklichkeit. Ich gab mich nicht zufrieden mit dem, was ich schon gehört hatte. Eigentlich veranlasst durch meine Feststellung, dass ich den Eindruck habe, sie sei etwas erkältet, wurde ich sarkastisch.

„Schnupfen? … Harnerotik? Oder wie kommt's?"

„Ein bisschen erkältet. … Wir waren vergangene Woche in einem Saunaclub in Lüttich, da hab' ich mich wohl erkältet."

„Was habt Ihr gemacht?"

„… Ich hab' eine Transefrau kennengelernt. Mit der habe ich mich lange angeregt an der Bar des Saunaclubs unterhalten. … Und wir haben uns geküsst. Sie war mit ihrem Freund da. Die sind irgendwann losgezogen zu den abschließbaren Clubräumen. Wir sind ihnen gefolgt. … Eine Horde notgeiler Männer hinter uns. Rettung kam von der Transe. Ich bat sie, ob sie uns nicht in ihren Raum lassen könne."

„Und? Gab`s ars erotica?"

„Die Transe hatte tolle Brüste."

„Ja und? …"

„Die hab' ich gestreichelt und wir haben uns geküsst. Sie bekam einen Steifen und hat mich gefragt, ob sie mich ficken dürfe …"

„Und? … Hat sie?"

„Nein, das wollte ich nicht. … Aber mein Freund wollte sie."

„Wie?"

„Na, … die Transe hat`s organisiert. … Der Freund der Transe lag auf dem Bett und ich habe mich über sein Gesicht gehockt …"

Facesitting, hatte ich gelernt. Eine der bevorzugten Sexualpraktiken auf diesen Maskenbällen. Hört die Schöpfungsgeschichte denn nie auf?

„Der hat mich geleckt. Mein Freund hat die Transe in den Arsch gefickt und die Transe ihren Freund."

Der Freund der Transfrau habe sie geleckt und sie habe ihren Urologenfreund währenddessen geküsst. Filmreif. Jetzt war ich bei den polymorphen Göttern angekommen, die vorgeblich frei sind und sich an keine Ordnung mehr halten. Was für ein Quatsch. Ohne Ordnung geht da nichts! Schlichte, langweilige Choreografie, ermüdendes Zusammenspiel aller Beteiligten, ob in Pompeji oder bei den Krötenküssern oder bei den modernen Swingern. Einerlei. Viel Armut. Geistlos. Verschwindendes kleines Denken.

„Hat Dich das befriedigt?"

„Nein. ... Doch ja. ... Irgendwie war in mir eine richtige Wut. Ich weiß nicht, woher diese Wut kam. Die hab` ich rausgelassen. Diesem Freund der Transe habe ich wirklich *befohlen*, er solle mich *richtig* lecken ... mehrmals. Das hat mir wirklich gutgetan. Es war geil, Gänsehaut, während ich ihm das *Lèche-moi bien, truie* befohlen habe."

Sie lachte.

„Er hat sich bemüht, der Arme, mich tief und intensiv in der Scheide und im Anus zu lecken, ... aber er konnte es nicht richtig. Er murmelte unter mir, ich hätte einen scharfen, süßen After. Aber das half nichts, er konnte es nicht so gut wie später der Richter."

„Wie bitte ..., kam noch ein Richter dazu?"

„Nein, das ist eine andere Geschichte."

„Also, sie haben Dich nicht zum Orgasmus gebracht?"

Warum wollte ich das wissen? War ich auf dem Weg zum Parasiten ihrer Lust? Sie ignorierte die Frage.

„... Die Transe hat irgendwann ihren Schwanz aus dem Arsch ihres Freundes gezogen, das Kondom abgestreift und ich habe ihren Schwanz in den Mund genommen und ihn geleckt. Sie ist in meinem Mund gekommen. ... Ich hab's geschluckt. Das wars. ... Ach, ... nicht ganz. ... Ich hab' mich erkältet", lachte sie.

Und ich lachte auch, aber irgendwie *irre*. War da irgendetwas komisch? Nein, nichts! Das Lachen hörte sich in den eigenen Ohren *irre* an. Mein Clowngesicht, das ich spürte, ohne es zu sehen, zeigte sehr wahrscheinlich endlich den dummen Verlierer. Altmensch. Ich verlor für einen Moment die Orientierung zwischen Kopf, Herz, Geist und Fleisch, zitterte am ganzen Körper, unkontrollierbar, so als hätte ich

Schüttelfrost. Abgetaucht in eine unbestimmte Ferne hörte ich sie weiterreden: Diese Swingerwelt bereite ihr unbegrenzten Genuss. Sie habe zeitweilig den Eindruck, ihre *wahre Natur* zu finden.

„Ich mach' aus mir, was ich bin!"

Das ließ mich wieder aufhorchen. Radikale Subjektivität und Ahnungslosigkeit waren auf ungenießbare Weise in ihr zu Verbündeten geworden. Aber bitte, doch keine Vorwürfe. Ich erinnerte mich jetzt lediglich an die Hygiene der Köperöffnungen. Obwohl ich bereits unfähig war, einen zusammenhängenden Gedanken zu fassen, geschweige denn in einem vollständigen Satz den Gedanken zu äußern, saß ich da und lief nicht weg. Jetzt wollte ich alles wissen. Es kam nicht mehr darauf an, irgendetwas *nicht* zu hören oder mich vor etwas zu bewahren oder gar innig gepflegte Erinnerungen zu beschützen. Ich war dabei, *alles* zu verlieren. Dann sollte es so sein!

„Also, was war mit dem Richter?"

„Eine merkwürdige Geschichte. Eigentlich ganz nette Leute. Interessant. … Also! Ich war vor drei Wochen, Mittwochabend, ausnahmsweise mal in einem McDonald's in Veviers. Eigentlich wollte ich schnell nach Hause. Die Füße hochlegen. Gegenüber McDonald's befindet sich ein Pornoshop mit Pärchenräumen. In dem Imbiss war mir eine Frau aufgefallen, die Schuhe aus hochwertigem italienischen Leder trug; Natuzzi. Ein leuchtendes Gelb. Wir verließen zur etwa gleichen Zeit den Imbiss. Die hübsche, sehr schlanke Frau, Ende Dreißig, ging in den gegenüberliegenden Shop. Ich folgte ihr aus purer Neugier. In dem Shop traf sie einen etwa Mitte Fünfzig Jahre alten Mann, mit dem sie erotische Dessous für sich aussuchte. Wie sich später herausstellte, ihr Ehemann. Ich beobachtete sie. … Ich mach's kurz. Wir kamen jedenfalls ins Gespräch und beide nahmen mich mit in einen Pärchenraum mit Glory Hole. … Du weißt, was das ist? "

„… Ein Guckloch in der Wand."

Sie klärte mich auf.

„Männer können ihre Schwänze von der einer Seite durch das Loch stecken, und die werden dann auf der anderen Seite, in dem Pärchenraum, von der Frau gelutscht oder gewichst, oder sie lässt sich durch das Loch rittlings in eines *ihrer* Löcher ficken."

Ich nickte benommen und musste trocken schlucken. Zitterte weiter am ganzen Körper.

„Sie ist Richterin am Kassationshof in Brüssel. Er leitet ein Handelsgericht in Neufchateau. Sie haben zwei Kinder, die auf das Internat Athénée Royal Bouillon gehen. Wirklich sehr nette Leute. So menschlich!"

„Aha!"

„Alexa, die Richterin, hat einen fremden Mann aufgefordert, mitzukommen. Ganz so fremd war er nicht. Wir hatten mit ihm im Shop über den Dildo gescherzt, den er, wie er sagte, für seine Frau gekauft habe. Alexa hat durch das *Ruhmesloch* seinen Schwanz gelutscht. Der hat in ihren Mund gespritzt. Ekelhaft!"

„Und Du? Hat sie Dir das erzählt oder hast Du zugeschaut?"

Tat sie nur so, oder ekelte sie das wirklich? Nichts hinderte mich mehr daran, Wahrheiten in Erfahrung zu bringen, die einen miesen Masochismus befeuerten! Stand ich endgültig neben mir? Was wühlte sich da aus mir heraus?

„Na ja, … ihr Mann, Pierre, hat an mir herumgefummelt und dann - wir waren halbnackt - mich angefangen zu lecken. … Richtig gut. Ich bin gekommen. … Dann hat er mich gefickt, … das war kümmerlich. Wir haben dabei seiner Frau zugeschaut. Ach übrigens, … das ist verrückt. Der Richter hat seiner Frau Diamanten geschenkt. Piercing. Die Steine stecken in ihren Brustwarzen. Ist das nicht scharf?"

Zittern. Hört nicht auf. Egal.

„Und das war's?", stotterte ich.

Unbeeindruckt beichtete sie weiter:

„Nein. Das Pärchen ist wirklich nett. Kultiviert. Sie ist belesen. … Ich treffe mich ab und zu mit ihr. Aber kein Sex."

„Und Dein Freund?"

„Also nach dem letzten Mal, vor zehn Tagen, mit meinem Freund und dem Richterpärchen in einem Club in Luxemburg. … Das war komisch. Danach wollten sie nichts mehr mit ihm zu tun haben."

„Ach, dann seid Ihr doch noch zusammen gewesen?"

„Ja gut, … noch ein Mal."

„Und was ging da ab?", fragte ich nun richtig aggressiv.

„Na, halt alles. Die Männer haben die Richterin doppelt penetriert. Mein Freund war in ihrem Anus. Ihr Mann in ihrer Scheide und wir haben uns geküsst. Sie hat mich lange geküsst, ihre Finger waren dabei in meiner Scheide. Sie hat mich masturbiert. … Ich glaube, ich habe mich ein bisschen in sie verliebt. Und sie sich auch in mich. Sie ruft mich fast jeden Morgen an oder schickt eine kurze SMS: *Süße, guten Morgen* oder gibt mir Literaturtips. *Die Physiker* von Dürrenmatt."

Jacqueline! *Das* war Jacqueline? War das die, die sich immer noch in meiner Hirnrinde tummelte? Die, die begann, Erinnerungen an sie zu vernichten, Erinnerungen an Anmut, Schönheit, Sehnsucht und Schwermut? Von einem Schwindel befallen, kurz davor, das Gleichgewicht zu verlieren, vom Stuhl zu kippen, fragte ich sie wie ein Besiegter, stimmlos:

„Was ist das, Jacqueline?"

Waren ihre kognitiven Ressourcen erschöpft? Ihr Blick lag stumm in eine Richtung festgebunden, an den menschenleeren Raum hinter mir. Dann, nach einer Zeit, deren Dauer quälend war:

„Genuss!"

„Und danach? Nach dem Genuss, meine ich?"

„Nichts! Leere. … Im Club haben wir gemeinsam gegessen. … Ach, davor."

„Und sonst nichts?"

„Nein, nur mit ihr ein bisschen SMS."

„Komplette Leere im Kopf …?"

Sie sah mich an.

„Du warst schon lange unerreichbar. Ich habe versucht, Dich zu finden - überall. Habe Krankenhäuser angerufen. … Keiner wusste, wo Du warst, oder hat es mir gesagt. Ich war kurz davor, Deine Mutter anzurufen. Das konnte ich aber nicht. Also nichts. Ich habe Dich entsetzlich geliebt. Ja, ich glaube, ich liebe Dich immer noch. Ich habe Dich verflucht. Und ich habe erfahren, dass Du mit dieser Martine zusammen bist; hab' ihr nachgestellt und gehört, dass sie im Athénée Royal in Bouillon arbeitet, dass Alexas Kinder sie besuchen. Sie kennt sie, hat mir von ihr erzählt und dass Du mit ihr zusammen bist. Bist Du immer noch mit ihr zusammen?"

Ich schwieg.

„Fast ein Jahr lang hab' ich gewartet. … Den Urologen habe ich versucht zu lieben, wie besessen, wirklich versucht zu lieben. Es hat nicht so richtig geklappt. Aber ich glaube schon, dass ich ihn liebe, ach, ich weiß es nicht. … Irgendwann war ich wahnsinnig eifersüchtig auf ihn, auf die acht oder zehn Frauen, die er in meiner Gegenwart gefickt hat. … Und vor allem auf Marcella. Wir waren zwei Mal zu dritt zusammen, und ich habe herausgefunden, dass er sich mit ihr allein bei sich zu Hause trifft. Vielleicht hat er mich von Anfang an belogen und kannte sie schon von früher. Das erste Mal trafen wir sie in einem Club. Wir kamen ins Gespräch und sie sagte, sie warte auf ihren Freund, der aber nicht komme. Ich hab' ihr angeboten, dass sie mit in unseren Pärchenraum kommen könne. Anfangs war es wirklich toll. Sie war so zärtlich. Wir haben uns geküsst und gestreichelt. Ich hab' sie bis zum Orgasmus geleckt, aber sie wollte nur ihn in sich haben. …"

Dann, wie eine selbstbewusste Verliererin, die einen Sieg an einen anderen gönnerhaft weitergibt:

„… Er ist ein exzellenter Liebhaber, zärtlich, einfühlsam und ein wahnsinnig guter Ficker."

Sein Glied stärke er mit einem Masturbator - Flashlight, Modell Pink Lady. Er habe sie schon drei Stunden gefickt und zum Orgasmus gebracht. Polymorphe Sexualität! Ich war wirklich ein ausdauernder Beichtvater.

Sie habe sich der Lust ausgeliefert. Nun aber wolle sie monogam leben. Das konnte ich nicht glauben, dachte, hat sie es nicht schon mal anders erzählt? Sie ist in allem beharrlich, also kann sie auch beharrlich lügen. Aber warum sollte sie das tun? Ich wollte das alles nicht glauben, nach dem längst vergangenen Liebesgeflüster. Jetzt reichte es. Ich war vollkommen fertig, hoffte nur noch auf ein Ende. Brachte krächzend heraus:

„Ich ficke, also bin ich!"

Nur weg von hier! Und wohin? …

Und dann lag plötzlich ihre Hand auf meiner. Und ich zog meine nicht weg. Wie lange ich sie da liegen ließ, weiß ich nicht mehr. Nur, dass meine Hand lange unter ihrer Hand lag. Weiche Knie beim Weg zur Bar. Ich dachte, den Boden unter den Füßen zu verlieren. Den ersten Grappa verschüttete ich zur Hälfte. Mit dem Zweiten ging ich gestärkt zurück an den Tisch. Sie saß still da und rauchte.

„Was ist das für eine Scheiße, die Du da erzählst!"

Ich war wieder halbwegs im Besitz meiner Stimme und die war sogar laut. Die wenigen Gäste schauten zu uns herüber. Jacqueline schien auch davon unbeeindruckt. Der dritte Grappa schaffte es. Verlorene Ruhe kehrte bescheiden heim.

„Mein Gott! Ich begreife es nicht. Ich bekomme es nicht in den Kopf."

„Das ist nichts für Deinen Kopf, Bernardo."

„Ja, aber lass' es mich verstehen! … Wir sind immer getrennt voneinander lebende Subjekte. Ok. … Es ist zwar unbegreiflich, aber nie werden wir eine Symbiose bilden können. Mit dieser Unbegreiflichkeit leben wir und sterben wir. … Alle."

Sie sah mich an.

„Du warst nicht da!"

Zittrig zog sie die nächste Zigarette aus der Schachtel. Ich gab ihr Feuer und hörte mich reden:

„Innige Verbundenheit? Zuneigung? Ich liebe nur Dich?

Ja, Jacqueline, ich liebe nur Dich! Trübe Aussichten, ... was? Sehr trübe Aussichten, ... nicht wahr? Soll ich mich aufknüpfen?"

Das war rhetorisch, oder ...? Jetzt hab' ich sie getroffen, dachte ich. Kaum noch für mich hörbar, sagte sie:

„Ich brauchte den Genuss!"

Wo steht das geschrieben?

„Weißt Du, Jacqueline, wenn ich sage, ich liebe Dich, dann ist das nichts anderes als eine *alles* bestimmende Sehnsucht nach einer immer schon verlorenen Beständigkeit. Diese Sehnsucht. ... Meine idiotische Illusion. ..."

Ich brach ab. Hinlegen. Einschlafen und lange nicht aufwachen. Und ich fiel wieder in ihre hellgrünen Augen, die sich mit Feuchtigkeit füllten. Noch einen Grappa. Meine Tränen waren nicht aufzuhalten.

„Ich wollte das ... unbedingt mit Dir, trotz dieser Illusion", schluchzte ich.

„Meinst Du, ... ich kann nicht lieben?", fragte sie sehr ernsthaft, aber nicht mit gebrochener Stimme, eher mit wirklich kindlicher Neugier.

Ich hatte mich wieder halbwegs gefasst.

„Das weiß ich nicht, und das meine ich auch nicht. Es geht immer und ausschließlich um die Verlorenheit und das Verlieren. Verloren an den Willen, den Willen zur Lust, ... diesen nicht zu bremsenden Willen. Und dann verliert man alles. Dieser scheiß begehrende Wille schießt wie ein Schwall roten klumpigen Bluts nach einem Treffer heraus, ... er besudelt alles. Besudelt alle Vorstellungen glücklicher Momente ..."

Jetzt hätte ich übergangslos, erbarmungslos über das Barbarische reden können. Den ganzen Schlachten- und Kriegsdreck, über die Menschenwelt als Hölle und Dreckloch im All. Über diese illusionslos babarische, auf links gedrehte Welt de Sades. Was sagte er? 1797? ... *Es ist schrecklich, geboren zu sein mit der Neigung zum Bösen und mit seinen Verirrungen offen prunken zu müssen, sich nackt zeigen. Der Mensch, das Tier ohne Anmut.* Aber diesen Auswurf ersparte ich mir. Wenn ich auch nicht ganz auf die Aggressivität verzichten konnte:

„Sorry, aber Deine Clubbesuche sind für mich verzweifelte Versuche, in dem Knäuel der fickenden Leiber das unabdingbare Getrenntsein des Paares aufzuheben. Versucht Ihr, ich meine die jeweiligen Paare, mit dem Hin und Her Eurer Leiber Eure Paar-Bindungen zu sichern?"

Sie schwieg. Verspätet kam zögerlich:

„… Kann sein. … Nadine, eine Freundin aus dem Club, … er hat sie gefickt, sagte mir, als das mit der Eifersucht anfing, Du musst bei Dir bleiben, wenn er mit anderen Frauen schläft. … Ihr Ehemann saß die ganze Zeit abseits, bekleidet. Ich übrigens auch, aber nackt."

Meine Stimme war wieder zittrig geworden. Von der Heiserkeit nicht zu reden:

„Ist ja verwegen, was Ihr da macht. … Stellt Ihr Berechnungen an? … Also in dem Sinne: Was wird daraus werden? Freundschaft, Ehe, Liebe, Krankheit, Tod, Hoffnung auf irgendein Glück?"

„Ich habe Freundinnen und Freunde gefunden! Gut, es hält nicht lange, und ich - und nicht nur ich - bin eifersüchtig. Ihn benutze ich inzwischen und er mich auch. Er ist mir hörig und stellt wie rasend Vermutungen über mein Geschlechtsleben mit anderen Männern an, das es so gar nicht gibt. Abgesehen von diesem Richter und der Richterin, die sich in mich verliebt hat. … Wie schon gesagt, der Urologe ist ein guter Ficker und er kann wirklich sehr zärtlich sein und sich Zeit nehmen. Aber ich liebe ihn nicht, … glaube ich. … Ich weiß es nicht."

Zu guter Letzt, nachträglich:

Die Abgestumpftheit, der rüde Ton, die rohen, taubbrechenden Wortfetzen, die fehlerhaften Erinnerungen und der Kasernenton: *Ruf an!"* irritierten mich schon vor sechs Monaten an ihr, als sie sich nach bald eineinhalb Jahren wieder bei mir gemeldet hatte. Und dann verkündete sie wieder, zärtlich: *Ich liebe Dich!"* Sie habe nie aufgehört, mich zu lieben. Sie nannte mich wieder beim alten Kose-namen. Für diese Sätze fiel sie in einen befremdlich zarten, beschwörenden Ton. Dann glitt sie übergangslos wieder ins kalte Sprechen. Sie sei bei sich angekommen. Was war das? Waren das Lügen über Lügen? War das die Bedeutungs-vielfalt der Liebe?

Und das hätte ich noch sagen sollen: Ihr Idioten in die-sen Fickzellen und auf den Matten kommt mir vor wie Akrobaten in einer Manege, in der ihr das nicht geschrie-bene Stück *Ratlosigkeit* aufführt.

Und ich sagte auch nicht das, was mir auf den Lippen brannte: Hast du die Sommerwiese in Firle vergessen? Erin-nerst du dich an die mondlose, klare Nacht am Meer, in der wir im Sternhaufen beim Löwen das Haar der Berenike ent-deckten? Und das Sterngewölbe in Saint Pierre? Wie Du mir die Details einer vor 500 Jahren bemalten Deckenschale beschrieben hast, die Anatomie der Biene, ihre Fühler, ihre Flügel, ihren gerippten Körper, die Farben, den rosa Sand-stein aus dem Moselland und dem Tal der Sûre. Waren das nicht Augenblicke, in denen wir uns selbst - dem Ich – ent-glitten sind?

Wir waren? *Wir*? Was sollte das? *Wir* können niemals eins werden. … In einer Leibesfrucht, ja, mag sein. *Wir,* das fällt immer auseinander ins Ich und Du.

Sind Firle, die Nacht am Meer, das Sterngewölbe in Saint Pierre eingelagert in eine gemeinsame Gefühlswelt? Nein, Nein, Nein. Kann es ein gemeinsames Archiv geben? Nein, Nein, Nein. Doch, ja, es muss so etwas geben. Ein gemein-sames Archiv, irgendwo im Niemandsland. Und: Ich kann nur *hoffen*, dass sie sich erinnert, wie ich mich erinnere. Schluss. Punkt. Aus.

Nur noch drei Gäste im *Roger*. Sie zündete sich ihre vierte Gauloises an. Und dann begann etwas einzufrieren. Zuerst die Wörter, dann der Körper, schließlich die Zeit. Es wurde kalt und kälter. Mir fiel jetzt nichts mehr ein, außer küchen-psychologischer Kram. Den hielt ich Gott sei Dank zurück. Alles war ausgesprochen worden, von ihr! Aber ich fragte sie dann doch noch spöttisch, was sie denn mit sich mache, post koitum, nach den Clubbesuchen.

„Ich hab's Dir schon gesagt: Nichts! Abendessen."

Ich fragte, „hörst Du nicht mehr Franz Schubert?"

Eine derart blödsinnige, bildungsbürgerliche Scheißfrage. Da sie nichts sagte, verlängerte ich den Schwachsinn auch noch:

„... *Leise flehen meine Lieder*?"

„Aus dem Schwanengesang?"

„Ja".

„Natürlich hör' ich das noch!", schleuderte sie zurück und stand auf. Ich bezahlte und folgte ihr nach draußen auf den Parkplatz des *le Mont Roger*. Sie hatte die Tür ihres schwarzen Mercedes ML 320 SUV geöffnet und saß bereits im beigen Ledersitz.

„Salút! ... Adieu!"

Kein Blick. Das kannte ich schon. Ich sah den Rücklichtern des Autos nach, hörte das Motorengeräusch langsam verstummen. Die alte menschenleere Stille des Hochmoors legte sich auf den Abend. Es begann zu nieseln. Ein Freitagabend im Juni. Das Licht verschwand. Ich war müde, angetrunken, verzweifelt. Als ich an der Haltestelle auf den TEC-Bus wartete, erinnerte ich mich plötzlich an einen Satz von Stendal: *Die Liebe ist eine köstliche Blume, die man nur am Rand eines schauerlichen Abgrunds pflücken kann.*

Zu schmerzhaft

Karen Lancaume, auch Karine Bach, die die Nadine in *Baise-moi* verkörperte, befreite sich an einem Freitagabend mit 31 Jahren von ihrem Leben. Ihr Abschiedsbrief bestand aus nur zwei Wörtern: *trop douloureux*. Zu schmerzhaft. *Fick-mich* war ihr letzter Dreh. Manchmal sprach sie über Liebe, Kinder und Musik.

Cher Jacqueline!

An was für einer Welt baust Du mit? Soll sie besser werden Nein! Heilt sie Wunden, Deine Wunden? Nein! Wofür das Ganze? „Ich will Genuss, sonst nichts!" Gift hat Dich im Griff: Verblendung und Eigensinn. Aber, ich weiß, der Schatten des Objekts fällt immer auch auf das Selbst. Mich - in diesem Fall. Steigt das Blut erst in die Schläfe, pocht in den Ohren, werden die Beine schwach, wird die Zunge trocken, sind wir nicht mehr zu retten. Triebgeschwader übernehmen die Herrschaft. Der Organreiz muss unbedingt - ohne Rücksicht auf Verluste - befriedigt werden.

Deine Umarmungen haben meine Einsamkeit vertrieben. Deine Küsse. Küssen ist auswählen. Du hast sie auf den Müll geschmissen, nicht wahr? Bezauberung, Verliebtheit, Rührung und all den scheiß Liebeskram. Recht so. Scheiß Individualität. Vorgestern Verliebtheit. Ja, die endet irgendwann. Dann gibt's nur noch Rührung, schlimmstenfalls Geringschätzung und Mitleid. Dennoch, Jacqueline, ich vergesse nie deine Freude und zittrige, feste Umarmung. Wir haben alles offengelegt. Die Täuschungen haben ein Ende gefunden.

Aufbruch in die Vergangenheit

Der Wald und die Wallfahrt

Sternklare Spätsommernacht. Ich saß seit Einbruch der Dunkelheit am Fenster meiner Bude mit Blick auf Westturm und Fassade der Kirche Sankt Nikolaus von Myra. Was war los mit mir? Die dritte Woche nach dem Abend im *le Mont Roger* und jeden Abend hockte ich vor dem Fenster in meiner Bude in der Haferstraße, starrte die Renaissancetürme der Westfassade von Sankt Nikolaus an, trank Wasser, sah aus dem Fenster, starrte Sankt Nikolaus an, trank Wasser, starrte Sankt Nikolaus an.

Was war nur los mit mir?

Hatte ich das Interesse an einer ordentlichen Zukunft, die sich doch gerade erst abzuzeichnen begann, verloren? Die Studien für die akademische Zulassung in Löwen stockten, nein, da ging überhaupt nichts mehr. Grundsätzlich ging nichts voran. Alles deutete darauf hin, dass ich dabei war, im Labyrinth des Lebens den Ariadnefaden zu verlieren.

Seit den tropischen Junitagen stolperten meine Gedanken. Ein Chaos. Die Mikromanie nahm mich wieder in Besitz; gefangen in einer Aufmerksamkeit, die sich allein dem *Kummer* widmete. Befördert wurde diese Aufmerksamkeit nicht zuletzt durch die reichlich vorhandene Erbmasse familiären Kummers. Es gab niemand anderen als mich, der diesen Nachlass erben konnte. Ablehnung eines Erbes dieser Art kam nicht in Betracht.

Bitter musste ich mir nach dem Abend im *le Mont Roger* eingestehen, dass der Verlust Jacquelines an ein anderes Liebesleben mich tiefer getroffen hatte, als ich es mir eingestehen wollte. Ja, sie habe sich prostituiert, hatte sie mir gestanden. Lichterloh brannte die Frage: Sind Geilheit, Schamlosigkeit, Ekel und Schwermut Negative der Liebe? Oder sind das ergänzende, komplementäre *subjects of love*? Ich fand keine Antwort, die mich beruhigt hätte. Aber dann - ich blickte noch immer aus dem Fenster - leuchtete in dieser Nacht, morgens um vier, ein Licht, innerlich:

> Stellen Sie sich vor, Sie sind bis hart an Ihre Grenze gegangen. Ja, Sie sind kurz davor aufzugeben. Es hat Sie umgehauen. Sie kriechen schon über den Boden: Geben Sie auf! Es hat keinen Sinn mehr! Sie müssen jetzt nicht weitermachen! Es ist vorbei! Und dann ... fast hat der Dämon es geschafft. Genau da, wo es auf der Kippe steht, da vollbringen Sie - subito - einen *Lebensakt*, der darin besteht zu sagen: *Alles hat ein ewiges Ende.* Eine einzige Betrachtungsweise reicht aus: Es genügt vollkommen, *nur zu leiden.* Das müssen Sie anerkennen, fortgesetzt leiden zu müssen. Begnügen Sie sich mit der Sonne, dem Waldboden, seinen Gewächsen, den Stimmen der Luftbewohner, die keine Rettung versprechen, aber ihre Laute und Launen in die Welt setzen. Jeden Morgen. Jeden Tag. Jeden Abend.

Ach ja, noch eines, an das ich dachte in der sternklaren Nacht vorm Fenster mit Blick auf die Westfassade von Sankt Nikolaus: *Die Kirche.*

Das Neue Testament redet erst gar nicht von der Sexualität; es sei denn, man will in der Begegnung des Nazareners mit dieser Maria aus Magdala am See Genezareth, die er vor der Steinigung rettet, so etwas entdecken wie einen Abriss von Sexualität: ... *und sie wusch mit ihren Tränen der Buße seine Füße und trocknete sie mit ihrem Haar.* Aber vielleicht gehört diese Geste doch eher ins Alphabet der Liebe.

Der klerikale Männerbund und seine rasant aussterbende Zahl von Nachbetern fasst den Sex nur mit der Kneifzange an oder praktiziert ihn *blasphemisch,* wie schon vor Jahrhunderten an sakralen Orten: Vor einiger Zeit las ich, dass ein Priester in Wisconsin wegen Unzucht in seiner Kirche von seinem Bischof suspendiert worden war. Er hatte mit zwei Frauen einen Porno im Gotteshaus *auf dem Altar* gedreht. Homevideo. Nach den antiklerikalen und antiethischen Exzessen - mehr in Wort als Tat - des *Philosophen* Donatien Alphonse François de Sade wächst die Zahl von Denkenden, die eine besondere Form der Vertiefung entdeckt haben wollen im Verhältnis von Sex, Liebe und religiöser Mystik. Schau an! Da muss man sich fragen, kann es einen *heiligen Sex* mit einer erträglichen ethischen Praxis geben? Na ja, wenn dieser biblische Gott *in allem* ist, wie etwa Amalrich von Chartres 1205 behauptete, dann muss ER logischerweise nicht nur in jedem Stein, jedem Jumbojet, sondern auch in der Fülle der sexuellen Abirrungen vorhanden sein. Ob bei den Aktivitäten der Krötenküsser, der Swinger oder Erotiker aller denkbaren *Irrungen und Wirrungen.* Aber natürlich ist ER auch weiterhin ganz sicher in den Schlafzimmern christlicher Fortpflanzerinnen anwesend, allerdings, so denke ich, unter intrinsischer moralischer Aufsicht. Zumeist an Wochenenden, Pflicht und Kür.

Auf das niederschmetternde Ereignis im Hohen Venn folgte eine betäubte Sonnabendnacht und ein denkwürdiger Sonntagmorgen im Foret d'Anlier, irgendwo zwischen Witry, Fauvillers und Louftémont. Das Datum? Die Uhrzeit? Entfallen. Verflucht, verloren. Wie man sich klammert an die Zeit! Aber wo hatte ich die Nacht verbracht? Wie kam ich nur an diesen magischen Ort?

Der Waldboden war trocken und ich hatte einen Platz unter einem dichten Gewächs gefunden. Erste Sonnenstrahlen weckten mich am Sonntagmorgen inmitten der Ruine von Misbour. Ich klopfte mir den Waldboden von der Kleidung. Trocken klebte meine Zunge am Gaumen. Ich hatte Durst und sah mich um. Es war mir ein Rätsel, wie ich zu dieser Kapelle gekommen war, die im dichten Anlierwald auf etwa 500 Meter Höhe liegt. Ich wollte nichts ausschließen. Auch keine Fügung. Woher auch immer. Rätselhaft. Ich weiß nicht, wie lange ich ausharrte an diesem als mysteriös beschriebenen Ort. Mir war der archäologische Rest aus Schriften und von Fotos bekannt. Die noch gut erkennbaren gemauerten Umrisse eines kirchenähnlichen Baus. Chor, Langhaus, Westwerk. Genau wie auf einer Zeichnung von 1750. Seit 250 Jahren stritten sich Archäologen und Geschichtsforscher über Ursprung und Verschwinden eines Steinhauses inmitten des großen Waldgebietes. Keine Siedlung, keine alten Wege in der Nähe. Die Forscher brachten diese drei Jahrhunderte alte Ruine mit einer gallo-romanischen, frühchristlichen Kirche oder einem germanischen Heiligtum in Verbindung. Aber es bestand wie bei Vielem keine Sicherheit. Glatteis auch hier. Der Steinhaufen, der den Chor einer Kirche umriss, gab mir die Orientierung. Ich ging los in Richtung Osten. Von Gehen kann eigentlich nicht die Rede sein. Es war ein Klettern über Gehölz, Erdwälle, dem Ausweichen dichten Gebüschs. Plötzlich, ich war stehengeblieben, um mich neu zu orientieren, hörte ich in der Stille Quellenrauschen. Ich folgte dem Geräusch weiter durch Gestrüpp und abgestorbene Bäume, bis ich nach etwa einer Viertelstunde auf einen Bachlauf stieß. Diese Entdeckung wirkte wie eine Erlösung … Ich tauchte den Kopf in das fließende, kalte Wasser, immer wieder und lange, und trank, bis mein Durst gelöscht war und meine Lebensgeister die Musik des erwachenden Walds und seiner pickelnden und kriechenden Bewohner wahrnehmen konnten. Der Durst war gelöscht, aber nun verspürte ich Hunger.

Entlang des Bachs versuchte ich, im Dickicht einen Pfad auszumachen. Den fand ich schätzungsweise nach einer halben Stunde an einem unscheinbaren Steg. Nach einer weiteren halben Stunde auf dem Pfad stieß ich auf einen Waldweg, der von Fauvillers nach Louftémont führt. Auch, nachdem ich kurz vor dem Anstieg nach Fauvillers vom Waldboden auf den Asphalt getreten war, blieb mir der nächtliche Weg nach Misbour ein Rätsel. Aber wichtiger, als dem auf die Schliche zu kommen, war es, den Hunger zu stillen.

Auf den zirka drei Kilometern Fußmarsch nach Fauvillers dämmerte die Erinnerung. Ich war vom *le Mont Roger* aus mit dem Bus nach Malmedy ins *Sara* gefahren. Platz von ordentlichem Cannabis. Ich kaufte 5 Gramm Hindu Kush. Verzog mich damit in die Kapuzinerkapelle. Ein Seiteneingang war immer auf. Nachdem das Zeug angedockt hatte, wurde ich zappelig. Die Betäubung durch den Joint funktionierte nicht. Ich ging zurück ins Sara, trank Orval. Eine blendende Kombination. Und dann, ich glaubte es nicht, tauchten drei Schulfreunde aus Malmedy auf, die in der Umgebung von Bastogne lebten. Greg, le Grande Jeff und Oliver. Auf dem Circuit de Spa-Francorchamps hatten sie beim Großen Preis von Belgien in der Formel 1 dem Sieg des Finnen Kimi Matias Räikkönen zugejubelt. Ich hätte kotzen können. Nicht nur wegen der Drogen. Ein Finne! Aber sie konnten ja nicht ahnen, warum ich würgen musste. Und ich kam mir schäbig vor.

Der DJ spielte den braven Memphisstudenten Micah P. Hinson und auf Wunsch von le Grande Jeff Diskostücke von Loïk Dury und Gary Mubone Cooper aus der P-Funkfamily. Greg war irgendwann genervt:

„Kommt, lasst uns nach Witriy fahren. Im Salle des fétes ist Techno-Party."

Als wir draußen waren, sah ich zum Hospital Königin Astrid und zögerte …

„Los! Komm mit!", rief Greg mir zu, „Stephanie ist auch da!"

Stephanie? Seine Schwester. Sie arbeitete als Physiotherapeutin in Hesbay an der Maas.

„Sie hat in Hesbay einen verfallenen Gutshof gepachtet. Du kennst sie ja. Immer Projekte, Projekte."

Noch konnte ich mit dieser Nachricht Gregs nichts anfangen. Das sollte sich aber bald ändern. Die 80 Kilometer nach Witriy über die kurvige N 66, die E 25 und nach der

Abfahrt Cobreville die letzten Kilometer auf der N 848 durch den Anlierwald überstanden wir unverletzt in le Grande Jeff's Sechszylinder BMW 320, 190 PS in knapp 50 Minuten. Als er am Dorffriedhof Volaiville in die Rue du Centre schleuderte, wurde gejubelt; überlebt! Etwa einen Kilometer weiter musste ich wohl an der Rue d'Anlier ausgestiegen sein, um zu kotzen.

„… Ich komme nach" oder ähnliches werde ich gestottert haben.

War dann aber einem Fahrweg gefolgt, der von der Rue d'Anlier abbog und an dessen Ende mich eine undurchdringliche Waldfinsternis empfing, in die ich wahrscheinlich besinnungslos hineingestolpert war. Nur weg von dieser Inbrunst menschlicher Ruhelosigkeit.

Das waren meine letzten Erinnerungen. Wie ich sicher völlig übermüdet und bekifft zu der ungefähr eine Stunde Fußweg vom Fahrweg entfernt gelegenen Ruine gelangt war - wie gesagt, rätselhaft. Keine Ahnung! Wie dem auch sei.

In Fauvillers holte ich mir zwei *pains pistolets* und setzte mich hinter der bescheidenen Dorfkirche Sacré-Cœur auf den Sockel des alten Grabmals, auf dem die Plastik eines schlafenden Kindes mit hochgestelltem Spielbein ruht. Den Rücken lehnte ich an die warmen Wandplatten des Grabs und verzehrte das Gebäck.

Es ging mir schlecht, sauschlecht. Und wie sollte ich nach Hause kommen? Aus den südlichen Ardennen der Wallonie nach Eupen. Hoffnung erhielt ich durch die erwachenden Lebensgeister. Zwar hatten sie noch nicht ihren kreatürlichen Höchststand erreicht, konnten aber anscheinend notwendige Informationen bereitstellen. Ich quälte mich von dem alten Begräbnisplatz aus zu der gut eine Stunde entfernten N 4 bei Warnach, an der ich eine weitere Stunde auf den TEC 1011 aus Arlon wartete, der mich nach Lüttich brachte. Um 23 Uhr lag ich erschöpft auf meiner Camiere in der Haferstraße und schlief ein.

Zwar lief ich noch zur Universität, besuchte ein Hauptseminar, ließ aber die Versuche meiner Kommilitonen, eine Unterhaltung mit mir zu führen, abperlen. Sébastien forschte in Aix en Provence über die besessenen Ursulinenschwestern und den Priester Gaufridi im 18. Jahrhundert. Die Besuche im *Max* sah ich als beendet an. Kontaminiertes Gebiet. Also hockte ich stumpfsinnig in der Haferstraße oder teilnahmslos im Seminar *Römisches Wertesystem*. Machte nachlässig Notizen. Die Stunden verstrichen, antriebslos.

Eine kurze, enge, tierisch-menschliche Gemeinschaft mit einer Amsel vor dem Haus rückte die Krise kurzzeitig in den Hintergrund und bot zudem ein Thema für das einzige Telefonat, dass ich in drei Wochen mit meiner Mutter führte. Unbeteiligt ließen mich die Annäherungsversuche Jeannes. Ihrer Berührung mit dem Knie unter dem Seminartisch wich ich aus. Den Vertrag als studentische Hilfskraft bei Dr. Franz verlängerte ich nicht.

Wie bringt man sich dazu, Gefühle erkalten zu lassen? Oder besser noch, sie durch andere Gefühle zu ersetzen. Eine Art selbstinitiierte Gehirnwäsche? Wie sollte das gelingen, sich selbst überreden in dem Sinne: „Ist das nicht völlig falsch, so zu denken?". Oder sich selbst zu bestrafen mit: „Was bin ich nur für ein Idiot!" Oder: „Das kann doch nicht für mein eigenes Bestes sein!". Und so weiter, bis ich auf die alte Idee kam, einen Buß- oder Bittgang zur Reinigung der Seele in die Fremde zu unternehmen. „Unterwegs sein in der Fremde", sprach ich laut vor mich hin. Sich auf einen - steinigen - Weg begeben, der am Ziel der Reise Klärung bringt. Eine Wallfahrt? Ja, warum nicht? Nein, nicht nach Santiago de Compostela.

Ein weiterer Sonntagabend nach dem am Morgen geführten Telefonat mit dem *Silberberg* und einem kurzen Fütterungsgespräch mit der Amsel. Ich lag auf der Camiere, las Charles Willefords *Ketzerei in Orange* und schlief ein. Kurz nach Mitternacht war ich hellwach, setzte Kaffeewasser auf und griff flüchtig ins Regal zu einem Kunstband des Barock. Mit der Tasse in der Linken blätterte ich und blieb auf einer Doppelseite hängen, auf der eine Skulptur aus weißem Carrara-Marmor abgebildet war. Wie sehr doch durch das Aufkochen von Gefühlen Absichten und Vorhaben täuschen können. Wieso kam es mir in den Sinn, umgehend dieser Skulptur nahe sein zu wollen? War da etwa ein Faden, der mich mit Schwester Irmengard, geborene Akorfa, verbinden sollte? Was versprach ich mir von der Nähe zu dieser Figur? Hoffte ich auf eine *Verwandlung*? Welcher Art sollte diese Verwandlung sein? Wiedergeboren in was? Offensichtlich sollte eine Pilgerfahrt zu dieser *Erscheinung* der gequälten Seele helfen. Aber bei was genau? Die Plastik stand seit 350 Jahren in Rom. Absurd! Rückblickend glaube ich, dass ich dem dringenden Wunsch folgte, den Ort verlassen zu wollen, an dem eine Grundmacht des Lebens zerbrochen war. Eine Verunreinigung. Katharsis? ... Hatte ich nicht selbst der romantischen Liebe Blessuren zugefügt? War eine Reinigung möglich? Die Verführung war groß, die Angelegenheit so zu sehen und es auszuprobieren. Ich musste unbedingt etwas tun! ... Ein Glas Wasser und 20 Milligramm Oxazepam. Das half. Auf meinem luxemburgischen Bankkonto lagen Dreiundzwanzigtausend Euro. Früchte meiner Aktivitäten im Kunsthandel, den ich weiterhin neben dem Studium betrieb. Statt ins Seminar zu gehen, buchte ich in Luxemburg bei *Voyage Emil* einen Flug nach Rom.

In gut 30 Minuten erreicht man vom Aeroporto Fiumicino aus Roma Termini. Auf den achthundertfünfzig Metern bis in die *Via Venti Settembre* ging ich in eine Bar und trank einen Illy-Kaffee. Plötzlich empfand ich, inmitten des flutenden römischen Straßenverkehrs und eines lärmenden Lebens am Wochenbeginn, Geborgenheit. Kurz vor Mittag schlich ich an der Via Venti Settembre 17 die zehn Stufen hoch und betrat das barocke Ungeheuer. *Santa Maria della Vittoria*. Jemand spielte auf der Orgel. ... Kein Kirchenlied. Nein, ein Stück aus Vaughan Williams' Norfolk Rhapsody. Ein Volkslied aus dem Fischereihafen King's Lynn. Was widerfuhr mir nun wieder? Schwankender Boden. Mir war ein wenig schwindelig. War es der Mangel an Schlaf? Waren es die Trümmer der Gefühlsaufwallungen?

Nur zwei schwarze Nonnen im Gestühl vor der Cornaro-Kapelle. Braunes Gewand mit Überwurf und weiße Kapuze. Unweit von ihnen setzte ich mich in die Kirchenbank. Da war sie. Fünf Meter entfernt. Giovanni Lorenzo Berninis *Teresa von Avila*. Nisi coelum creassem, ob te solam crearem.

Ich las den Vers im Gewölbe. Welche Vergottung der Gründerin der unbeschuhten Karmelitinnen. *Hätte ich den Himmel nicht geschaffen, allein um Deinetwillen würde ich ihn erschaffen.* Schon wieder so ein geiler, selbstverliebter Gott? Ich konnte es nicht fassen.

Und nun sah ich sie wirklich, die Mystikerin und Heilige, Alter Ego Schwester Irmengards, die mit wallenden Kleidern und Haube bedeckte *Aphrodite*. Ein nackter Fuß, eine nackte Hand, ein ekstatisch halb geöffneter Mund und geschlossene Augen in einem nach hinten geworfenen Kopf. Gab es eine aufreizendere Obszönität? Ja: Hätte ich den Himmel nicht geschaffen, allein um Deinetwillen würde ich ihn erschaffen: Heilige Erotik.

Der schelmisch schauende Engel Berninis ist im Besitz der Wunderwaffe. Der Speer der Liebe, der Teresa überwältigt. Sie öffnet in orgiastischem Krampf euphorisch ihren Mund. In Erwartung des Phallus, dessen Ziel eindeutig auszumachen ist. Ihr Herz. Das Herz, durch das das Leben pulsiert. Das Herz, Muttergewebe. Licht und Brennen des Lebens. Teresas Körper zurückgebogen durch die subversive Kraft des Orgasmus. Heilige Erotik: *Ich sah den goldenen Speer, der in meine Eingeweide eindrang. Der Schmerz war stark und doch außerordentlich süß, so dass ich mehrmals stöhnen musste und wünschte, dass es niemals aufhört.* Höchster Ausdruck weiblicher sexueller Ekstase.

Ich rutschte von der Kirchenbank, fiel auf das Kniebrett. Was war passiert? Mein Körper übernahm das Sprechen: Ohrensausen, Schweißausbruch, Schwindel, Sehstörung,

Übelkeit. Eine der Karmelitinnen hob meinen Kopf vom Kniebrett der Kirchenbank und sprach besorgt etwas auf Italienisch. Sie strich mir übers Haar, half mir auf, reichte mir ein Taschentuch und eine kleine Flasche Wasser.

„Grazie, sorella, Grazie mille."

Welche Art von Gehirnwäsche hatte ich erwartet? Wie oft sollte ich mich dieser Knüppelei noch aussetzen? Was wollte ich hier?

Auf dem Rückflug wurde mir klar, dass die Skulptur sich natürlich nicht für eine mystische Reinigung meiner Seele, oder besser gesagt, meiner Organverfassung, eignete. Da hatte ich mich gründlich getäuscht. Diese Wallfahrt, die das Organ in meinem Schädel von den Liebesverwüstungen befreien sollte, hatte sich als fatale Selbsttäuschung entpuppt. Ganz eindeutig fehlte mir die spirituelle Euphorie, die Akorfa anscheinend besaß. Was hatte sie noch auf meine Frage geantwortet, was sie an Jesus liebe? *Die Umarmung meines inneren Menschen, wie es Augustinus sagt. Da, wo meine Seele ist, meine Sehnsucht.* Ich erinnerte mich, dass ich ihr daraufhin sinngemäß Blaise Pascal schnoddrig an den Kopf warf: Ich werde kirre durch das Schweigen der unendlichen Räume.

Und dennoch war das alles nicht ohne Sinn. Es war zweifelsohne etwas geschehen. Die Reise, dann die Anschauung und die kleine Ohnmacht, die Hilfe der Schwestern und die in Gang gesetzten Selbstreflexionen. Wie hätte Dr. Franz gesagt: *Expérience de soi.* Betrachten Sie das Erlebte als eine Art historische Selbsterfahrung. Historische Selbsterfahrung. Klar, das war mein *inneres Erlebnis.* Es musste unmittelbarer Kontakt mit der Vergangenheit zustande kommen. Reichte dafür die Anschauung einer Reliquie, eines Bildes, einer Skulptur, eines Grabmals? War das Zauber genug? Ja. Die unzähligen Bekundungen in den ausgelegten Erinnerungskladden mit den Danksagungen der Verzauberten. Die große Zahl der Medaillen an den Wänden der Anbetung. Eine tastende Berührung. Wieviel Abrieb am Marmor wäre sichtbar an Berninis Teresa nach vier Jahrhunderten, wenn man sie hätte berühren können. Ein Gitter versperrte den Zugang.

Nüchtern formulierte Frank Ankersmit: Die historische Erfahrung ist ein *Berührtwerden von der Vergangenheit im Geiste*. Ja, in ihrer ganzen Schönheit und Grausamkeit.

War's das? Nicht ganz! Ich schmiss das Studium, Löwen ade, tauchte für zwei Monate am Meer in Dieppe unter, landete danach für vier Monate in einem brüchigen Landhaus oberhalb der Maas und übernahm Ende April 2008 von einer brandenburgischen Gräfin einen Forschungsauftrag, den mir Dr. Franz vermittelt hatte: „… ein Abschiedsgeschenk".

Dieppe

Von meiner Mutter erfuhr ich, dass Franz versucht hatte, mich telefonisch zu erreichen. Er war sogar zu ihr auf den *Silberberg* gekommen, um sich persönlich nach meinem Verbleib zu erkundigen. Sie konnte ihm nur sagen, dass ich mich seit einem Monat in Dieppe aufhalten würde, gab ihm die Adresse meines Refugiums.

Die Pension von Madame Leroux befand sich am südlichen Rand des Viertels Le Pollet, dem alten Quartier der Fischer Dieppes. In dem aus Feuerstein gebauten, bescheidenen Haus eines Buchhalters der Fischereibörse aus dem 19. Jahrhundert führte eine schmale Treppe steil nach oben in den 2. Stock in meine Dachkammer. Bei geöffnetem Fenster hörte ich den Unterhaltungen der Möwen zu, atmete den Nordseegeruch ein und sah, zumeist auf dem Bett liegend, in das unendliche Blau eines späten Novemberhimmels.

Wie hieß es noch? In bösen Zeiten sich verbergen und unterstellen unter ein Dach, bis Sturm und Regen vorüber sind.

Nicht die platonische Metapher übers Distanz-Schaffen, sondern einen richtigen Orkan gab's Mitte Dezember. Die Uferpromenade und große Teile des Boulevards wurden überflutet. Ich hatte eine solche Wut der Elemente noch nie erlebt, wollte ihnen nahe sein. Waghalsig geworden, kletterte ich, gegen den Sturm ankämpfend, auf eine Ufermauer bei der Rue Alexandre Dumas und wurde glatt von einer Welle erwischt, die mich umriss und auf die Böschung warf. Die alte Hybris lachte sich ins Fäustchen. Dazu hatte sie in der letzten Zeit selten genug die Möglichkeit gehabt.

Eine Welle als Weckruf?

Ich fand eine Beschäftigung im Château-musée Dieppes auf dem Steilfelsen über der Uferpromenade. Was für ein Blick von der Brüstung des Châteaus: Das metallische Blau von Meer und ausgefranstem Himmel. Nur noch übertroffen von den Lichtspiegelungen oberhalb der Falaises in Varengeville. Am Bronzegrab des Komponisten Albert Roussel und seiner Frau Blanche verbrachte ich oft Stunden. Auf der dem Meer zugewandten Seite der Grabbronze war eingraviert: *Es ist vor dem Meer, dass wir unser Dasein beenden und schlafen gehen, um in der Ferne sein ewiges Flüstern zu hören.* Das las ich unweit der alten Mauern der Friedhofskirche mit den Fenstern von Georges Braque. Verführerisch, mich hier nahe der neunhundert Jahre alten Nordfassade von Sainte Marguerite, nahe dem Mosaikengel Braques und nahe der blökenden Schafe, auf immer abzulegen. ... Wie würde mein Leben enden? Abgeschoben in eine Einsiedelei oder liegen gelassen in der Nähe eines Klosters? Wie romantisch! Besser eine Intensivstation und fachkundige Begleitung ins ... Was? Oder sollte ich jetzt schon versuchen, aus mir selbst auszusteigen - hier am Meer? Was war das für ein irrer Gedanke? Aus mir selbst aussteigen, wie der Junge, der aus dem weiblichen Torso aussteigt. Die Schnitzarbeit der Wiener Bildhauerin. Die Geburtshöhle hatte ich schon lange verlassen. Aus meiner körperlichen

Hülle geistig aussteigen. Hopp! Da, schaut mal, wie der alte Geist entschwindet, vom Wind getrieben, gasiger Qualm.

Flüchtige Erinnerung. Noch ahnte ich nicht, wie tief der Brunnen der Vergangenheit war und was mich erwarten würde, wenn ich in ihn fiele. ... Und was ich finden würde. Hörte ich Geister? Waren das Anzeichen von Wahnsinn? Ich lief auf die Toilette des Museums, suchte die 10 mg Adumbran in meiner Hosentasche, legte sie auf die Zunge und hielt den Kopf unter den Wasserhahn.

Museumsbesuchern zeigte ich Elfenbeinstücke aus den Manufakturen von Dieppe, erzählte, wie aus den Schlammziegeln der großen Steinbrüche die Behausungen der Meerbewohner gebaut wurden. Ich berichtete von den Heringsströmen der Nordsee im November, die noch zu Zeiten Gustav Flauberts mit Vier- und Sechsspännern in der Nacht von Dieppe nach Paris zum frühmorgendlichen Fischmarkt geschafft wurden.

Wenn ich morgens, vor Beginn meiner Schicht im Museum, durch die Arkaden der alten Fischereibörse schlich, rief ich mir ein 250 Jahre altes Ölgemälde von Joseph Vernet ins Gedächtnis. Alles auf diesem Bild vom Hafenbecken, dem Bassin Duquesne mit dem Zweimaster, den Händlern, Fischern und Hausfrauen, festgehaltene Vergangenheit und Illusion. Der große Avant Port, in dem früher die Dreimastsegler der Gesellschaft für den Afrika- und Südamerika-Handel mit Elfenbein oder Bananen gelöscht wurden, Fährschiffe der Englandlinie nach Newhaven anlandeten und zahlreiche Boote der Fischer Dieppes ankerten, war verschwunden. Im Hafenbecken schaukelte jetzt eine unansehnliche Masse von Jachten Wohlstandsgelangweilter.

Um mich von dieser illusionslosen Anschauung zu erlösen, schlenderte ich am Bassin Duquesne entlang, schlich vor Kälte bibbernd durch den Parc Jehan Ango, trank einen Kaffee bei Talou am Quai du Tonkin und dann schloss sich hinter mir die schwere, eisenbeschlagene Türe der Kirche Saint Jacques. Endlich! Der ausgeschlossene Lärm von der

Rue de la Boucherie. Das gotische Anbetungshaus, gebaut für die Fischer und Händler Dieppes.

Oft blieb ich, wenn die Sonne auf das große Portal mit der entzückend schönen, vielgliedrigen Fensterrose der Kirche fiel, wie angewurzelt stehen. Nur beachtet von ein, zwei Bettlern, bewunderte ich die Baukunst der Steinmetze, Zimmerleute, Kalkbrenner und Glasbläser für dieses Grab der Anbetung, das sie vor 600 Jahren geschaffen hatten. Vielleicht war es Dankbarkeit für diese Schönheit, die mich dazu veranlasste, den Bettlern Geldscheine in ihre Mützen zu legen.

War ich drinnen in dem modrig gotischen Sarkophag, genoss ich den Weihrauchgeruch, die Höhe, das Licht und die fünfhundert Jahre alten Graffiti. Immer wieder ging ich zum Fries der Wilden der Neuen Welt. Seefahrer hatten die Zeichnungen von unterworfenen Eingeborenen Brasiliens mitgebracht. Eingeritzt, gestochen in Schieferplatten. Die Graffiti zeigten sie mit ihrem Kopfschmuck, den Baströcken, Armbändern und Beinstulpen bei ihren Festen und Tänzen.

Spätestens da überfiel mich wieder die Häresie. In mir brodelte Weltverachtung und Hass auf alle Eroberung.

Welche Paradoxie! Wie nun? … Eben noch die Baukunst, die Nautik, Neugier, jetzt ketzerische Wut aufs Weltwissen und Misanthropie. Ach, was für ein Kreuz ist das mit mir!

Trost fand ich hier im stillen Sarkophag des heiligen Jakobus auf dem ausgetretenen Grabstein-gepflasterten Boden. Ausgestreckt blickte ich in das imposante Gewölbe: Rosenblüten, die nicht welkten. Aus meiner Hosentasche zog ich eine Samtkrabbe, die ich, im Meer stehend, während der Ebbe gefischt hatte. Sah in ihre roten Augen, brach ihren Panzer, pulte das glitschige Fleisch aus dem Körper, aß es. Dann sprach ich ein Dankgebet an Poseidon:

„Bruder des Zeus, Freund, Beweger von Wind und Sturm. Du gibst Dich selbst preis in allen Meeresdingen. Auch in ihr, der von mir verzehrten Samtkrabbe. Ich danke Dir, Einsamster der Götter. Erhöre mich. Mach mich frei. Wenn es denn sein soll, vereinige mich mit Dir in Deinem Reich, der See. Sei, wenn es so

sein soll, mein Grab, Herr der Meere. Amen."

Wie hieß es noch in einem Chronicon von 1326 über die ungläubigen Balten: *Statt Gottes Geschöpfe zu verehren, verehrten diese Heiden in ihrem Irrtum Saule, die Sonne, Mêness, den Mond und Auseklis, den Morgenstern, den Donner, die Vögel, vierfüßige Tiere und sogar die Kröte.*

Ihre Wälder waren den Prußen heilig. Sie wagten sie nicht eher zu betreten oder Holz aus ihnen zu nehmen, bevor sie nicht vorher ein Kitz geopfert hatten. Das getötete Tier verbrannten sie.

Hier, an diesem gealterten Ort der Beständigkeit, dachte ich an die Maulwurfnatur des Menschen. Immer in Operationen begriffen, das eigene Grab umzubetten. Ruheloser Wanderer, rauschhaft. Nichts kann so bleiben, wie es ist. Die Stille und Dauer sind ihm, wie die Natur, der Feind schlechthin. Die eigenen Stimmen, ob von Kanzeln, Theatern, Altären, Rednerpulten, überall, sind ihm, diesem selbstvergessenen Tier, gewichtiger als die Zeichensprache der Natur. Erschaudert aber vor der Gewalt der Elemente, erinnern sie sich und rufen einen Gott an, der in allem ist. Im Guten wie im Bösen.

Den Meisterketzern, den *perfecti* der Katharer fiel nichts Besseres ein, als die *Endura*: sich zu Tode hungern. Das lag mir nicht.

Es war Freitag, Heiligabend, es gab Muscheln.

Die Briefe von Franz ließ ich ungeöffnet. Lediglich meiner Mutter schickte ich gelegentlich eine Postkarte und log: Mir geht's gut. Und schrieb wahrheitsgemäß: Ich esse Jakobsmuscheln.

Ich war an diesem Tag Madame Lerouxs einziger Gast. Fünf Minuten pochierte sie 40 Jakobsmuscheln, die ich nach ihrer Anweisung an der Steilküste gesammelt hatte. Dafür hatte sie mir Gummistiefel ihres verstorbenen Mannes gegeben. Ich saß an ihrem großen Eichentisch und sah ihrer Kochkunst zu. Claude Simons *Die Straßen von Flandern* hatte ich beiseite gelegt. Sie fügte den Muscheln Béchamel hinzu, fünf Knoblauchzehen und zwei Estragonzweige. Das alles wurde von ihr fein zerhackt und zehn Minuten geköchelt.

„Ich gebe jetzt noch drei Löffel Crème frâiche dazu und dann noch 75 Gramm Butter, Pfefferkörner und Salz", erläuterte sie mir ihr Vorhaben und ordnete an:

„Öffnen Sie mal die Flasche Muscadet."

Während ich den Korken aus der Flasche zog und zwei Gläser drei Finger breit mit dem Weißwein füllte, halbierte sie die Muschelschalen und briet mit Butter, Salz und Pfeffer die Muschelmasse an. Bevor sie die Schalen dekorierte, sah sie mich an, nahm das Weinglas, das ich ihr hinhielt und fragte:

"Sie haben wohl keine Angehörigen, die Sie besuchen können?"

Da die Frage eigentlich eine Feststellung zu sein schien und insofern keine Antwort erwartete wurde, sagte sie:

"Die Messe de Noël in Saint Jacques ist um 18:30 Uhr. Ich stell' das Essen warm. Gehen wir?"

Es war 17:30 Uhr. Eine Viertelstunde später hatte sie die Küchenschürze abgelegt, trug eine schwarze Bluse und Hose. Das schneeweiße Haar war halblang und hinter die Ohren gekämmt. Goldfarbene Ohrringe, strenges Blütenmuster, Lapislazuli, schimmerten jetzt in einer symmetrischen Linie. Die Lippen rot geschminkt. Ihre ganze Erscheinung symbolisierte Ordnung, Stabilität und Vernunft. Gebrochen nur durch die traurigen Augen, die ihre große schwarze Hornbrille verdecken sollte.

„Dann los!"

Sie nahm ihren dunkelblauen Mantel vom Garderobenhaken. Ich wollte ...

„Danke. Es geht schon."

Die 80 Jahre alte Dame, Witwe seit 25 Jahren, kinderlos und ohne Anhang, hakte sich bei mir unter auf dem Weg durch die weihnachtlich beleuchteten Gassen der Hafenstadt.

Stefanies Kaschemme

Stefanie trug ihr gelbstichig blondes Haar halblang gelockt. Ihr schmales Gesicht mit den hohen Wangenknochen schmückte ein graziles Brillengestell. Hinter den Gläsern flackerten unruhige blaue Augen. Sie glänzten, als ich sie nach dem ersten Zungenkuss ansah und meine Hand unter den engen schwarzen Rock schob. Ich ertastete ihre Feuchtigkeit bei der Berührung ihres Slips, den ich beiseite schob und das warme, nasse Fleisch der kleinen Schamlippen an Zeige- und Mittelfinger spürte. Schnell brachen wir aus der dunklen Ecke in der Gartenwirtschaft am Maasufer auf zu ihrer Kaschemme.

Der Renault-Kastenwagen reichte für den Transport meiner Sachen aus der Wohnung in der Hafenstraße in Eupen, die ich schweren Herzens aufgab. Die letzten Einkünfte aus dem Kunsthandelsgeschäft hatte meine Bank in Troisvierges bereits vor mehr als zwei Monaten verbucht. Das Depot schrumpfte. Die Reste meiner immer noch umfänglichen Kunstsammlung lagerten *Am Silberberg*. Dorthin ließ ich auch wieder meine Post kommen. Was auf Antwort wartete, wartete auf Antwort. Nunmehr im dritten Monat. Stefanie reservierte mir eine 13 qm große Kammer, die ich mit einem Radiator heizte. Es war Ende Januar bei meinem Einzug.

Bald stellte sich heraus, dass Hesbay einen weiteren Höhepunkt fortschreitender Mikromanie bildete. Sie hatte in milder Form in Dieppe vor fast zwei Monaten begonnen. Weihnachten an Madame Leraux Eichentisch, auf einer Kirchenbank in Saint Jacques und an Silvester zunächst auf den Klippen oberhalb der Uferpromenade, dann im Casino. Dort überfiel mich eine Erinnerung an Martine, die einmal fürsorglich formuliert hatte: Pass auf, Bernardo, dass du nicht zu einem Master of Desaster wirst. … Ich würde dich gerne davor bewahren.

Verpasst.

In Hesbay blickte ich von der südöstlich gelegenen

Terrasse mit Blick auf die zartrosa leuchtenden Ringe, Positionslichter der drei Kühltürme des Atomkraftwerks Tihange, aus denen der Wasserdampf, nur von einem sanften Windhauch gestört, fast senkrecht in den warmen Frühlingsabend aufstieg. Als der zweite der frühen Abendsterne am Himmel strahlte, dachte ich: *Planetarische Randlage* und hörte mich staunen: „Was für eine Venus!" Und plötzlich dachte ich an Patricia. Ein verglühter Stern. Silvesterabend vor zwei Monaten in Dieppe. Merkwürdig, in welche Ferne das schon wieder gerückt war, und doch war es gerade wieder so gegenwärtig ... In Dieppe war ich an Silvester nach einem Imbiss unter den Arkaden am Bassin Duquesne ziellos unterwegs gewesen in den immer noch weihnachtlich schmückten Gassen, vorbei an Gestalten, die aufs Pflaster starrten. Es hatte begonnen zu regnen. Die Bar hieß *Ancien Combattant*, unweit des Casions. Spärlich besetzt. Arme Leute, keine Raubtiere. Und eine Musikbox. An der stand Patricia. Es lief Charles Trenet, *La Mer*. Und danach, als hätte *ich's* bestellt, The Marvelettes, *When you're young and in love*. Zügig leerte ich zwei kleine Flaschen *Kronenbourg*. Den einzigen freien Hocker am Tresen hielt ich besetzt, bot ihn aber Patricia an, als sie von der Musikbox an die Bar kam. Wortlos nahm sie ihn in Besitz. Etwas wackelig. Nicht der Hocker. Man stellte ihr ein *Kronenbourg* hin. Sie nahm einen großen Schluck und ich hörte:

„Bin Patricia und Du? ... ", und bevor ich antworten konnte: „Ich liebe Sitting Bull."

Sie ließ mir Zeit für meine Frage, ungläubig:

„Wen?"

„Sitting Bull, ... Sioux-Chef. Kennst Du den nicht?"

„Doch."

Während dieses kargen Wortwechsels blickte sie mich das erste Mal an. Glasige Augen. Einstmals hübsches Gesicht. Klar, angeheitert von einigen stärkeren Getränken, nicht nur heute, am letzten Tag des Jahres. Die Zunge schwer, aber ich verstand:

„Als ich ganz unten war, kam er zu mir: *Heal your Soul*."

Unerschrocken, aber ergebnislos, brüllte sie den Titel des Songs der *Native American* der Bedienung zu und:

„… Gib mal Kleingeld für die Box!"

Gab ich ihr. Aber sie blieb sitzen und ich blickte in das, was man tote Augen nennt:

„… Hab ihm eine Fischsuppe gekocht."

„Wem?"

„Sitting Bull, … wem sonst?"

„Wann war das?", fragte ich.

„Vor 22 Jahren, … da bin ich in ein tiefes Loch gefallen."

„Wie kam das denn?"

„Vergewaltigung, Schätzchen! …"

Die Zeiger der Uhr über der Bar rückten auf 23:30 Uhr vor. Drei Schläge der großen Glocke von Saint Jacques.

„Frohes neues Jahr, Schätzchen …"

„Es ist erst Halbzwölf."

Sie winkte ab. Ich bestellte zwei Ricard. Sie prostete mir zu. Jemand hatte in der Zwischenzeit Christophs *Aline* gedrückt. Man grölte das *Et j'ai crie, crie: Aline!, pour qu'elle revienne. Et j'ai pleuré, pleuré, oh! j'avais trop de peine crie, je crie, Aline pour quelle revien.*

Patricia drehte sich zu dem Chor der grölenden Männer um. Kommentarlos und ohne Rührung, ganz ohne eine sichtbare Gefühlsregung wandte sie sich wieder mir zu:

„… In Minneapolis gelandet, … dann nach Sioux Falls und dann Dakota. … Da haben sie mich aufgenommen …"

„Wer?"

„Die Heiligen. …"

Es fiel Patricia zusehends schwerer, die Wörter für einen Satz zu finden. Ich ahnte, wenn das mit dem Schicksalsschlag und Dakota stimmen sollte, war sie dort womöglich an Meskalin gekommen, Phenethylamin, psychedelische Droge für Sinnsucher, Peyote-Kult, Sitting Bull, der Medizinmann. Das hatte ich aufgeschnappt. Passte alles zusammen. Neugierig geworden, fragte ich sie:

„Waren Sie im Federal Medical Center in Rochester?"

Wie ich darauf kam? Na, ich hatte US-amerikanische

Knast-Dokumentationen gesehen, Carlos Castaneda, Charles Willeford gelesen und war einfach interessiert an Storys über psychische Abirrungen, die in diesem Land der Freiheit und Korrekturen besonders üppig blühen. So, wie die wuchernden Wildblumen und Gräser Minnesotas. Auch das hatte ich gelesen und alle Filme der Coen-Brüder gesehen. War nie da. Patricia schwieg. Ich schwieg. Plötzlich entstand um uns herum Lautstärke. Gerede, Lachen, Hoffnung. Ich sah auf die Uhr. Noch fünfzehn Minuten, dann brach die Zeit neuer Versprechen an. Ich musste schmunzeln über einen Satz:

„Ich hab' einen Sack voll Zeit."

Meinetwegen konnte das hier noch Stunden dauern. Patricias angestrengte Suche nach Wörtern für ihre Erinnerungen, ließ ich vorübergleiten. Es war kurz vor 24 Uhr, als doch noch eine späte Antwort von ihr kam:

„I must have killed the rapist or something else. Yes. Catholic Church. I lived in the community there. I was in the Z-block."

Also doch in Rochester mit psychischer Betreuung. Meskalin, die sakrale Droge, verändert die Zeitwahrnehmung, führt zu Halluzinationen. 22 Jahre Knast.

Dann war es soweit. Ich ging zur Musikbox und drückte France Gall *Ella, elle l'a*. Und es begannen bei Patricia die elendigen Attacken herzzerreißenden Schluchzens. Überhaupt viele Tränen im *Ancien Combattant*. Es wurde für mich Zeit zu gehen.

Hier oben auf der Terrasse des ehemaligen, verfallenen Gutshofs eines Guido von Namur, jetzt Stefanies Kaschemme, war es für Ende März so warm, dass wir draußen zu Abend aßen. Das heruntergekommene kleine Landhaus klammerte sich brüchig an einen Felsvorsprung des Kalkmassivs von Hesbay - oberhalb der Maas. Teilweise sechshundert Jahre altes Gemäuer.

Stefanies Zuneigung wuchs nicht nur im Verlangen nach Küssen, Berührungen ihrer Brüste, dem Saugen an ihren stets steifen Nippeln, einem Fingern in ihrer klitoral-vaginalen Leitzone sowie dem Eindringen des blau geäderten Dings. Tropfnass war sie nach dem Satz, der mit wenigen Varianten so lautete:

„Die Sexualität ist das feste Band zwischen Paaren. … Fick mich!"

Sie erwartete keine Antwort, sondern Taten.

„Weißt Du, von einem Bauernmädchen hier aus dem Ort wird erzählt, dass sie gesagt habe: In der Liebe geht nichts über den Beischlaf. … Wenn ich die Pille absetze, Bernardo, ist das einzige Hindernis ausgeräumt."

Natürlich meinte sie die Fortpflanzung. Das verkündete sie lächelnd. Mir lief es heiß und kalt den Rücken herunter. Stefanie zeigte ihre Zuneigung allerdings auch für meine Idee, auf der Terrasse ein Lagerfeuer zu entfachen. Mir ging es beim Feuer machen und an ihm zu sitzen weniger um einen Austausch mit Stefanies Gedanken zur Fortpflanzung als ums stille *Nachdenken*.

Da passte also was nicht zusammen.

Ich zählte mich zu denjenigen, die das Feuer fasziniert. Es unterscheidet den Menschen vom Tier. An ihm kann man träumen, und die Flamme ist eine Lehrerin für tiefe Gedanken. Das Feuer ist zerstörerisch, und doch fesseln die lodernden Flammen den Anblick. Man muss es bewachen.

Ein Bauer aus dem Dorf brachte Pflaumen- und Kiefernstämme, die ich zersägte und spaltete, und ich versorgte das Pferd der Dame des Hauses, während sie ihrer physiotherapeutischen Arbeit nachging. Saß bei Dämmerung am Feuer und überließ mich dem Geruch von Pferdedung, der den ätherischen Duft der Kiefern überlagerte. Dachte jetzt in der einbrechenden Dunkelheit, dass das Feuer Einsamkeit und Reflexionen hervorruft und erinnerte mich an die Scheiterhaufen für die Delinquenten und Märtyrer und die Verbrennung der eigenen Leiche. Dem Lichtstrahl der Stirnlampe entnahm ich, dass Stefanie ihr Studium des *Glaubensboten*, Monatsblatt der Pfarrei Saint Paul, unterbrochen hatte. Sie sang mit ihrer Sopranstimme im Vokalkreis der

Gemeinde. Es war Gründonnerstag oder Karfreitag der ungewöhnlich warmen Ostertage. Sie hatte am Nachmittag mit dem Vokalkreis das Requiem von Jean-Philippe Rameau für die Ostermesse eingeübt. Ja, jetzt bin ich mir ziemlich sicher, es war an Karfreitag. Ich starrte also in das Feuer, in dem die trockenen Föhren verbrannten. Stefanie lag ausgestreckt auf ihrer Liege, in eine anthrazitfarbene Kaschmirdecke gewickelt. Las den „Glaubensboten". An meiner starren Haltung auf dem Gartenstuhl mit dem nunmehr gedankenlosen Blick ins Lodern der Flammen und auf die in der Abendsonne rosa schimmernden Kraftwerksblöcke hatte ich schon länger nichts geändert. Aus den Augenwinkeln sah ich, wie Stefanie die Stirnlampe abstreifte und sich mir zuwandte. Sie würde jetzt etwas verkünden. Das war immer so nach einer Zeit der Stille, die ich lange aushalten konnte.

Beim Mittagstisch hatten wir kommentarlos dem Radio die Nachricht aus Belfast entnommen: Zehn Jahre Karfreitagsabkommen! Vertreter der Regierungen der Republik Irlands, Großbritanniens, Führer der Sinn Féin und der Unionisten hatten das Karfreitags-Abkommen an Karfreitag 1998 unterzeichnet. Ein vernünftiger Versuch erbitterter Feinde, den Bürgerkrieg zu beenden, nach den Eineinhalbtausend Morden der UDA und UVF, dem Attentat der IRA auf die UDA-Zentrale über Frizzell's fish shop in der Shankill Road in Belfast und den Anschlägen in Manchester und London. Die Absichtserklärung: Entwaffnung der Paramilitärs, der katholischen *Irish Republican Army*, der protestantischen *Ulster Defence Association* und *Ulster Volunteer Force*, Bildung einer Kommission, die, „um der Gerechtigkeit willen", so hieß es, nach den Ermordeten suchen sollte. Nun, zehn Jahre später und sechs Stunden nach der Erinnerungsmeldung im Radio, stöhnte Stefanie erleichtert und für mich völlig überraschend nicht über eine Notiz aus dem Kirchenblatt, nein, über die sechs Stunden zurückliegende Nachricht:

„… Endlich, endlich wurde ein Ende der Gewalt da

erreicht. Siehst Du, sie haben aus ihrer Geschichte gelernt …"

Das hatte ich nicht erwartet. Ich hielt meinen Blick abwechselnd auf die Kühltürme, den Himmel und in die Flammen gerichtet. Das half wenig, nein, rein gar nichts. Ein erhöhter Puls zeugte von einer ungebremsten Erregung. Zügig erklärte sie mir, ihr Kommentar habe was mit der sechs Stunden alten Mittagsnachricht zu tun. Ihre schier aus dem Nichts kommende Rede wies in eine mir völlig unwillkommene Richtung. Ich bedurfte unbedingt einer Zufuhr von Sauerstoff. Polterte also:

„Eher höre ich hier Elefantenblätter rauschen!"

Natürlich sei es mit der Gewalt weitergegangen. Vielleicht anderswo. Nicht in *Derry* und *Armagh*. Aber ich wusste von den über 100 Mauern und Zäunen in *Belfast*, die bis dato Wohnviertel der beiden Bevölkerungsgruppen trennten. Und die Gewalt eskalierte erneut auf den Straßen, als die Belfaster Stadtverwaltung die britische Fahne nicht mehr permanent flattern ließ.

„… Ein Ende der Gewalt … Besserung? Das glaubst Du? Die Geschichte als Lehrerin des Lebens? Historia magistra vitae?"

Sollte sie doch denken: Dieser Klugscheißer! ... Nein. Ich musste ihr zugutehalten, dass ihr noch nie, solange ich sie kannte, solche sprachlichen Ausrutscher über ihre schmalen Lippen geschlüpft waren. Da eine Erwiderung ausblieb, wiederholte ich:

„Ein besseres Leben!"

Unbeeindruckt, so zögerlich, dass es meine Nerven noch mehr reizte, hörte ich ihren zarten Sopran:

„Du glaubst also, dass die Menschen aus ihrer Geschichte nichts lernen? Weitermachen, wie bisher?"

Mir wurde ein wenig schwindelig:

„Lass es! … Das ist ja wie Glasblasen. Nichts als Luft und dann Splitter. … Nein! …. Mehr als das, dass es diese Geschichte da gibt, ist da nicht."

Und dann rutschte mir raus, mit einem ausgestreckten

Finger in ihre Richtung weisend:

„… Außer vielleicht, noch schlechter zu sterben!"

Wumm! Sie wickelte sich aus ihrer Decke, sagte im Weggehen: Nichts. Sie war wirklich aufgesprungen. Und ich versuchte, meinen Unkenruf zu bannen. Vergeblich. Vom maroden Gartenstuhl aus rief ich, vormaliger Messdiener und entlassener Scholar in der Kirche des Heiligen Vitus, ihr, Mitglied des Vokalkreises von Saint Lambert, sarkastisch nach:

„Ist eh alles nur oraler Zauber!"

Stefanie hatte ihren luxemburgischen Lieblingssender 100,7 eingeschaltet. Hidden-Jazz übertönte meinen Atemausstoß:

„… l'organe le plus ouvert! Ich sag's Dir: Demain, die Osterbeichte. … Morgen kannst Du wieder Deinen Mund öffnen … am Redefenster Deines Herrn Priesters."

Und ich lachte. Das war böse. Statt es dabei bewenden zu lassen, rief ich ihr, von der Erregung aufgewühlt, hinterher:

„Keine Angst, Stephanie, … vor einer Empfängnis … durchs Ohr. Der Schwarzrock bläst nur Dämonen aus. Das Andere ist ihm, so wie ich ihn kenne, zu riskant!"

Was sollte das? Nach diesem oralen Gewitter wär' ich am liebsten an einem Strand im Sand verschwunden. Mir fehlte einfach ein sanftes, nachgiebiges Gemüt. Daraus konnte ja nichts werden. Dann kam mir die Idee: Das Feuer soll ja auch die Sinne läutern. Nicht nur Anlass zum Denken und zur Träumerei sein. Es soll mit Irrtümern aufräumen. Ich entfachte es also so sehr, dass der marode Gartenstuhl Feuer fing und verbrannte.

Nun denn.

Geschichte machen

Der Auftrag

Kurz nach dem Zerwürfnis oberhalb der Maas erhielt ich einen Brief, der bis auf Empfänger- und Absenderadresse mit kleinstelligen Postwertzeichen zugeklebt und *care of* an mich im Haus in Hesbay adressiert war. Er lag auf der Schwelle zu meiner Kammer, die Stefanie seit einer Woche als stumme Kommunikationsplattform diente.

Der Blick auf den Absender bestätigte, was ich ahnte: Das Briefpapier war eingerissen, die Risse mit Tesafilm verklebt. Bevor ich auch nur ein Wort gelesen hatte, hörte ich seine Eunuchenstimme. Dieser Briefdekor und die geschlossenen Stimmlippen hingen an ihm wie der lange nicht mehr wahrgenommene Lakritzgeruch: Dr. Franz. Und wieder stieg mir der Bohnerwachsgeruch in die Nase, den der elendig lange knarrende Flur ausdünstete. Die riesige Altbauwohnung in der Rue Outrelepont Ecke Rue de Bavière in Malmedy. Er bewohnte den ganzen ersten Stock des ehemaligen Tuchmacherhauses aus dem 19. Jahrhundert an der Brücke über die Warche. Er hatte die Wohnung vom Abbé Cesles Schneider übernommen, der dort über 50 Jahre Abendkurse durchgeführt hatte, „für die Arbeiterklasse in Religion und Gesang", wie es auf einem Emailleschild hieß, das neben der Eingangstür angebracht war - dreisprachig, wie üblich.

Wie gesagt, sein Briefumschlag eingerissen und die Risse mit Tesafilm geflickt. Nachgefragt, hatte Franz mir einmal erklärt, dass er „eine entschiedene Neigung zur Werterhaltung auch der einfachsten materiellen Dinge" hege. Entsorgung nur bei offensichtlicher Unbrauchbarkeit war sein Motto. Und brauchbar schien alles.

Ich hatte von Sébastien in einem Brief aus Aix erfahren, dass ein weiteres Werk der Wiener Holzbildnerin in den Besitz von Franz gelangt war: die Abspritzende. Eine Skulptur für über achttausend Euro. Finanziert durch Angespartes aus „entschiedener Werterhaltung materiell einfacher Dinge"? Mit Tesafilm restauriertes Briefpapier? Unvergessen waren die Besuche in seiner Wohnung. Während des Studiums gehörte ich zu den ausgewählten Kandidaten für Kolloquien in der Privatwohnung von Franz. Von der massiven Tür aus 80 Jahre alter Ardenner Waldkirsche gelangte man durch ein Spalier von Bücherregalen zu unseren vier Plätzen auf den altersschwachen Stühlen am Kaminofen, auf dem für unsere vierzehntägig stattfindenden abendlichen Kolloquien stets eine Flasche *Moskovskaya Premium* bereitstand. Bis man dort ankam, musste man sich nicht nur durch den Flur an den Bücherregalen vorbeizwängen. Waghalsig wurde es beim Weg durch eine bizarre Dingwelt in den Seitengängen und im Arbeitszimmer des Historikers. Ausgedientes Mobiliar, Zeitungs- und Bücherberge, Geschirr, Putten, Skulpturen, Vasen, Leuchter, Bilderrahmen, Kästchen, alte Stiche. Ein Weg, der zudem durch eine aufdringliche Sankt-Bernhardiner Hündin erschwerte wurde. Wie konnte es nur die Nonne, seine geschiedene Frau, hier ausgehalten haben. Damals deutete nichts auf die Anwesenheit eines weiblichen Wesens hin - von dem tierischen einmal abgesehen.

Mit einem ironischen „Seien Sie gegrüßt, würdiger Schüler ..." und weiterem Nonsens begann Franz den Brief. Dann wechselte er aber in seinen honorigen Ton, schrieb, er könne mir den Forschungsauftrag einer privaten Stiftung vermitteln. Warum das nun? Ich fand an diesem Tag kein Motiv. Franz brauchte doch an mir nichts gutzumachen. Er stehe, wie er einmal während eines Kolloquiums beteuerte, *in biblischer Tradition.* Sicher war jedoch, dass Franz nicht unter einem Helfersyndrom litt. Sein menschlicher Beistand war, wie allgemein bekannt, schwach entwickelt. Dass er die Nonne aus dem klösterlichen Leben für eine wenig später gescheiterte Ehe ins weltliche Leben zurückführte, indem er sie dann durch eine Studentin, die blonde Christin, ersetzte, wies in eine andere Richtung von Motivation und Tradition. Die Türe schlug er seinem Schüler Sébastien vor der Nase zu, als der ihn vor Jahren um zwanzigtausend belgische Franc bat.

„Es ist doch nur für maximal sechs Wochen. Miete und … Ich bin gar nicht weitergekommen, da war die Türe schon zu.“

So Sébastien damals während einer Plauderstunde in der Mensa. Inzwischen waren die Wogen geglättet.

In dem Brief schrieb Dr. Franz, dass er im Februar in Malmedy sei und mir dann genaueres über den Forschungsauftrag mitteilen könne.

An Karneval besuchte ich den *Silberberg*. Der ehemalige *Bekannte* aus Bütgenbach hatte sich wieder bei ihr gemeldet, sie hatte sich mit ihm getroffen und ich ahnte, was da gelaufen war. Der Funke entfachte lediglich ein Strohfeuer. Also waren die weiblichen Wünsche auf der Strecke geblieben, und ich übernahm das Trösten mit Sätzen wie:

"Mutter, jede Not enthält einen Lichtblick, an den man sich doch halten kann.“

Oder:

„Weißt Du, Verlieren macht frei.“

Oder:

„Du musst dich fragen, was Dich hemmt.“

Was sollte das? So als wüsste ich nicht, wie das ist, wenn sich ein Schatten auf das Gemüt gelegt hat. Das half alles nichts, die Stimmung war düster und ich war mir einmal mehr der Nächste, also floh ich nach Malmedy und geriet in einen Maskenaufmarsch der *petites haguètes*. Die *Mâssis Toûrs* von Kneipe zu Kneipe führte mich ins *Au Roy de la Bière*. Völlig überrascht stieß ich auf Dr. Franz. Alleine, an ein Rotweinglas sich klammernd, lehnte er an einer Theke.

„Sie hier? Alleine? Hoe zit het met Christin?“

„… C'est fini.“

Anders als bei meiner Mutter empfand ich für das Schicksal von Franz kein Fitzelchen Bedauern. Seine Enttäuschung über die ausgebliebene Beileidsbekundung war spürbar. Im Januar sei er, wie er mir verriet, 56 Jahre alt geworden. An seinem Status als akademischer Rat habe sich nichts geändert. Auch seien seine Reformvorschläge für eine Neuorganisation der Forschungsbereiche abgeschmettert worden. Seine Auskünfte begleitete ich mit bestätigendem Kopfschütteln. Ja gut, Heuchelei:

„Das ist bedauerlich, Herr Dr. Franz. Wirklich sehr bedauerlich. Wie Ihre Innovationen mit fadenscheinigen Gründen abgewürgt werden. Aber so ist das wohl, wenn man Grenzgebiete der Forschung bearbeitet, sich dem Mainstream verweigert."

Da er nicht von selbst auf den Brief zu sprechen kam, in dem er mir den Forschungsauftrag angeboten und versprochen hatte, mich genauer zu informieren, musste ich wohl selbst die Initiative ergreifen. Dabei dachte ich natürlich zuerst ans Geld. Nicht an großes Geld, das wie Schneckenschleim an einem hängen bleibt. Nach dem Verzehr von zwei der bauchigen *Orval* sah ich eine Chance, die von Franz erwartete Beileidsbekundung über den Liebesverlust eigennützig umzumünzen. Nach dem Zuprosten mit den dunklen Klostergetränken sollte das wohl gelingen. Der Bericht von meiner prekären Unterkunft oberhalb der Kühltürme von Tihange rief wahrhaftig bei Franz eine altruistische Anwandlung hervor. Er versprach Abhilfe.

Gegen dreiundzwanzig Uhr brach er auf. Unsichere Schritte.

„Ich begleite Sie bis über die Brücke."

„Nicht nötig, mein Freund, ich kenn' den Weg", lallte er.

Und dann kam wahrhaftig der Brief mit dem Angebot für einen Forschungsauftrag einer privaten Stiftung aus Ostdeutschland. Er wollte mir also wirklich bei der Flucht aus dem Schuppen behilflich sein? Uneigennützig? Ich kam vorerst zu keinem anderen Schluss. So erklärte ich mir jedenfalls seine Vermittlung. Nun, wie dem auch sei. Schwankend, unentschlossen, stand ich der Sache inzwischen gegenüber. Nach einer ersten kurzen Erregung schlich sich bei mir ein gewisser Widerwillen ein. Ja, je mehr ich mich einer tieferen Betrachtung des Angebots von Franz hingab, wichen die guten den schlechten Gründen: Wusste er nicht mehr, wie das ist, wochenlang in Archiven zu hocken, ohne einen Cent zu verdienen? Nein! Wieder das Versprechen auf eine Veröffentlichung in einer obskuren historischen Schriftenreihe? Nein. Als ich am Abend den Brief erneut las, erschien mir der Vorschlag auf einmal um vieles reizvoller. Warum nur? Wie der Tagesverlauf doch Gemüt und Verstand ins Wanken bringt.

Dr. Franz schrieb, dass eine private ostdeutsche Stiftung - *von Adersleben* - für die Erforschung der Lebensumstände *bestimmter brandenburgischer Persönlichkeiten* erhebliche Stiftungsgelder zur Verfügung stelle. „Nicht, wie Sie vielleicht denken mögen, um damit eine unappetitliche *Preußenbegeisterung* zu fördern, nein, man will, wie mir die Geschäftsführerin Frau Dr. Cunemann versicherte, das Interesse an mentalitätsgeschichtlichen Hintergründen historischer Persönlichkeiten des Adelsgeschlechts wecken. Vielleicht stoßen Sie ja sogar auf Romanzen aus den Gärten des Liebesglücks."

Typisch Franz!

Diese Frau Dr. Cunemann habe er auf einer Veranstaltung über die spätmittelalterliche Elfenbeinkunst im Rhein-Maas-Gebiet in der Royale Académie Internationale in Libramont kennengelernt. Nach ermüdendem Exkurs über das Seminar kam er endlich auf den Punkt: Er halte mich für geeignet, diesen Auftrag zu übernehmen, worauf nicht nur meine gelungenen Referate, sondern auch „Ihre überzeugenden Forschungsarbeiten ein beredtes Zeugnis" abgelegt hätten.

Trotz dieser letzten, peinlichen Formulierung, die einem Arbeitszeugnis aus dem 19. Jahrhundert hätten entnommen sein können, wird man verstehen, dass ein solcher Bonus kurzfristig die gesunde Skepsis außer Kraft setzt.

Die Stiftung, informierte Franz mich weiter, sei „spezialisiert auf altmärkische Biografien". Überflüssig, dass er mich darauf hinwies, es handele sich um das Land Brandenburg in der ehemaligen DDR.

Mir waren weder Stiftung noch deren Schriftenreihe bekannt. Nach verfeinerter Recherche fand ich sie schließlich im Internet, gruppiert unter *Private Forschungen zur brandenburgischen Geschichte*. Eine unscheinbare Website mit dem scheußlichen Design der Ahnenforschung. Von einem Forschungsauftrag war dort nichts zu finden.

Elisabeth von Adersleben, Gründerin der Stiftung, 83 Jahre alt, lebe, so Franz weiter, auf ihrem Gut bei Bebertal, nordwestlich von Magdeburg.

„Ich wünsche Ihnen viel Erfolg bei Ihren Forschungen. Betrachten Sie diesen Auftrag als mein Abschiedsgeschenk an Sie. Lassen Sie von sich hören! Cordialement, Dr. Franz."

Weder lag mir ein Vertrag vor, noch konnte Franz als Auftraggeber fungieren. Er war allenfalls der Vermittler, nicht mehr und nicht weniger. Vielleicht aber sollte ich nicht zu päpstlich sein. Schließlich hatte der Karnevalsscherz geklappt. Nun stand nur noch die Frage der Honorierung im Raum. Meinen Dank für die Vermittlung des Auftrags schrieb ich auf eine Ansichtskarte mit idyllischem Motiv: Eine Kuh säuft, umringt von ihren Artgenossinnen, aus einem Bach bei Barveaux, Terre et nature, Belgique Authentique.

Eine Woche später lag ein A4-Brief mit einem Anschreiben aus Bebertal und ein Vertragsentwurf auf der Kommunikationsschwelle zu meiner Kammer.

Für Ende der folgenden Woche vereinbarte ich mit einem Herrn Gardeleben,

„… Gutsverwalter Aderslebener Güter in Bercheux, Provinz Luxembourg. Liegt südlich von Bastogne", wie er sich am Telefon vorstellte, ein Treffen mit der Auftraggeberin, Gräfin Elisabeth von Adersleben, in Bebertal.

„… Ja und äh … also … äh … Ihre Fahrt- und Aufenthaltskosten übernehmen wir natürlich," schob der Lakai im Schlusssatz nach.

Merkwürdig fand ich das schon, dass mich ein Gutsverwalter von Gütern der Stiftung in der Wallonie aus dem gut sechshundert Kilometer vom ostdeutschen Bebertal entfernten Bercheux wegen einer Terminvereinbarung in Bebertal anrief. Was nun folgte, war nicht arm an Merkwürdigkeiten.

Ich las im *L'Avenir* in Hesbay, dass in Lüttich der Mobilitätsservice eines neuen Carsharing-Unternehmens gegründet worden war. In dem Bürocontainer am Lütticher Hauptbahnhof füllte ich das Anmeldeformular für eine Reise mit einem roten fünftürigen Renault Clio nach Brandenburg aus. Nach bald achtstündiger Fahrt über die von sieben Baustellen gezähmten Autobahnen A 2, A 44 und A 7 schrieb ich kurz nach 18 Uhr an diesem Tag ein zweites Mal meinen Namen auf ein Anmeldeformular. Diesmal für eine Übernachtung in einem Mobil-Home auf dem Campingplatz Halberstädter See. Ein Hotelzimmer hatte ich gar nicht erst versucht zu finden. Ich versprach mir vom Aufenthalt in diesem Naherholungsgebiet abendliche Entspannung am See.

In den folgenden Tagen beabsichtigte ich, Regesten und Urkunden im Domarchiv der alten Bischofsstadt zu sichten, um mir einen Überblick über die Quellenlage im alten Bistum Halberstadt zu verschaffen, die ausschlaggebend für eine spätmittelalterliche biografische Forschung zu dem Adelsgeschlecht der von Adersleben sein könnte. Zunächst nur Schnuppern! Ich wollte nicht unvorbereitet zur Verabredung.

Das Gut der von Adersleben im Bebertal lag gut 50 Kilometer nördlich von Halberstadt, am Rand der alten Bistumsgrenze.

Vor der beabsichtigten Entspannung am See nach der langen Autofahrt steuerte ich den Domplatz an und bestaunte die Basilika. Ich dachte, das ist ja wie im Norden

Frankreichs, Laon: Aus dem Morast der Erde in die Reinheit des Himmels erhoben. Vielleicht auch hier ein Hinweis auf den gotischen Menschen als Typus einer neuen Zeit, wie Georges Duby schrieb? Die Turmuhr an St. Stephanus und St. Sixtus schlug 16 Uhr. Schnell noch ein Besuch im vis-à-vis gelegenen Stadtmuseum. Und da wurde ich eine Stunde festgehalten durch das ausgelegte Nordharzer Jahrbuch II: Die Zerstörung von Halberstadt 1945.

Auf dem Camping am See hielt ich vor dem Schild: *Hier anmelden!* Der Anmelderaum, zehn Quadratmeter, überhitzt, Regal mit Broschüren und eine Theke, hinter der ergrautes Haar sichtbar war. Ein schätzungsweise Sechzigjähriger erhob sich:

„Tach", und legte das Anmeldeformular auf die Theke.

„Moment, ich brauche ein Mobil-Home. Haben Sie eins frei?"

„Drei. Nehmen Sie das hinter der Buchsbaumhecke. Schöne Aussicht."

Erst beim Ausfüllen des Formulars und der Eintragung des Datums wurde mir die Bedeutung des heutigen Tages bewusst: Es war der 20. April, Hitlers Geburtstag. Ich sah von dem Formular auf, suchte Gesellschaft für meine Überraschung, sah aber nur in das gerötete, mit Schuppenflechte überzogene Gesicht des Campingwarts. Er schwitzte, roch nach Korn-Gebranntem und schien kurz davor, zu kollabieren, als ich ihm die mir sinnvoll erscheinende Frage entgegenschleuderte: „Überlebt?"

Nun, noch wies nichts darauf hin, dass dieser Mann diesen Tag anders beging als alle anderen. Er holte zwei Gläser unter einem Trockentuch hervor und goss *Nordhäuser* hinein.

„Wissen Sie, dieser Tag hat für mich eine große Bedeutung."

„Ach ja? … Erinnerungen an eine große Zeit?"

„Ja, wunderbar!"

Er reichte mir den Nordhäuser, wollte wohl anstoßen, nahm aber sehr wahrscheinlich trotz seines wässrigen Blicks meinen Ekel wahr und sagte:

„Ach so, ja … ich war immer ein Fan von Kumbela."

Ich weiß nicht, was mir alles aus dem Gesicht fiel, als ich das hörte.

„Kumbela?", brachte ich gerade noch heraus und griff mit der Linken nach dem angebotenen Glas.

„Kumbela! … Interessieren Sie sich nicht für Fußball?"

„Na ja, …etwas schon."

„Domi … äh, Dominick Kumbela hat heute Geburtstag. Ich hab' ihn heute Morgen angerufen und gratuliert. Hat sich gefreut, der Junge. Als er noch in Erfurt spielte, war ich sein Masseur."

In dem nun folgenden, etwa halbstündigen Vortrag Helmuts, so hieß der Campingwart und Masseur, erfuhr ich alles, was ein wahrer Fußballfan und Anhänger des kongolesischen Stürmers, der am 20. April seinen Geburtstag feiert, wissen muss. So konnte ich mir ersparen, mich mit Helmut über die Auskünfte des Nordharzer Jahrbuchs II auszutauschen. Dem Jahrestag der Vernichtung großer Teile von Halberstadt folgt bekanntermaßen der 20., der wieder einmal jene alte Weisheit bestätigte: Wer nicht hören will, muss fühlen!

Zweihundertachtzehn B17-Fernbomber der 1st Air Division mit Eskorte befinden sich am 8. April 1945, 11:22 Uhr, zehn Flugminuten vor Halberstadt auf noch dreitausend Meter Höhe. Wolkenloser Frühlingshimmel. Sie fliegen in Kavallerie-Formation. Eine Formation, wie sie bereits im 13. Jahrhundert üblich war. Angriffswellen mit Panzerreitern: Pferd und Reiter, Köpfe behelmt. Dann Bogenschützen, ohne Helm. Eine Linie schwerer Kavallerie, eine dichtere Linie leichter Kavallerie, gefolgt von der Infanterie – Bogenschützen, Hellebardiere, Gewalthaufen, Schwertkämpfer. Die Angriffswelle: Reiterangriff, dann Schwerbewaffnete, unterstützt von Bogenschützen.

Ich erinnerte mich an den Bericht des Lütticher Kanonikers Hervard über die Schlacht im Vallée de la

Vesdre 1213: Die Lütticher befreiten sich von der Besetzung durch Brabant, schlagen sie in die Flucht. Die Berittenen Brabants fliehen, aber das Brabanter Fußvolk kommt bei dem aufgewühlten Schlachtfeld, den vielen Toten, hingeschlachteten Pferden und zurückgelassenen Schlachtwaffen nicht davon. Sie werden niedergemetzelt, ohne etwas von Gottes Gnade zu spüren. Die Lütticher zählen 500 Tote. Die Brabanter 2500. Die Zahl der Toten ist früher wie heute ein Maßstab für den Sieg.

Diesmal, 700 Jahre später, ebenfalls 3000 Tote. Nur eins war anders: Die Kavallerie, diesmal mit General-Purpose-Mehrzweckbomben, hochexplosiven Spitterbomben und Flüssigkeits-Brandbomben. Die Angriffswelle am 8. April 1945, halbkreisförmig von Süden nach Norden, aus Fulda kommend Richtung Elbe. Der Befehlshaber hat Verdun-Erfahrung, vielleicht auch über Hannibal gelesen, oder war als Kind ein Baumkletterer. Jetzt ist er Spezialist für den Tagesangriff. Er befiehlt fünf Maschinen je einen Wurf auf ein persönlich ausgewähltes Ziel: Eine Baum-Allee. Ein amerikanischer Oberst ruft den NSDAP-Reichsleiter in Halberstadt an: Er solle die Straßensperren aufheben, dann würden die Bomberverbände abziehen. Der Hitlerscherge lehnt das Ersuchen ab. Einzelne Frauen hängen schnell große, zusammengenähte, weiße Bettlaken aus den Häusern. Verboten, vergeblich, zu spät. Es wird gebombt, Teppichabwürfe. 600 Tonnen Spreng- und Brandbomben. Der Captain: Wir bombardieren die Moral. Aus der Schleife heraus gehen die B17 im Sturz auf 300 Meter runter. Massen von Bomben, Druckwellen, tiefes Rauschen, hohes Pfeifen, abschwellendes Brummen, Detonationen. 11:54 Uhr, zwanzig Minuten später, 3000 Tote, 25.000 Obdachlose und die Götter haben natürlich die menschlichen Seelen längst verlassen.

Erleichtert griff ich nach einem weiteren Nordhäuser, den mir Kumbelas alter Masseur eingeschenkt hatte. Salutierte, steckte die Durchschrift des Anmeldeformulars für die Abrechnung in Bebertal ein, legte das Geld für vier Tage auf den Tisch und bezog das Mobil-Home hinter der Buchsbaumhecke. Den Rest des Abends verbrachte ich mit einem Selbstgespräch am See, das von meinem gelegentlich kopfschüttelnden Grinsen begleitet wurde.

Am nächsten Morgen stand ich pünktlich um zehn Uhr vor der Spiegelschen Kurie am Domplatz. Die junge Archivarin erschien in einem Petticoat-Rock und einer Bluse, die sich mit nur noch drei geschlossenen Knöpfen über ihre Brüste spannte. Sie legte mir freundlich lächelnd und sehr informiert zwei Akten und die richtigen Regesten zum Studium auf den Tisch, den eine Wachstischdecke schmückte. Wie sollte ich anders, als nicht auf die Körperstelle starren, die ihre nicht ganz geschlossene Bluse freilegte, als sie sich zu mir hinabbeugte. Bekanntermaßen üben solcherlei Aussichten eine große Anziehungskraft auf mich aus. Warum die Damen das machen? Weibliche Tyrannis!

Vier Tage begleitete mich der Tannenduft dieser stillen Gelehrtenstube an mindestens jeweils sechs Stunden beim Studium der Urkunden. Nur unterbrochen vom Erscheinen der Beamtin mit der begehrenswerten Körperstelle, die sie stolz präsentierte.

Das Studium der Quellen ergab, dass die von Adersleben im Mittelalter hohe Ministeriale des Bischofs von Halberstadt waren. Sie verwalteten die Schatztruhe des Bistums. Ein einträgliches Geschäft. Das bischöfliche Lehen dafür war eine ansehnliche Burg. Sie befehligten sechs Ritter, die in der großen Burganlage mit ihren Familien auf den Turmhöfen saßen.

Am 24. April erreichte ich Steinwitz, ein Dorf, schätzungsweise acht Kilometer Fußweg von Bebertal entfernt. Unweit der Dorfkirche fand ich Unterkunft bei einem Bauern namens Johannes. Der Ausblick von meinem Fenster auf den alten buchenbestandenen Dorffriedhof vervollständigte die östliche Idylle. Die warmen Frühlingsabende verbrachte ich auf der Bank vor der Dorfkirche mit einem Buch und einer Flasche Radeberger. Das zog die Dorfjugend an. Sie führten vor dem Fremden auf der Bank ein anmutiges Ballett auf. Dafür benutzten sie den nicht mehr so frischen Rasen auf dem Kirchplatz mit ihren frisierten Simsons S 51 vom Volkseigenen Betrieb „Ernst Thälmann", Fahrzeug- und Jagdwaffenwerk in Suhl. Das war laut und duftete nach Zweitakter. Es blieb mir nichts anderes übrig, als mich zu beteiligen auf dem Sozius der *Schreckmaschine*, wie der Junge mit Flaum auf der Oberlippe sie nannte. Er forderte:

„Setz Dich auf den Sozius!"

Das tat ich willig. Er drehte einige schnelle Runden auf dem Kirchplatz und einige mit Höchstgeschwindigkeit, „… was die Maschine hergibt", durchs Dorf.

Da ich mir mit der Reise ein weiteres Vergnügen bereiten wollte, wählte ich für die Wanderung nach Bebertal Feld- und Waldwege. Übersah allerdings einige Wegmarken, so dass ich mit einer Verspätung von einer guten halben Stunde auf dem Schloss eintraf. Ein Verwalter empfing mich:

„Ich informiere die Frau Gräfin. Nehmen Sie doch bitte hier Platz."

Und so wartete ich eine weitere halbe Stunde in einem Vorzimmer, was ich aber genoss. Von einer reich ornamentierten Stuckdecke baumelte ein rothaariger Engel, der eine große Jakobsmuschel in den Händen hielt. Plötzlich trat sie durch eine Tapetentüre: Elisabeth von Adersleben. Eine kleine, alte Dame kam auf mich zu. Ich stand auf, wollte sie begrüßen und mich vorstellen, aber sie war schneller und begann:

„Fünfunddreißigste Nachfahrin aus der Linie der von Adersleben seit Conrad von Adersleben", begrüßte sie mich wortreich und verriet sogleich, ohne dass ich zuvor auch nur ein Wort erwidern konnte:

„Sie kommen aus Bastnach nicht wahr? Alte Heerstraßen. Ach, unser von Rundstedt. Kommt hier aus Ascherleben. Ardennen, Weihnachten 44. Schrecklich. Die Amerikaner sind ja dann weiter zur Mosel … und hierher."

Nicht schon wieder wollte ich mich erinnern an die Informationen aus dem Nordharzer Jahrbuch II. Wie sollte ich ihre Schilderung des Frontverlaufs 44/45 abkürzen, ohne mitzumachen und ihr auf die Sprünge helfen: Bradley von Bastogne, deutsch: Bastnach, nach Sankt Vith, französisch: Saint Vith, und Patton durch die Eifel zur Mosel und zum Rhein. Gerne hätte ich ihr in Erinnerung gerufen, dass General Patton bei Überquerung des Rheins unweit des Klosters der Heiligen Hildegard bedeutungsvoll - *in the presence of his crew* - in den Rhein pisste. Das also ließ ich sein, aber eins musste ich doch loswerden: Bastnach.

„Sie meinen sicherlich Bastogne, Frau Gräfin. Das ist Belgien, nicht mehr Preußen."

Wie es sich blaublütig gehört, ignorierte sie meine Richtigstellung.

„Sie kommen von Dr. Franz? … Meine Nichte hat ihn kenngelernt, und er hat ihr empfohlen, mich an Sie zu wenden. … Kennen Sie Bercheux? Da haben wir Besitzungen. … Betreiben da eine Schweine- und Rinderzucht. Sind in Vaux finanziell am Schlachthof beteiligt. Sehr gutes Fleisch. Alles biologisch wertvoll!"

Und nun folgte ein atemberaubender Vortrag über den Familienverband, Burgen und Landsitze, die Wassernixe im Teich bei Kalbe, die zersprungene Glocke in Neugattersleben und natürlich die Wiege ihres Stammes: Ballenstedt.

„Wir sind Askanier!"

Sie rechnete sich also dieser uralten Dynastie des ostfälischen Hochadels zu. Stammsitz Ballenstedt, Albrecht der Bär, erster Häuptling Brandenburgs, Markgraf der Altmark und, wie der große Heilige Bernhard von Clairveaux, ein scharfer Hund: Osterweiterung, Bekämpfung und Christianisierung der Heiden, Besiedlung der fruchtbaren Böden. Einrichtung christlicher Stützpunkte: Kirchen- und Klosterbau, begleitet von der Vernichtung heidnischer Heiligtümer. Der Weg ging so: Blutiges Schlachten, Eroberung der Ostseeküste, Besetzung der fruchtbaren Ackerflächen und, nicht zu vergessen, Inbesitznahme fruchtbarer Frauenschöße.

„Wir sind Askanier. Roter Adler, Herr Baal."

Damit setzte man sich in Bebertal natürlich ab vom schwarzen Adler Preußens. Schaumschlägerei. Das Erbgeficke der Dynasten untereinander und der große Krieg der Lutheraner gegen die Papisten, gemeinhin der „Dreijährige" genannt, schuf andere Tatsachen, als Ihre Durchlaucht mir weismachen wollte. Brandenburger redete man in Brandenburg alsbald als Preußen an, auch wenn es denen nicht passte. Ach ja, Preußens Arm reichte ja sogar bis in meine Heimat: Eupen-Malmedy, seit 1815 preußisches Staatsgebiet, bis der andere große Krieg, den man gemeinhin den „1. Weltkrieg" nennt, dem Spuk vorläufig ein Ende setzte.

Plötzlich unterbrach sie ihren Vortrag, sagte:

„Ach! Entschuldigen Sie, ich sollte Ihnen natürlich sagen, was ich mir von Ihnen wünsche."

Von meinem Sessel aus studierte ich die ausgestopften Exemplare adeliger Jagd und die Waffen. Sagte aber jetzt:

„Das würde mich interessieren, Frau Gräfin. Herr Dr. Franz und Herr Gardelegen haben mich nur über das Notwendigste in Kenntnis gesetzt."

„Gardelegen hat sowieso keine Ahnung. Der soll sich lieber um die Schweinemast auf dem Hof in Belgien kümmern. Beklagt sich der Gardelegen, er habe zu wenig Leute und der belgische Mitarbeiter würde die Zeit lieber im *Oasis* als auf dem Hof verbringen. Was immer das *Oasis* auch sein mag. Es ist mühsam, das richtige Personal zu finden. … Also, was ich mir wünsche, und was meine Nichte mit Ihnen sicher besser erörtern kann als ich, ist die Sache, derentwegen sie ja hier sind. Gerne möchte ich Aufschluss bekommen über einen bedeutenden Vorfahren unserer Familie, den Conrad. Der Junge bildet eine Lücke in der Erbfolge. Wir wissen nur, dass er Domherr und ein Gelehrter in Paris gewesen ist … äh, gewesen sein soll. Sie werden dazu sicher genaueres finden. … Ach ja, und nötigenfalls wäre es sicher angebracht, auch etwas über diesen Schwarzrock, … äh, diesen Bischof… zu erfahren, der sein

Lehrer gewesen sein soll, von dem der gute Junge sicher ungerechte Prügel bezogen hat."

*Schwarzroc*k, ein Nomen, das ich selbst gerne spöttisch benutze, klang in ihrer brandenburgisch-gräflichen Stimme deutlich abschätzig. Ich muss wohl erstaunt geschaut haben, denn sie fügte umgehend nonchalant hinzu, sie wolle sich keinesfalls in meine Forschungen einmischen. Sie sei da ganz unvoreingenommen. Ich sei bei meiner historischen Foschungsarbeit natürlich völlig frei! Sie hob auf Vermutungen bei mir ab, die mir noch gar nicht gekommen waren. Ich hatte mit so gut wie nichts angefangen.

Die schmucklose faltige Gräfin fuhr mit etwa folgendem Text fort: Das Einzige, was sie behalten hätte von dem, was ihre Nichte ihr gesagt habe, beträfe diesen besagten Bischof Soundso.

„Sie hat da einen Namen erwähnt, ja, Otto, glaube ich. Vermutlich Otto soll der geheißen haben und, was sehr wahrscheinlich ist, kleineren Verhältnissen entstammen. Bestimmt ein Bauernlümmel, vermutet meine historisch versierte Nichte. Vielleicht der Sohn eines Vasallen. Die findet man im Mittelalter zuhauf in dieser Gegend. Selbst Knechten hat man in dieser Zeit sogar Richterämter übertragen, sagt meine Nichte."

Unüberhörbar ihre Missachtung. Mein Schweigen füllte sie mit:

„Meine Nichte ist Historikerin am Landesgeschichtlichen Institut der Humboldt-Universität in Berlin."

Na dann!

Die Gutsbesitzerin versprühte eine Lauterkeit, die Blaublütige sich oft zu eigen machen. Die Gräfin plauderte weiter von ihrer Stiftung, die mit Überschüssen aus dem landwirtschaftlichen Betrieb finanziert werde.

„Wie bei einem kranken Kind mussten wir hier alles wieder aufpäppeln. Was glauben Sie, wie das hier aussah, als wir nach der Wende unsere Güter zurückbekamen!"

Die vormalige Landwirtschaftliche-Produktions-Genossenschaft des Arbeiter- und Bauernstaats umfasste das alte

Lehnsgut der von Adersleben aus dem 19. Jahrhundert: Ein Drittel der alten Diözese Halberstadt, Gebiete des Oderwalds, des Huy und der Letzlinger Heide. Ende des 19. Jahrhunderts waren eine Saatgutfabrik und eine sehr alte Trakehnerzucht hinzugekommen. Ich möge Verständnis dafür haben, dass sie über weitere Einnahmequellen, aus denen der Stiftung *Spenden* zuflössen, nichts sagen könne. Danach hatte ich nicht gefragt, nickte dennoch höflich, griff nach dem zarten Porzellan, in das sie zwischenzeitlich den *russischen* Minzetee gefüllt hatte. Mir fielen einige im Dunkel der Wendezeit gebliebene Immobiliengeschäfte ostdeutscher, westdeutscher und einiger südholländischer Totengräber ein.

Da es spät geworden war und in Strömen regnete, bot die Gräfin mir an, im Wasserschloss zu übernachten. Im Dachgeschoss erhielt ich ein Bett mit Aussicht in eine finstere Nacht. Am nächsten Morgen, nach einem kargen Frühstück, das ich alleine in der Gesindeküche verzehrte, stellte mir Elisabeth von Adersleben, die ich damals das letzte Mal traf, überraschenderweise die Geschäftsführerin der Stiftung vor, ihre Nichte, Frau Dr. Cunemann. Woher die nur so plötzlich kam?

Was soll ich sagen? Ein dürrer Mensch mit strähnigblondem Haar, das ihr über die beige, schuppige Kostümjacke fiel. Als ich sie am nächsten Tag noch einmal zur endgültigen Vertragsunterzeichnung traf, war das Haar zu einem Gouvernantenknoten hochgesteckt. Weder Haut noch Mundwinkel deuteten auf ein sonniges Gemüt hin. Ich dachte also: Von der Natur, wie ich sie liebe, verstoßen.

Die Stiftung zahlte mir laut Vertrag bis zum 31. Januar 2011, dreieinhalb Jahre, monatlich fürstliche 950 Euro.

„…In Bremer Silber?", fragte ich Frau Dr. Cunemann spöttisch, während ich meine Unterschrift unter das Papier setzte.

Ihre Mine deutete darauf hin, dass ihr der ostbelgische Scherz offensichtlich missfiel. Bremer Silber? Im 13. Jahrhundert eine Reichsmünze mit hohem Tauschwert.

Es kam weit vor Ende Januar 2011 zu einer Vertrags-
verlängerung, allerdings mit erheblichen Änderungen. Ein
Teil der Merkwürdigkeiten, die spätestens da offengelegt
wurden.

Otto

Die Albertus-Magnus-Akademie lag in Walberberg, 25 Kilometer südlich von Köln. Ein Klosterkomplex des Bettelordens der Dominikaner, unweit eines heidnischen Stütz-
punktes mit einem Ringwall, der den christianisierten Fran-
ken als Zufluchtsort vor den anstürmenden Barbaren, Nor-
mannen und Ungarn diente, die im 9. Jahrhundert plün-
dernd und schlachtend bis hierhin vordrangen.

Die Dominikaner Walberbergs brachten mich ordens-
gerecht in einem dunklen Zimmer ohne Wasser unter. Bad
und WC benutzte ich mit anderen Gästen, die ich aber nicht
zu Gesicht bekam.

Eine erste große Überraschung wartete im großen Klo-
sterarchiv auf mich. In einer Handschrift von 1403 fand ich
den Namen *episcopus Otto de stendalia*, Bischof Otto von
Stendal. Könnte es sich um jenen Otto handeln, von dem in
Bebertal die Rede war, von dem die Gräfin eine magere
Beschreibung geliefert hatte? Von einem Conrad von Adersleben war in dieser Handschrift, die im berühmten Domini-
kanerkloster *Saint-Jacques* in Paris angefertigt worden war,
nicht die Rede. Eine weitere Überraschung fand ich in der
Fußnote eines Regestes, in dem ein *Epitaph* dieses Otto
erwähnt wurde, das in der Nationalbibliothek in Paris
aufbewahrt werde.

Dieser Sachverhalt verbesserte nicht nur meine Motivation für die Sache, nein, diese Fußnote versetzte mich in
einen Zustand lange nicht gekannter, wenn auch vorsich-
tiger Euphorie. Natürlich musste ich umgehend zur Prüfung der Quelle nach Paris. Nichts hinderte mich daran, ins

Nationalarchiv nach Paris zu reisen, wo ich mir größeren Aufschluss über die Entdeckungen von Walberberg versprach. Hesbay hatte ich vor einer Woche mit der eher vagen Absicht verlassen, mich in nicht allzu ferner Zukunft aus der Umklammerung zurückzuziehen. Jetzt fand ich keinen Grund mehr, dort noch weitere Fußabdrücke zu hinterlassen.

Allem Anschein nach befand ich mich in einer Lebensphase der Erneuerung. Hoppla! Nicht so voreilig! Bescheidener ausgedrückt, schien eine Phase der Modernisierung angebrochen zu sein. Die Tatsache, dass ich in Bonn-Bad Godesberg bei IT-Comp-Loft einen neuen Microsoft Surface Laptop 64 Gigabyte in meinen Rucksack packte, dürfte der Erneuerungsphase zugerechnet werden.

Nach Rückgabe des Mietwagens nahm ich vom Gare Liège-Guillemins aus den IC nach Luxemburg. Ein TER-Zug brachte mich schließlich nach Paris. Wieder ein Mobil-Home, diesmal aber auf dem Camping von Thorigny sur Marne. Für die gut 35 Kilometer bis zum Quai Francois Mauriac, an dem die Bibliotheque Francois Mitterand liegt, nutzte ich den RER bis zum Nordbahnhof und die Metro bis Raspail und Quai de la Gare. Dann 10 Minuten entlang der Seine.

Nach Anmeldeprozedur und fünfzehn Minuten Wartezeit im Lesesaal der Nationalbibliothek legte mir ein Archivangestellter die Quelle vor. Ich streifte wieder weiße Baumwollhandschuhe über und blätterte in der Handschrift eines Pierre Paliot aus dem 17. Jahrhundert. Autobiografisch. 1608 sei er in Paris geboren. Er stamme aus guter Familie, habe das Porträtmalen gelernt und als Drucker gearbeitet. 1639 sei er von der herzoglichen Behörde für Genealogie in Dijon beauftragt worden, im Herzogtum Burgund nach Totengedenksteinen zu suchen, sie abzuzeichnen und für eine Sammelschrift zusammenzustellen. Wenn er Grabstelen finde, übertrage er die Steingravur mit einem Silberstift auf

Büttenpapier. Mit seinem Diener, der die Papiere trocken in eine Kiste verpacke, die ein Packesel trage, ziehe er durch Burgund, von Kirche zu Kirche, von Kloster zu Kloster.

Und nun notierte er das für mich Wesentliche: Im Frühjahr 1649 entdeckte Paliot in der damals schon über vierhundert Jahre alten Kirche der Dominikaner in Dijon in einer Seitenkapelle, die der Heiligen Anna geweiht war, die Grabstele eines Deutschen. Die noch gut zu lesende Umschrift, so Paliot, gebe Aufschluss über die abgebildete Person.

Und da war er: Otto.

Die Zeichnung zeigte einen jugendlichen Mann mit gewelltem, halb langem Haar, in ein Bischofsornat gekleidet mit Mitra, Stab und segnender Hand.

1274 war es noch nicht üblich, den Menschen als *Individuum* mit seinem unverwechselbaren Aussehen darzustellen. Auf Grabstelen erschienen Würdenträger der Kirche in der idealen Gestalt Jesu. In dessen biblischem Lebensalter. Als der Nazarener von den Schergen ans Kreuz geschlagen wurde, soll er dreiunddreißig Jahre alt gewesen sein. Sein angenommenes Aussehen war der sechsten Kreuzwegstation zu entnehmen, dem *Schweißtuch der Veronika*. Aber, wo sind da die semitischen Gesichtszüge? Wieso trägt er lange Haare? Das ist doch verboten, unehrenhaft, sagt der 1. Korintherbrief 11, 14. Und wo ist der Bart? Ein jüdisch-orthodoxes Muss! Also doch kein Nazarener? Und … Otto ist Mönch. Wo ist die Tonsur?

Wer auch immer den Stein meißelte, ritzte Otto nicht als Nazarener. Eher besaß die abgebildete Person Ähnlichkeit mit Ritzzeichungen eines Bischofs auf einer Grabplatte in Sankt Marien, Havelberg oder mit dem Magdeburger Reiter: Halblanges Haar, glattrasiert.

Erkennbar war Otto lediglich durch die Attribute eines Bischofs: Amtstracht, liturgische Kopfbedeckung, Krummstab als Machtsymbol, die segnende Geste des Priesters *und* die Umschrift. Über dem Zungen-flammenden Portal, unter dem Otto stand, schwenkten zwei Engel Weihrauchfässchen. Zwei junge Hunde zu Füßen des Bischofs reckten aufmerksam ihre Köpfe in die Höhe. Otto, Mitglied des Ordens der Dominikaner. *Hunde des Herrn*, rief man sie.

Und so lautete die geritzte Umschrift auf dem Stein: *Hic iacet frater Otho theutonicus qui primo miles deinde in ordine fratrum predicatirum prior postmodum episcopus obiit anno dni MCCLXXiiii sabato infra octabas beati martini.*

Und erst die eingeritzten Worte erschlossen etwas von der *Individualität* des Abgebildeten. Ein grober Lebenslauf ohne das Datum der Geburt, aber mit Todestag: 17. November 1274, ein Sonnabend. Acht Tage nach dem Fest des Heiligen Martin von Tour. Ab jetzt ging die Geschichte durch das Individuum, den Soldaten und Predigerbruder hindurch und ab jetzt ging das Individuum, das einen Namen trug, *Otho theutonicus,* durch die Geschichte hindurch. *Bruder Otto der Deutsche, zuerst Soldat, dann Prior der Predigerbrüder und dann Bischof.* Der erste magere Lebenslauf.

Ich war mir sicher, das war Otto von Stendal. Jener Otto, den die Gräfin als Erzieher ihres sehr frühen Vorfahren Conrad vermutete. Das Epitaph, tafelförmig, geschätzte 210 mal 110 Zentimeter, war 1649, als sie Pierre Paliot entdeckte, seit 475 Jahren mit starken Winkeleisen senkrecht an der hinteren Wand der Kapelle der Heiligen Anna befestigt. Ich recherchierte weiter: Die Platte könnte aus dem nahegelegenen Steinbruch von Prenois stammen. Heute eine Motorsport-Rennstrecke bei Dijon. Ich ließ mir eine Fotokopie der Zeichnung anfertigen. Das Original der Zeichnung, die Pierre Paliot vom Epitaph 1649 anfertigte, war, wie ich später herausfand, einem der vielen Brände in den engen Straßen von Paris Ende des 19. Jahrhunderts zum Opfer gefallen. Was ich 2008 in der Nationalbibliothek in Paris fand, war eine *Abschrift* der Zeichnung Pierre Paliots von 1649. Angefertigt wurde die Abschrift 1885 vom Mediävisten Ernest Petit. Weder das Epitaph Ottos noch Paliots Originalzeichnung waren erhalten. Einzig eine Nachbildung der Nachbildung lag vor. Unwahrscheinlich, dass die Steinplatte, Quelle magerer Lebensdaten Ottos, noch existierte. Sollte sie dennoch im 18. oder 19. Jahrhundert vorhanden gewesen sein, wäre der Stein mit großer Wahrscheinlichkeit verkauft und verbaut worden. Steine dieser Größe waren ein begehrtes und teures Baumaterial. Denkbar wäre allerdings auch, dass er erhalten blieb und heute einen Graben überbrückt zu einem Feld, auf dem gelb leuchtende Pflanzen des Dijon-Senf wachsen.

Das war ein Anfang. Wie selten zufrieden schlenderte ich an der Seine entlang durch den Jardine de Planes zur großen Moschee, wo ich Honiggebäck aß und marokkanischen Minzetee trank.

Nur, … was war mit diesem Conrad, dem ja eigentlich mein Auftrag galt? Nicht ein Sterbenswort in den bisher gesichteten Quellen. Ich hoffte, dass sich das in Dijon ändern würde.

Unterwegs

Was im Herzen bleibt

Nein, ich fuhr nicht mit dem Zug nach Dijon. Vom Gare de Lyon bis Corbigny am Westrand der Hügel des Morvan saß ich vier Stunden in einem TER. Dann wanderte ich. Ein zerbrechlicher Rest von Eigenliebe oder Selbstvertrauen. Aufgemöbelte Mikromanie. Auf dem Marsch hoch nach Lormes musste ich immer wieder an Eriksons *Urvertrauen* denken, von dem Bruder Alain als „… einer Mangelerscheinung bei Ihnen …" gesprochen hatte.

Zu viel allgemeines Misstrauen? Die Vorgeschichte? War ich eine Herberge für den Zweifel? Monsieur Doutes.

Einen ordentlichen Rucksack und Schlafsack besaß ich seit Hesbay. Zunächst nur Symbole eines jederzeit möglichen Aufbruchs aus der Kaschemme. Dann war die Zeit reif, den Rucksack zu packen. Aufbruch. Umsetzung einer Latenz in die Tat. Der *Silberberg* war in weite Ferne gerückt. Gepackt hatte ich den Rucksack schon beim Aufbruch nach Bebertal. In Paris traf ich die Entscheidung zu wandern. Genährt auch von der Vorstellung kommender schöner Tage. Es regnete die ersten beiden Wandertage fast ununterbrochen. Aber Enttäuschungen waren mir ja immer schon willkommen. Ermunterung erhoffte ich mir von Louis-Ferdinand Celine, der sagt, Erschwernisse sind dazu da, die Lustknaben von König Elend zu kräftigen. In Brassy stand ich kurz vor dem: Gib auf! Nur noch ein Paar trockene Socken. Der dreizehn Kilometer entfernte Wasserfall von Gouloux lag noch vor mir. Und dann fünf weitere Kilometer bis zum 650 Meter hoch gelegenen Dorf Saint Brisson. Am Wasserfall von Gouloux ließ der Regen nach. Im fast menschenleeren Saint Brisson fand ich nach einer Stunde Herumfragerei auf einem alten Hof Unterkunft in einer Dachkammer mit Blick auf den stillen Taureau-See. Naturreservat.

Am nächsten Tag lief ich die 14 Kilometer ins Landstädtchen Saulieu. Letzte Wirkungsstätte des Missionars Andochius, den die Anbeter heiliger Quellen und Bäume im Jahr 180 hier gemartert und ermordet hatten. Diese Anbeter wurden abgelöst von Pilgern, die um 1200 bereits in großer Zahl den alten Sarkophag des heilig gesprochenen Andochius besuchten und Heilung erwarteten. Die 1000 Jahre alten Kapitelle der Pilger-Basilika tragen Skulpturen wie die Versuchung Christi durch den geflügelten Teufel, die Flucht Marias mit Kind auf dem Esel - ohne Joseph - nach Ägypten und - man staune - den Bärenfurz. Einem Bären wird der Schwanz angehoben, damit er seinen Furz loswerden kann. Anziehungspunkt bildungstouristischer Busreisen.

Von Saulieu aus wollte ich am nächsten Morgen einen Linienbus ins 70 Kilometer entfernte Dijon nehmen. An diesem letzten Abend der Wanderung verschlug es mich in das Hotel *Du Parc*. In der Bar des Hotels traf ich auf den Förster Antoine. Der einfühlsame Waldgänger ließ Getränke kommen für mich und den Landarbeiter, der auf der anderen Seite neben ihm am Tresen hockte. Man stieß an und ich legte nach Tagen des Schweigens ohne Bedenken los, verlor mich in einem sprachlichen Wasserfall.

Ich redete von den hässlichen Machenschaften der Inquisitoren, von unehrlichen Müllern und Henkern, vom Vierteilen. Als ich beim zügellosen Umherschweifen der üppig ausgestatteten königlichen Hure Judith angekommen war und gerade dazu übergehen wollte, von den Flagellanten-Zügen durch die Städte und von den Schandpfählen auf den Märkten zu berichten, unterdrückte der Förster erneut ein Gähnen. Der Landarbeiter hatte sich bereits verdrückt.

Auch ich verließ den Gastraum, um mich mit einem

Rundgang durch das Landstädtchen zu erfrischen. Es war Mitternacht. Ich ging zunächst die menschenleere D 906 entlang, wobei mich eine Leichtigkeit ergriff, wie sie Wohlfahrtsverwöhnten zu eigen ist. Zugegeben, im Nachhinein erschien mir diese luxuriöse Empfindung armselig, nachdem ich zuvor ausgiebig von der mittelalterlichen Wolfsgesellschaft, ihrer Höllenangst, ihrer Brutalität und ihren Ketzern und Inquisitoren berichtet hatte. Ich war ganz abgekommen vom Guten und Schönen, das es in dieser Zeit natürlich genauso gegeben hatte, wie es das heute gibt. Unweit der Abzweigung zum Place Dr. Roclare kippte die Gemütslage. Mich ergriff ein Fremdes, krallte sich fest … Ausgelöst schien es von einem Gedankensplitter, dem braven *memento mori*. Das lag natürlich auch an der Flammenglut des *Marc de Bourgogne*. Also deklamierte ich laut in die stille Nacht:

„… Dieser Quälgeist …"

Eine Katze, kleiner Kopf, wohl ein Weibchen, strich über den Place Dr. Roclare. Durch meine Deklamation aufgeschreckt, Schwanz abgesenkt, sah sie zu mir herüber. Ich deutete ihr, sich nicht aufzuregen, sich nicht um mich zu kümmern,

„…so, wie all die Damen der Vergangenheit", flüsterte ich selbstmitleidig in ihre Richtung. Das Raubtier zeigte so etwas wie aufmerksame Gelassenheit; ihr Schwanz signalisierte Entspannung. Vor dem Portal der Kirche des Heiligen Andoche angekommen, sagte ich, viel zu laut:

„Warum dieses Spotlight auf den Sarkophag?"

Keine Reaktion einer menschlichen Seele. Woher auch? Nur diese Katze unterbrach ihr Schleichen, sah mich weiterhin - verwundert würde ich sagen - an. Die Glocke im Kirchturm schlug zwei Mal. Ich blieb stehen und stöhnte:

„Vorbei die glanzvolle Zeit!"

Dem Kirchenportal vertraute ich an:

„Vorsicht, Ihr Heiligen! Bin ein Blutsverwandter des Saint Just."

Das war natürlich Hochstapelei, aber mir gefiel's. Ich

dachte zunächst allerdings an eine Blutsbrüderschaft, wie ich sie aus der Kindheit kannte. Mit dem Messer in den Handballen geschnitten und mein Blut ausgetauscht mit dem Blut eines Gefährten auf Raubzug. Was für eine Spinnerei. Aber mir fiel sogar sein Name ein: Didier aus den Ziegelhäusern hinter dem *Silberberg*. Eine Blutsverwandtschaft politischer Natur verband mich später in der kurzen politischen Zeit am *Athénée Royal* mit Louis-Antoine-Léon de Saint-Just de Richebourg aus dem Elsaß, ein enger Freund des Robespierre, der mit ihm am 9. Thermidor guillotiniert wurde. Das Fallbeil, das von diesen zwei Lichtbringern massenhaft gegen die *Feinde der Republik* eingesetzt wurde, trennte nun - *die Revolution frisst ihre Kinder* - ihre revolutionären Köpfe vom vegetarisch ernährten Rumpf. Der Verwandtschaft mit ihnen hatte ich schon seit langem abgeschworen, wie jeder politischen Revolution. Das war vorbei. Aber als mich die kopflosen Heiligenfiguren im Tympanon der Kirche anstarrten, erinnerte ich mich der beiden Lichtbringer, die der republikanischen Vernunft mit Hilfe der Guillotine zum Erfolg verhelfen wollten! Nieder mit der adeligen und klerikalen Unterdrückung! Da breitete es sich wieder aus, das durch den *Marc de Bourgogne* angefeuerte Gefühl der Blutsverwandtschaft. Ich sah sie quasi vor mir, die Revoltierenden des Landstädtchens, vielleicht Mitte 1793, als sich einige von ihnen vor dem verhassten Sarkophag, Symbol der Unterdrückung und Auspressung, versammelten, ihre Eisenstangen schwingen ließen, den Heiligen die Köpfe abschlugen, die aufs Pflaster vor der Kirche knallten.

Im angrenzenden Museum werden möglicherweise einige abgeschlagene Steinköpfe noch aufbewahrt. Und ich hörte die Klagen des bürgerlichen Kunstpublikums auf ihren Bildungsreisen durch Burgund, die an einem Ort wie diesem, der berühmten Kirche des Heiligen Andoch ihren *locus classicus* entdeckten, einen Ort ihres ideellen Eigentums. In etwa so: *Welche Kulturlosigkeit dieses Pöbels. Verun-*

stalten, mißbrauchen die hohe Kunst, die Apostel, gewandet im
gotischen Faltenwurf, für ihre primitiven Ziele. Nennen das
Revolution! Abscheulich, schlagen der hohen Kunst die Köpfe ab.
Und was ist mit dem Bärenfurz, die Herrschaften? Ich
murmelte … die Katze hatte ihre Lauscher spitz gestellt …
in Richtung der Geköpften:

„Was türmt diese Bourgeoisie sich auf über Eure abge-
schlagenen … *Steinköpfe?"*

Auf der östlichen Seite der Kirche angelangt, nötigten
mich die immer noch leeren nächtlichen Straßen des Städt-
chens mit seinen bröckelnden Fassaden im gelben Licht
einer alten Funzel zu der Frage:

„Will ich eigentlich mit dem, was ich hier tue, von mir
selbst etwas finden?"

Was für eine Frage zu dieser späten Stunde. Nüchtern
besehen, war ich schon längst mittendrin im Spinnennetz
meiner Geschichte. Erstaunlich, wie sich Geschichte ins
Herz einnistet.

Frater predicatore Conradus de Adersleben

Während der Recherchen in den Archives municipales in
Dijon und Hinweisen von Madame Dillensager, der zustän-
digen Archivrätin, stieß ich auf eine enorme Fülle von Auf-
zeichnungen, Folianten von Manuskripten und Memoiren
eines Magisters von Bèze. Diese Recherchen führten mich
mit Madame Dillensagers emsiger und temperamentvoller
Unterstützung zu weiteren Quellen mit aufschlussreichen
Ergebnissen. Mit meinen Exzerpten saß ich ab dem sehr
kalten Herbst auf Vermittlung der reizenden Archivrätin in
der gut geheizten Bibliothek der alten Abtei Saint Pierre.

Ein Liebesdienst, der mich mit Dankbarkeit erfüllte, und
den ich versuchen wollte, ihr zurückzugeben. Madame
Dillensager, Aurelie, eine blasse langbeinige Vierzigerin,
dunkelbraunes halblanges Haar mit einer keck wippenden
Welle, besaß einen ungewöhnlichen Charme. Mein tägliches

Kommen und Gehen würzte sie mit reizenden Begrüßungen und Verabschiedungen:

„Ah, da kommt er ja, der Held von Azincourt, unser capitaine de cavalerie" und

„Oh! Geht unsere Jugend schon? Wohin nur?"

Meine nüchterne Antwort jedesmal:

„Wie immer Mademoiselle, Hotel Victor Hugo."

Das „Mademoiselle" war natürlich völlig daneben. Sie lächelte. Ein Fräulein sei sie, *mon Dieu*, nicht mehr. Ja, sie könne *se tenir seul* sein und ironisch: Sie vermisse momentan keinen Anhang. Alleine stehen? Momentan? Manche Menschen scheinen verdammt, mir Rätsel aufzugeben. Dabei fixierte sie mich vom Haupthaar bis zum Schritt über den Rand ihrer schwarzen Anne & Valentin-Brille.

„Abgesehen von meiner Maissonette ist hier ein weiteres Zuhause und … in der *Opéra de Dijon*."

Das alles erschien mir dunkel, verborgen und war auch nicht die ganze Wahrheit, wie sich später herausstellte.

Weihnachten besuchte ich den *Silberberg*, Onkel und Juma in Vielsalm, und … erstaunlich, sehr erstaunlich, meine Mutter verkündete, sie möchte ans Grab im Kloster. Man könne am 1. Weihnachtstag ja das Hochamt in der Klosterkirche besuchen. Also nur eine kleine Aufregung und keine Tränen. Mittags ging's zum röchelnden Pierre und seiner Lebensgefährtin, die mich herzte wie in alten Tagen und natürlich wieder ihren Spruch losließ:

„Komm, Kleiner, ich geb' Dir einen Negerkuss."

Gab ihn ihr zurück und, wie damals schon, einen Klaps auf den großen Hintern.

„Das sagt man nicht, Juma!"

„Kannst *Du* mir nicht etwas Schönes sagen, Bern?"

Immer noch diese bescheuerte Abkürzung meines Vornamens.

„Kühe genießen in den Bergen die Frische des Bachs und den Schatten des Baums, nur nicht die schöne Aussicht."

Eine Flut von Gelächter und feuchter Fröhlichkeit

strömte aus Jumas Gesicht. Das machte mich für einen Augenblick glücklich. Aus dem Blick meiner Mutter wälzte sich Eifersucht.

Kurz vor Ostern ließ ich mich auf einen Besuch der Oper ein - Henry Percells *Dido and Aeneas*, Tanztheater, tragische Leidenschaft der Liebe. Das machte mich nervös. Dr. Aurelie Dillensager folgte ich zum Leeren einer gehaltvollen Flasche *Nuit-Saint-Georges* in ihre Maissonette am Jardin de l'Arquebuse. Was ich alles so glaubte! Es erwies sich mal wieder als richtig, gelegentlich dem zu folgen, was gemeinhin Bauchgefühl genannt wird. Angenommenes Wissen ohne Beweis. Obwohl - Intuition hin oder her: Nicht nur die Dokumente behandelte sie mit ausgesuchter Genauigkeit. Ich war überrascht, wie lange sie sich Zeit nahm, mir zu erklären, auf welche Art und Weise ich sie richtig erkunden sollte. Ich versuchte, von ihr zu lernen.

„Du bist ein guter Schüler! Ach, … das hast Du richtig gut gemacht!"

Das sprach sie klinisch mit dem erotischen Blick der Stéphane Audran in der *Diskrete Charme der Bourgeoisie*. Themen waren schnell gefunden nach dem variantenreichen Geschlechtsverkehr. Andere rauchen danach, sie lachte über Cock-Ringe und weitere Prothesen der Lustgewinnung, und:

„Ich bin erstaunt über die Vielfalt der sexuellen Motivationen. Verstehst Du das?

„Ja. … Wie hältst Du es mit Swingerclub, Doppelpenetration, Facesitting, Vierer?"

Sie lachte herzhaft:

„Facesitting. Ich kenne eine Zeichnung von Francesco Hayez aus dem 19. Jahrhundert. … Was für ein Quellenfundus! … Ich hab's noch nicht erlebt und suche ehrlich gesagt auch nicht danach. Mir wäre das alles zu anstrengend. Wo soll ich die ganze Lust hernehmen, von was soll ich sie abzweigen? Die Vorstellung ist schon erregend - oder? … Aber es sich vorzustellen oder zu tun ist doch was ganz anderes. … Und Du? Gehört das zu Deinem sexuellen

Treiben?"

„Nein. Ich bekam's nur von jemandem mitgeteilt, einer teilnehmenden Beobachterin, vielleicht einer Frau, die wahrscheinlich an der *Vorstellung* von Liebe erkrankt war. Eine zappelige ehemalige Geliebte. … Vielleicht war alles, was ich von ihr hörte, nichts anderes als eine Lüge. … Keine Ahnung! Lügen konnte sie vortrefflich. Manchmal würde ich mir um einer nur guten Erinnerung willen wünschen, dass alles das, was ich von ihr hörte, wirklich eine große Lüge war. Andererseits bin ich mir eigentlich sicher, dass ich mir eine traurige Wahrheit angehört habe."

„Das hört sich bitter an - von einem Helden von Azincourt."

Sie lachte wieder - leicht herablassend. „Hat Er das Schlachtfeld der Liebe verwechselt mit dem Schlachtfeld der Triebe und anderen dabei den Sieg überlassen müssen?"

„Kann sein … Frau Dr. …Du scheinst unverwundet. Keine tieferen Verletzungen, Narben?"

Sie ignorierte die Frage. Nein, ich musste sie nicht in den Arm nehmen. Sie reizte mit Zeigefinger und Daumen die Vorhaut des Penis und mit Mittelfinger und Zeigefinger der anderen Hand ihre Vagina, tiefere Regionen und ihre Klitoris, um eine Konvulsion herbeizuführen. Aha!

Sie stand von ihrem französischen Bett mit der Jackson-Pollock-Bettwäsche auf, legte eine Vinyl auf den Platten-teller und kam mit der Flasche Wein ans Bett. Ließ sich in Zeitlupe, wie im Setting blasser Filmware, in die Kissen sinken und sagte tief ausatmend:

"Wer kennt sich schon in den Menschenseelen aus?"

Zugegeben, das hatte Stil! Als ich sie fragte:

„Muss Liebe nicht Hingabe an den anderen sein?", lächelte sie müde, und ich war mir nicht sicher, ob man das hämisch hätte nennen können:

„Damit dem Unglück etwas Glanz verliehen wird? … Ach, … lass uns anstoßen!"

Auf dem Plattenteller lief Johnny Cashs Ring of Fire.

Love is a burning thing

And it makes a fiery ring
Bound by wild desire
I fell into a ring of fire
I fell into a burning ring of fire

Es war Samstagnacht, fast zwei Uhr morgens. Ich zog mich an. Eine Kastanie drückte sie mir beim Abschied in die Hand und …:

„Ach ja, … ab Pfingsten kannst Du deine Sachen hier im Obergeschoß der Maisonette lagern. Ich ziehe um … zurück zu Ehemann und Sohn. … Übrigens hab' ich ganz vergessen Dir zu sagen, dass Du mal in den Sammlungen der Gerichtsdokumente der Abtei Saint-Mihiel stöbern solltest."

Und warf mir einen Handkuss zu.

Ob diese Nacht mich klüger gemacht hatte, sei dahingestellt. Aber sie brachte mich endlich dem Ziel näher, und das lag nicht zuletzt an Aurelie. Doch kam ich nicht in den Genuss ihrer Maisonette. Ich musste in Bar-le-Duc, wo sich das zentrale Archiv des Départements befand, ein Zimmer finden. Anne-Marie und Freddy vermieteten ihr Gästezimmer. Ihre Adresse bekam ich von einem Archivmitarbeiter. Von der Rue Lafayette lief ich nur 15 Minuten bis zur Rue d'Aulnois, in der sich das große Gebäude der Archives Départementales befand. Den halben Januar, jeden Tag von 9 bis 17 Uhr, wühlte ich mich durch die *recueil de documents* der Archivbestände der Benediktinerabtei Saint-Mihiel. Die Dokumentensammlung der Diözese Metz, zu der Saint-Mihiel gehörte, enthielt Akten der geistlichen Kooperationen, der Domkapitel und Klöster. Diese Sammlungen gleichen in gewisser Weise heutigen Verwaltungsakten großer Städte, Bezirke oder Provinzen. Riesig. Fünfzehn Tage vergraben im Lesesaal und dann am tief verschneiten letzten Januartag die Entdeckung: Eine vier Seiten umfassende Pergamenthandschrift von 1238:

Frater predicatore Conradus de Adersleben siegelte neben neun weiteren Personen *anno domini MCCXXXVIII* in der lothringischen Benediktinerabtei Saint-Mihiel an der Maas unter dem Protokoll einer Untersuchungskommission des Bischofs von Metz.

Conrad von Adersleben urteilte als *Frater predicatore*, Predigerbruder, also Dominikanischer Ordensgeistlicher, 1238, in einem Gerichtsverfahren über den Betrug von *haeretici, malefici, et magi*. Nach dieser mühsamen, erfolgsgekrönten Suche belohnte ich mich abends im l'Escapade mit einer Blanquette de la mer und einer halben Flasche Muscadet-Sèvre et Maine.

Das Gerichtsdokument verhandelt den Schwindel zweier Frauen mit einem angeblich blutenden Kruzifix. Außer den beiden Frauen waren ein Mönch und ein Priester namens Balduin daran beteiligt. Es war eine Menge Geld im Spiel der Viererbande. Die Frauen hatten an verschiedenen Orten, Ligny-en-Barrois, Langres und Dijon, mithilfe ihres Menstruationsbluts das Kreuz zum Bluten gebracht. Dabei war ihnen ein Mönch behilflich, der mit beiden Frauen das Bettlager teilte. Der Prediger, ein Sodomist, Beischläfer des Mönchs, lieferte mit Versen aus der Bibel und eigens hinzugefügten Schilderungen der Höllenqualen Angst und Schrecken: Sinngemäß: *Das verzehrende Feuer, in dem Ihr braten werdet! Zuerst brennen Euch die Füße, dann der ganze Unterleib und Ihr könnt nicht mehr auf den verkohlten Füßen stehen. Oh weh, wenn Ihr in der Hölle seid und keinen Ablass von Euren Sünden von mir erhalten habt.* Dimitto tibi peccata tua in nomine patris et filii et spiritus sancti.

Drei Kreuzzeichen, die Vergebung der Sünden im Namen des Vaters, des Sohnes und des Heiligen Geistes, und sie ließen den Geldbeutel unter den Leichtgläubigen kreisen. Wer waren sie, diese Betrüger? Vormalige Angehörige einer Ketzergruppe der *Brüder und Schwestern vom Freien Geist.* Herumziehende, eigenmächtige Priester und selbsternannte Mönche. Die Frauen sprachen vom fleischlichen Umgang mit Christus oder von seinem Säugen an ihren Brüsten. Das gaben sie zu Protokoll nach ihrer Verhaftung durch die Soldaten des Bischofs von Metz. Der falsche Priester habe, wie es hieß, *credulus populus*, beim leichtgläubigen Volk bewirkt, dass *magna pecunia* wie von selbst aus dessen Taschen in die Säcke der Betrüger geflossen seien. Die Betrüger, so die Handschrift, hätten außerdem ihr Auskommen mit dem Verkauf von Heu aus der Krippe in Bethlehem, mit Federn aus den Flügeln des heiligen Michael und mit einem Zahn Johannes des Täufers aufgebessert. Die Untersuchungskommission aus geistlichen und weltlichen Richtern kam zu dem Urteil, alle vier Betrüger dem Feuer zu übergeben. Die Delinquenten wurden auf einem Karren nach Metz gebracht, wo ihre Verbrennung *magna misericordia pro prodito populo*, mit großer Barmherzigkeit für die betrogenen Menschen, auf dem Place St. Croix vollzogen wurde. Die Kleidung der Delinquenten war vom Henker mit zähem, brennbarem Baumharz getränkt worden, sodass die Betrüger nicht darauf warten mussten, dass ihre Füsse verkohlt waren. Die Glocken von Saint-Etienne schlugen kaum zwanzig Mal, da waren ihre Schreie verstummt und das brennende Fleisch verpestete die Luft bis zum Ufer der Mosel.

So die Urkunde.

Dass wirklich eine Verbindung zwischen dem beurkundenden dominikanischen Predigerbruder Conrad und dem Bischof Otto bestand, schien nun immer wahrscheinlicher. Wie lautete noch die Umschrift auf dem Epitaph? Bischof Otto, ein Prior der Predigerbrüder. Hinzu kam, Bebertal und Stendal lagen nur zwei Tage Fußweg auseinander. Außerdem favorisierten die Askanier unter den konkurrierenden Bettelorden die Dominikaner. Deren Mönche predigten in der einfachen Sprache der Landbewohner, waren Spezialisten der Strafverfolgung und versorgten die Frauen in den Klöstern und auf den Burgen mit erbaulicher Unterweisung. Betätigungsfelder, über die eine Verbindung von Conrad und Otto zu finden sein müsste. Allerdings! Wie Schuppen fiel es mir von den Augen: Conrad siegelt 1238 als Inquisitor. Um diese richterliche Stellung zu erreichen, muss er in Bologna oder Paris studiert haben. Angenommen: Domschule sechs Jahre, Studium kanonisches

Recht mindestens sechs Jahre und Gerichtspraxis fünf Jahre. Conrad ist 1238 sicher um die 45 Jahre alt. Otto ist, wenn er 1274 stirbt, um diese Zeit gerade mal 20 oder 25 Jahre alt, die bekannte durchschnittliche Lebenserwartung im 13. Jahrhundert mal vorausgesetzt. Conrad ist also nicht, wie von der Frau Gräfin angenommen, Ottos Schüler, sondern umgekehrt: Conrad kann nur Ottos Lehrer gewesen sein.

Alles sprach dafür, dass ich Bar-le-Duce in Richtung der Altmark Brandenburg verlassen musste, um mehr in Erfahrung bringen zu können. Auf diese Erfolgsmeldung hin erhielt ich aus Bebertal umgehend eine Erwiderung. Und alles sah ganz anders aus, als ich angenommen oder erhofft hatte.

Constructam Comet

Der Brief, den ich von Frau Dr. Cunemann erhielt, kommentierte mit kargen Worten meinen Bericht zum Stand der Forschungen, den ich an sie gerichtet hatte. Offensichtlich war da jetzt etwas anderes im Spiel.

„Wir bedanken uns sehr herzlich für Ihren ausführlichen Bericht. Ja, ein Erfolg. Gratulation! Die Frau Gräfin wünscht, dass Sie weiterforschen. Wir wollen Sie nicht zur Eile drängen. Nehmen Sie sich so viel Zeit, wie Sie benötigen. Meine Tante hat sich entschlossen, Ihre Forschungsarbeit weiter zu finanzieren; allerdings müssen wir einige Vertragsbedingungen ändern. Vorzeitige Vertragsänderungen werden, wie Sie ja wissen, im Abschnitt II des Vertrags geregelt. Aber keine Sorge, Herr Baal. Wir verlängern das Vertragsverhältnis gegenüber dem alten Vertrag um fünf Jahre. Wir bitten Sie, so bald als möglich ihre weiteren Forschungen auf dem Gut in Bercheux, Canton Sibret, fortzuführen. Dort möchten wir Ihnen eine weitere, die geistige Arbeit wunderbar ergänzende Tätigkeit anbieten. Sollte es notwendig sein, können wir natürlich erneut eine Vertrags-Verlängerung ins Auge fassen. Ich habe diesem Schreiben einen formfreien Arbeitsvertrag in zweifacher

Ausfertigung beigefügt, den ich Sie bitte, zu unterschreiben und eine Ausfertigung an uns zurückzuschicken."

Den Vertragspassus, auf den sich die Cunemann bezog, hatte ich bereits in Hesbay gelesen, aber nicht weiter beachtet. Jetzt erst fiel mir dieser gut getarnte Pferdefuß auf. Weiter unten im Brief schrieb Frau Cunemann, dass es

„... aufgrund personeller Engpässe und der Krise zu einem Einbruch bei der Finanzierung von Forschungs-vorhaben der Stiftung gekommen ist, woran die Arbeit an Ihrem Projekt Conrad von Adersleben allerdings keinesfalls scheitern soll."

Und weiter:

„Jedoch möchten wir Sie bitten, einen Teil der Leis-tungen nunmehr subsidiär zu erbringen."

Es handele sich bei dieser „behelfsmäßigen Leistung", um eine - sie wiederholte - die geistige Tätigkeit wunderbar -, sie schrieb wirklich noch einmal *wunderbar,* ergänzende Beschäftigung. Dem Verwalter des Guts der von Adersleben in Bercheux solle ich „zur Hand gehen, ihn bei allerlei Dingen unterstützen". Man erhöhe das monatliche Honorar von 950 € um 100 € und bitte mich, ein Konto bei der Fortis-Bank in Sibret einzurichten.

„Wir bitten Sie, wie bisher selbst für die Versteuerung Ihres Einkommens zu sorgen. Die Sozialversicherungsbei-träge zahlen wir an den Rijksdienst voor Sociale Zekerheid (RSZ) in Brüssel. Die Logis in Bercheux ist natürlich frei ..." Und zum Schluss: Das Gut liege „in einer lieblichen Aue" unterhalb des Dorfs am Rande des großen alten Waldes von Anlier in den Ardennen. Dort besitze die gräfliche Familie Waldungen und eine große Rinder- und Schweinezucht. Alles Weitere würde ich vom Gutsverwalter erfahren.

Wie stellten sich die schuppige Historikerin und ihre hoheitliche Tante das denn vor? Eine Logis in den Arden-nen - gut und schön, aber ein Großteil der Quellen, die ich für den Auftrag zunächst sichten musste, lagen in Bran-denburg und an anderen Orten des Ostens. Und nicht auf einem Bauernhof im Anlierwald. Und: Prediger und Inquisitoren wie Conrad und Bischöfe wie Otto waren verpflichtet, regelmäßig zu reisen, teilweise tagelang zu reisen. Manche Diözesen erreichten eine nord-südliche und west-östliche Ausdehnung von vier Tagesritten. Und ich wusste aus der Lektüre, dass die Mitglieder des Bettelordens der Dominikaner weder Pferd noch Wagen benutzen durften. Die Anzahl der Gemeinden, Kirchen und Klöster gar nicht gerechnet. Zu Fuß! Aber was half's, zu jammern. Viel zu tief war ich bereits in die Sache verstrickt. So etwas lässt einen nicht so einfach los. Ich hatte mich vertraut gemacht mit einer Erzählung. War in ein Gebiet des Denkens hineingerutscht, das mich fesselte. Meine Träume befassten sich bereits damit. In meinem Gedächtnis wurde inzwischen eine reichhaltige Menge an *Geschichten* aufbewahrt. Ich wollte die menschlichen Strebungen dieser Menschen vor 800 Jahren *verstehen*.

Und eins war klar: Der Auftrag aus Bebertal war von mir inzwischen zu meiner eigenen Sache gemacht worden. Ganz unabhängig von dem Begehren der askanischen Hoheit.

Aber zunächst wollte ich erkunden, wie die Bedingungen für eine Fortsetzung des Vorhabens an meiner neuen *Forschungsstätte* aussahen. Also packte ich meinen Rucksack und fuhr nach Bercheux, Canton Sibret. Meine Exzerpte und Notizen wollten Anne-Marie und Freddy nachschicken, sobald ich ihnen eine Adresse mitteilen konnte.

Über Metz, Luxembourg Ville, Arlon, Libramont erreichte ich nach gut fünf Stunden Zug- und Busfahrt, von Libramont mit dem TEC 163 b, am Nachmittag des 15. Februar Bercheux. Ein Dreihundert-Seelen-Nest, meine neue Forschungsstelle. Eine *liebliche Aue*? Ein aus Wäldern und Weiden und Bauernhöfen bestehendes, im Frühjahr und nach Regenfällen sumpfiges Gebiet mit weniger als zehn Einwohnern pro Quadratkilometer.

An der Busstation empfing mich Augustin. Ein wallonisch nuschelnder rotgesichtiger Bauernmensch. Ich solle ihn Stijn rufen.

„Ich bin hier der Verwalter. Zuerst wollen wir mal ins *Oasis*."

Hatte ich nicht mit einem Herrn Gardelegen gesprochen und auch die Gräfin von ihm erzählt? Der Name *Oasis* kam mir doch bekannt vor. Ja richtig, Frau von Adersleben erwähnte das *Oasis*. Da würde sich der Verwalter in Bercheux - wer nun: Augustin oder Gardelegen? - häufiger aufhalten, als auf der *Ferme*.

Auf dem Weg zu seinem weißen BMW X5 erzählte mir der ehemalige Klosterschüler, dass er Liebhaber einheimischer Klosterbiere sei. Sein Vater praktiziere als Tierarzt des Landstrichs. Fünf Geschwister habe er. Sein Philosophiestudium habe ihn in die Viehwirtschaft *expulsé*. Stijn:

„Nichtigkeiten verronnener Tage."

Was, um Gottes Willen, erwartete mich hier? War ich der Vorspiegelung falscher Tatsachen aufgesessen? Was ich zu tun hätte, fragte ich Stijn. Ach, das könne man bei einem Getränk im *Oasis* besprechen.

„Am Telefon sprach ich mit einem Herrn Gardelegen, der sich als Gutsverwalter vorstellte."

Stijn lachte.

„Ach der. Der arbeitet im Schlachthof in Vaux da oben. ... Gutsverwalter? Der und Gutsverwalter! Der ist Lebensmittelkontrolleur. Den sieht man selten auf dem Hof."

Das *Oasis* diente der zumeist bäuerlichen Bevölkerung als Feierabendkneipe und nach 22 Uhr den noch Unternehmungslustigen als Disko. Es war 15 Uhr, gähnende Leere.

„Hat Dir die Cunemann oder der Gardelegen nicht gesagt, was Du auf dem Hof machen sollst?"

„Also lediglich, dass ich Ihnen zur Hand gehen soll."

„Na prima. Wir duzen uns hier."

Und Stijn gab mir eine Kurzbeschreibung meiner Tätigkeitsfelder: Eben Viehwirtschaft. Alles, was auf dem Hof anfallen würde. Auch die Schweine zur Eichelmast in den zum Gut gehörenden Teil des Anlierwald treiben. Bioschweine! Alle möglichen Besorgungen auf dem schlammigen Hof. Erledigung diverser Besorgungen im Techniba-

Markt in Bastogne – mit dem Landbus 163 b …

„Ach ja und die Buchhaltung. Du sollst darin ja ganz fit sein, hörte ich von der Cunemann."

Wie eingebildet war ich nur gewesen, Frau Dr. Cunemann von meinen buchhalterischen Kenntnissen zu berichten! Und meine Unterkunft?

„Na, komm mal mit, da führ` ich Dich jetzt hin."

Es dämmerte bereits. Wir gingen über einen durch Frostschäden aufgebrochenen ehemals asphaltierten Weg, der nach zweihundert Metern in einen Feldweg überging. Nachdem wir eine kleine Steinbrücke aus dem vorigen Jahrhundert über einen kleinen Bach überquert hatten, gelangten wir auf eine Lichtung, und da stand er: Ein antiker Wohnwagen. Schneereste auf seinem gewölbten Dach. Belgischer *Constructam Comet*. In einem Wäldchen, eineinhalb Kilometer vom Dorf entfernt. Ein 60-er-Jahre Modell touristischer Träume.

„Ist der nicht schön! Steht schon 30 Jahre hier. Hab' ich renovieren lassen. Gasflasche is voll. Strom kommt aus 'em Stromkasten - da oben."

Er wies in Richtung einer mit Gestrüpp bewachsenen Anhöhe, die schätzungsweise fünfzig Meter entfernt lag.

„Und das Wasser?"

„Wasser kommt aus 'ner Leitung vom Hof … oder vom Bach", und gluckste sein Lachen heraus, „heißt *Sûre*. … Is aber nich sauer."

Das Wasser, so machte er mich weiter schlau, werde manchmal von Allerheiligen bis Karfreitag abgestellt. … Frostgefahr.

„Is' aber jetzt nich' mehr abgestellt. Die Wasserleitung ham'se nur 10 cm tief verlegt, … echte Meisterleistung. Typisch Sanitärbau Chene. Von denen bekommst Du auch das Gas."

Das alles erfuhr ich an einem minus zehn Grad kalten Märznachmittag, kurz vor Einbruch der Dunkelheit an einem alten Wohnwagen in den Pays de la forêt d'Anlier. Ein Wald, in dem ich schon einmal andere Erlebnisse verarbeiten musste. Kreislauf des Lebens. Nach dem *Silberberg*, Eupen, Hesbay, der Altmark Brandenburg, Dijon, Bar-les-Duce nun Bercheux.

Ich legte meinen Rucksack auf das 60-er-Jahre-Polster im Constructam Comet. Meine neue Forschungsstätte, ein ländliches Mobile-Home in beschaulicher Umgebung. Winterlandschaft. König Elend war mir auf den Fersen. Warum nur muss eine Jungfrau Mutter werden? Ich rief sie an.

„Ja, ich habe meine neue Forschungsstätte bezogen. ... Ja, alles perfekt. Landschaftliche Reize, nette Leute. ... Ja, es geht mir gut."

Was sonst?

„Nein, ich weiß noch nicht, wann ich komme, Mutter." Ob überhaupt! Geburt war noch nie mein Ding. Auferstehung, Ostern. Da wird mir warm ums Herz.

Ich drehte den Hahn der Gasflasche auf, schloss die Wohnwagentür, stellte die Truma-Heizung an, legte mich auf die Polsterbank des Wohnwagens und schlief ein.

9. März, *Oasis*-Bar, Sibret, Rue Napoleon, gegenüber der alten Bahnstation, 19 Uhr:

„... Dann hat da diese Frau angerufen. Vorgestern wieder, zwei Mal. Das letzte Mal sogar um 23 Uhr. Ich bin noch mal raus. Er ist immer noch nicht da, hab' ich gesagt. Ist jetzt schon über eine Woche her, dass ich ihn gesehen habe. Gestern ist sie dann auf den Hof gekommen, ganz nette Lehrerin aus Bouillon. Ob er sich denn nicht gemeldet habe. Nö, hab' ich gesagt. Dann sind wir zum Wohnwagen. War zu. Keine Menschenseele. Nichts. ... Na ja ..."

Man muss aus einem Licht fort in das andere gehen.
Angelus Silesius.

Conrad

Bei dieser Hitze beginnen die Waffenübungen heute nach der Prim. Sechste Stunde. Drei Psalmen, Gesang, Lesung. Kapelle auf der Osterburg. Der Vorbeter leiert in der Messe das Martyrium des Eremiten herunter. Der unverweste Leichnam wartet in einer Klause am Felsen über der Maas auf Pilger.

„Macht euch auf! Ein Weg der Sühne für eure schweren Sünden."

Zur neunten Stunde endet das Hauen der Jungen. Die Wunden werden versorgt. Bei Otto nur eine kleine Schnittwunde unter dem linken Auge. Bis zum Einbruch der Dunkelheit noch genug Zeit. Ja! Mit *Tööt*, den Hunden und dem Habicht über die Wiesen und Äcker auf die Anhöhen bei Billberge und dann zu Conrad.

Tööt, der übermütige Hengst, den er aufzog und dem er den Namen gab, zeigt auf extreme Weise Eifersucht, Zuneigung und Freude. Leibherr des Hengstes und des *servientes* Otto, 14 Jahre alt, ist Graf Siegfried von Osterburg, Panzerreiter beim Markgrafen.

Am Eichenwäldchen auf der Bergkuppe zügelt der Junge *Tööt*. Bringt ihn dazu, still zu stehen. Lange blickt der Knabe über die Elbe in das weite Land. Hinter ihm rauscht das Blattwerk. Ein Sommerwind. Düfte. Die beiden Hunde bellen, blicken hoch zu ihm. Dann sind sie still, schnüffeln.

Er will zur Bischofsburg Havelberg. Da sitzt Conrad.

Conrad spricht mit ihm neuerdings über asiatische Völker, über die Kuhmelker aus den Niederen Landen, die dem Meer Land abringen. Erklärt ihm, was eine Kogge ist, was Kompass, Rahsegel und ein Ruderblatt sind, die neuerdings am Achtersteven der Schiffe angebracht werden. Erzählt ihm von den großen Städten, Köln, Padua, Paris. Und von den Planeten.

„Mond und Sonne dienen uns am meisten. Und da ist ein Planet, der heißt Venus, der läuft zwölf Jahre. Wir nennen ihn den Abendstern", hatte Conrad ihm zuletzt erzählt.

Zur Nacht werden sie wieder den Sonnenhymnus singen.

Der Bettelmönch, in Padua und Paris kanonisch geschult. Doktor der Theologie. Sitzt auf der Bischofsburg, um mit drei anderen Kanonikern und zwei weltlichen Richtern in einem Streit um Burgbesitz und einen erschlagenen Edelfreien ein Urteil zu finden. Auftrag der päpstlichen Kanzlei in Viterbo.

Der Junge sitzt ab, pflückt Beeren am Waldrand, schiebt die süßen Früchte in den Mund. Schwingt sich auf den braunen Rücken *Tööts* und jagt laut rufend mit den Hunden und dem Habicht mit den weißen und beige-grauen Federn hinunter in die Auen. Den Habicht hat er ein Jahr lang ausgebildet, abgerichtet für die Beizjagd. In scharfem Galopp über die Auewiesen. Die Hunde hetzen, begleitet von dem Habicht über ihnen, durch die aufgewärmte Nachmittagsluft. Wild und schnell reitet er. Auf den Sommerwiesen picken und kauern Vögel, die jetzt von den Hunden aufgescheucht werden. Er stemmt sich aus dem Sattel und greift mit einer geübten Körperbewegung nach den schrill kreischenden Vögeln. Der Habicht zwingt eine aufgescheuchte Taube zurück, sodass sie immer wieder in die Nähe der ausgreifenden Hand des Jungen gelangt, der dem verängstigten und lahmen Vogel versucht, ins Federkleid zu greifen. Die Taube steigt auf, doch drängt der Habicht sie zurück, nach unten, nahe an den Hengst. Der Junge beugt sich noch tiefer aus dem Sattel. Man könnte meinen, gleich stürzt er vom Pferd. Dann greift er geschickt, so gekonnt in die Federn der Taube, dass sie in seiner Hand hängen bleibt. Er hat ihr Gefieder nun fest im Griff. Stößt einen Jubelschrei aus. Die Hunde bellen. Der Habicht ruft vor Erregung sein *gjak, gjak, gjak.*

Kurz vor der Furt durch die Havel, man sieht in der Ferne schon den Turm der Bischofsburg, zügelt er das Tempo. Der Habicht ist jetzt dicht über ihm. Der Junge schaut hoch zu ihm, stößt einen schrillen Pfiff aus, ruft laut:

„Nimm!".

Der Habicht lässt sich sanft fallen, greift ihm den Vogel aus der Hand, schwebt davon und landet nicht weit entfernt mit dem Geschenk. Er krallt die Taube und hackt das Tier. Dann steigt er auf. Fliegt mit der Beute, dem Geschenk, zurück in Richtung seines Horsts auf der Osterburg. Hinter einer kleinen Anhöhe führt Otto das Pferd unterhalb des Weges, der durch Acker- und Gartenland geht, südlich des Mühlenbachs, an dem eine Handmühle liegt, zur Flachstelle, die durch den Fluss führt. Er muss mit dem Pferd und den Hunden durch die Havel schwimmen.

Als er mit dem Pferd die Flussmitte erreicht hat, hört er hinter sich Reiter, dreht sich um und erkennt den Edelfreien Ludolf von Bartensleben, Brautwerber der Tochter seines Leibherrn. Adelheid, ein stilles Mädchen, ist so alt wie Otto. Er hasst Ludolf, der von zwei Reitern begleitet wird. Ludolf ist der Sohn des angesehenen Grafen Cunemann von Bartensleben. Der Grafensohn ist vier Jahre älter als der Junge. Ludolf lebt auf dem Hof eines Onkels in Havelberg. Übt dort für die Schwertleite. Ungewöhnlich spät für sein Alter. Die meisten Junker haben das schon hinter sich und stehen im Kriegsdienst.

Ein Bein hat Ludolf lässig vor sich auf das Pferd gelegt. Man sieht seine Hosenbänder, hinter denen sein Schamzeug hängt. Ludolf bemalt sich wie einige seiner Standesgenossen die Augen. Er pflegt einen schlaffen Gang, meidet die Sonne und hilft dem Teint mit Schminke nach. Der Junge kennt diesen geckenhaften Edelfreien seit der Kindheit und spürt erneut einen Widerwillen gegen ihn. Gehörte zu denjenigen, die seinem Vater, dem Stadtrichter, einmal Lehmklumpen hinterherwarfen.

Die Reiter kommen jetzt in den Fluss. Sie tragen die gleiche teure Kleidung, Pelze aus Buntwerk. Darüber liegt locker ein Tasselmantel. Die Mantelspangen werden durch eine kostbare Schnur zusammengehalten. Anders als seine glatt rasierten Altersgenossen lässt Ludolf sich einen Kinnbart stehen, der nicht so recht wachsen will. Am Hinterkopf trägt er seine Haare lang. *Wie bei den Huren,* denkt der Junge. Ihre Hüte haben die Junker mit Sommerblumen geschmückt.

Instinktiv legt Otto seine Hand an den Burgunderdolch. Er ist mit *Tööt* sicher noch 12 Schritte vom anderen Ufer entfernt. Die Hunde haben die andere Flussseite schon erreicht, schütteln ihr Fell trocknen. Der junge Edelherr ruft:

„Was macht der Bastard eines Kuhrichters im heiligen Havelberg?"

Der Stadtrichtersohn zieht seinen Burgunderdolch aus der Scheide und lässt ihn in der Sonne blinken. Einer der Reiter, die Ludolf begleiten, hat ein Kurzschwert gezückt.

Tööt tritt immer noch auf schlammigen Boden, dennoch dreht der Junge sich im Sattel um:

„Musst du nicht durch den Buchenwald bei Sandau?", ruft er Ludolf zu.

„Was soll da sein, Kuhrichtersohn?", ruft der Jungherr.

„Du triffst da auf eine ausgewachsene Bache mit Brut. Pass auf dein Schamzeug auf! Du willst doch sicher noch auf den Schoß deiner *cognata.*"

Hinter dem Buchenwald liegt ein Kloster für adelige Jungfrauen, in dem eine Kusine Ludolfs als Nonne lebt. Der ruft mit sich überschlagender Stimme:

„Ich werde dir alle Glieder abschlagen."

Vor blanker Wut rutscht der Edelfreie fast vom Pferd in die Havel. Er und seine zwei Genossen, die offensichtlich nichts begriffen haben, werden von einer Stromschnelle erfasst, versuchen zu wenden. Das misslingt beiden so gründlich, dass sie vom Pferd gerissen in die Havel eintauchen. Ludolf macht, wie seine Begleiter, durch die Stromschnelle aus dem Gleichgewicht gebracht, eine unglückliche Figur. Schwankt auf seinem Gaul wie Schilf im Wind.

Tööt hat jetzt festeren Boden unter den Hufen. Der Junge

krümmt sich vor Lachen. Sieht, dass Ludolf, immer noch schwankend, in seine Richtung eine unschöne Handbewegung quer zum Hals macht. Mindestens ein Auge stech' ich ihm aus beim nächsten Turnier, denkt Otto, als er bereits zwischen Höfen und Hütten hinauf trabt zur Bischofsburg. Am Burgtor dann: Nein, alle beide. Hat den Vorteil, dann kann er Adelheid nicht mehr sehen.

Tag des Saturn

Irgendein Sonnabend im Jahr 1196, Tag des Saturn. Er will den Neugeborenen mit in den Wald nehmen und töten.

„Eine derart verunstaltete Kreatur kommt vom widerwärtigsten, gehässigsten aller Planeten. Er hat hier nichts zu suchen. Ist des Teufels."

Brüllt seine Frau an. Meint er den Saturn? Sie jammert leise, geduckt:

„Es ist dein Samen ..."

Er trifft sie mit seiner Pranke so heftig auf der Wange, dass sie das Gleichgewicht verliert, hinfällt. Schreit noch lauter, der Herr Richard von Adersleben:

„... Steht mit Deinem Blut in teuflischer Verbindung ..."

Sie schaut ängstlich hoch zu ihm, denkt an den Bruch des Reinheitsgebotes. Wagt sich:

"Du hast ihn am Ostersonntag im Weinrausch gezeugt."

Mit Faustschlägen und Fußtritten bearbeitet er die Frau. Brüllt immer wieder:

„... Dieser gottlose Stern!"

Brüllt wie ein betrogener Ehemann über den Liebhaber, so, als habe der Planet sie geschwängert. Die Dienstmagd hat das Kind im aufkommenden Sturm väterlicher Gewalt gegriffen und sich mit ihm in eine Turmecke verkrochen. Die Mutter fleht den Vater des Kindes auf den Knien rutschend an, es in der Hausgemeinschaft aufwachsen zu lassen. Es könne ja in der Burg eingeschlossen bleiben. Auch müsse man den Nachbarn nichts von diesem Nachwuchs erzählen.

„Er ist ein Geschöpf Gottes."

Tage später gewährt der Domprobst in Halberstadt ihr eine Audienz, sagt, dass Gott Missbildungen entstehen lässt, damit Fürbitten der Menschen seinen Namen noch glühender verherrlichen. Sie solle beten und opfern. Sie betet. Betet alle sieben Werke der Barmherzigkeit am Altar der *Heiligen Euphemia* im Halberstädter Dom. Sie kniet in der Burgkammer vor dem Kreuz auf einem Holzscheit, bis der Schmerz sie umwirft. Sie opfert, bittet einen Oheim, holsteinischer Ritter, der auf Pilgerreise in der Burg Adersleben beherbergt wird, um Hilfe.

Der ist selber auf Bußfahrt. Ihn quält die Angst vor der Hölle. Für eine Bluttat und unzählig minderer Sünden will er sich in der Stadt Nimes am Meer den Jerusalempilgern anschließen. Er verspricht der Nichte, in der berühmten Wallfahrtskirche des Heiligen Gilles eine Hirschkuh zu opfern. Sie verschweigt das kostspielige Unternehmen ihrem Mann. Er würde sie wegen des vielen Geldes, das es kostet, grün und blau schlagen. Sie nimmt nachts Geld aus der Schatulle.

Der ritterliche Jerusalempilger, der ihr eine fantastische Rechnung für die Beschaffung der Hirschkuh und die Opfermesse aufgemacht hat, bessert mit den zwanzig Silbermark seine Reisekasse auf. In einer langen Nacht im Hafen von Marseille geht das Rettungsgeld für *Conradus cripple* - ja, so heißt das Kind - verloren. Wofür? Für Einsätze beim Kartenspiel mit einer gottlosen Rotte von Schiffsknechten und für eine Hure, die ihm weismacht, sie sei die Tochter eines verarmten Grafen. Und Sankt Gilles, Schutzpatron der *cripple*!

Conrads Mangel? Sein *Gibbus* beugt ihn über dreißig Grad. Sein Kopf steckt halslos auf dem Rumpf: *conradus cripple*.

Alle Opfer zwecklos. Nichts ändert sich an seiner Verwachsung. Sie nimmt von Jahr zu Jahr ihre Form an, die ihn quält und straft, auch angesichts der „aufrechten" Gläubigen - und das sind in seinem elliptischen Gesichtskreis alle Anderen.

Als das Kind fünf Jahre alt ist, hat es den gräflichen Burghof noch nie verlassen. Dort spielt es hingebungsvoll mit den Hunden und Hühnern. Einem Huhn hat es kürzlich ein Bein ausgerissen. Allerdings hat das Kind eine eigenwillige Artistik entwickelt. Der Knabe klettert von einer der Holztreppen, auf seine Hände gestemmt, quasi kopfüber, mit den Beinen zuerst auf einen kleinen *Zelter*. Das macht ihm keiner der Jungen auf dem Grafenhof nach. Er siegt im Armdrücken und stemmt seinen verkrüppelten Körper in eben jenen Handstand, den er so lange hält, bis ihn doch die Kraft verlässt und er umkippt. Die Knechte krümmen sich vor Lachen. *Conradus cripple* streckt denen die Zunge raus und schlägt wild um sich, kommen sie ihm zu nahe. Ein starker Junge, vor dessen Zubeißen sich alle fürchten.

Graf Richard lässt sich erweichen. Im Halberstädter Dom bezahlt er mit fürstlichen fünf Silbermark einen Vikar, der am Altar der *Heiligen Euphemia* fromme Bittgebete für seinen Sohn spricht. Conrad ist nicht blöd oder ein Zwerg, er ist weder stumm noch blind, noch ist er ohne Hände und Füße geboren, also kann ihm keiner das ihm zustehende Erbe nehmen. Der Krüppel ist und bleibt der zweitgeborene Grafensohn.

Mit acht Jahren ist das Kind so gewachsen, dass seine Wirbel einen nicht ganz exakten Bogen beschreiben, also etwa dreißig Grad; wie bei schlecht gespannten Bögen ungeübter Bogenschützen. Er reitet auf dem jungen Zelter gekonnt, wild, aber ohne Eleganz. Stundenlang klebt er auf dem Tier, hetzt durch die Wälder, trifft mit einem selbst gefertigten Speer in vollem Galopp Wiesel und Hasen, denen er manchmal den Kopf abreißt. Nichts deutet bei ihm darauf hin, dass er ein edler Ritter wird.

Aber, man staunt, er liest in seiner Burgkammer, wo er abgesondert lebt. Ein Halberstädter Hauslehrer hat ihm Lesen und Schreiben beigebracht und besorgt die Bücher. Mit Gänsekiel und Dornrindentinte schreibt der Krüppel sogar auf Pergament kluge Sätze: *Schönheit ist nur eine dünne Hülle. Auf dem Leib lastet der Schatten des Todes.*

Der junge Conrad, belesen, lobt mit leiser, kalter Stimme die harte Feldarbeit und Tapferkeit und Tod in der Schlacht. Er liebt den Krieg und das Blut Christi und schlimmes Leid *ohne* Mitleid. Auf einem Pergament notiert er, *Aripert, der Langobardenfürst, hat den Sohn seines Rivalen blenden und den Töchtern Nase und Ohren abschneiden lassen. Das ist gerecht. Daran nehmt Euch ein Beispiel, ihr Herren.* Seinem Vater, leseunkundig, liest Conrad das Geschriebene vor. Der lacht und haut ihm anerkennend auf den Buckel.

1211, er ist gerade fünfzehn geworden, verlässt Conrad mit zwei Dienern das erste Mal die Burg Adersleben für einen längeren Aufenthalt in Mainz. Eine Tagesreise von der Stadt des Erzbischofs entfernt besitzt ein Verwandter, Graf Volmar, als Ministerialer des Mainzer Erzbischofs, ein Lehen, die stattliche Felsburg, *castellum saxum,* die hoch über der Nahe in den steilen Fels gehauen ist. Ein *Teufelsabbiss,* hört Conrad auf dem Kornmarkt in Münster am Stein. Unermüdlich, oft zehn Stunden am Tag, trainiert er mit seinen Dienstleuten und einem Knappen Volmars auf dem Burghof, in den Wäldern und auf offenem Gelände Reiterkampf und Waffenführung. Seine feste Absicht ist der Schwertgurt, das *cingulim,* den Segen auf sein *gladius* im Mainzer Dom. Den Feuerarbeitern in einer Schmiede in Mainz sagt er:

„Die Klinge vorne stark gehärtet, lang und spitz. … Und schmiedet mir noch einen *malleus.*"

Verwegen und teuer, der Streithammer. Halbedelmetalle, dekoriert mit einem roten Fuchs, verlangt er. Dann noch den Schild mit dem selbst erdachten Wappen, dem roten Fuchs, nicht die Aderslebener drei Rosen. Sein Geldbeutel wird schmaler und schmaler. Die Diener schickt er zurück. Er brauche sie nicht mehr, trägt er ihnen auf, sollen sie dem Vater ausrichten.

Kaum ein Jahr nach seiner Ankunft erhält er im Dom zu Mainz die Schwertleite, ohne *Flecken und Fehler,* wie der

Mainzer Weihbischof in einem Privileg behauptet.

Von den versierten Mainzer Feuerarbeitern speziell angefertigt, erhält Conrad ein teures Schuppenpanzerhemd, das seinem konvex gewachsenen Wirbelkörper angepasst ist. Volmar bezahlt knurrend. Conrad verspricht Rückzahlung mit dem Preisgeld nach den ersten Turnieren, „die ich gewinne". Volmar winkt lachend ab, leiht ihm aber den ersten Rennspieß mit stumpfer Spitze.

An jedem Turnier, das er in einem Tagesritt erreichen kann, nimmt *conradus cripple* teil - soweit er zugelassen wird. Aber das ist nach den ersten beiden Malen keine Frage mehr! Man reißt sich um seine Teilnahme. *Seht den Hellehunde da, Cripple, ewiglich gesellet mit dem Düvel; equitare sicut diaboli.* Reitet wie der Teufel! Steigert im Bistum Mainz sein Ansehen, oder besser gesagt, verbreitet Aufsehen. Ein Spektakel: Im Galopp, die Lanze unter den kräftig trainierten rechten Arm, nicht wie üblich unter den linken geklemmt, mit beiden Händen gefasst, versetzt er dem Gegner den Stich in den Hals. Conrad selbst hängt - sein Vorteil - *halslos* hinter seinem Schild. Durch den Gibbus ist er so gebeugt, dass der Kopf verdreht ist wie bei einem geschlagenen Hund. Eine wahrhaftig passende Körperhaltung für den Anritt auf den Gegner. Verfehlt er dessen Hals, oder der schlägt ihm mit Lanze oder Schwert seinen Rennspieß aus dem Weg, nimmt er dessen hinteren Teil und stößt beim nächsten Anritt den Spieß in die Hoden des Gegners. Die Schmährufe über diese Kampftechnik und das Lachen der Turnierbesucher über seine Haltung steigern Conrads Wut.

Mit einem neuen, eigenen Rennspieß mit scharfer Spitze nimmt er an einem Turnier teil, das der Edelfreie von Braunshorn auf der Hügelburg Wallhausen ausrichten lässt, zu dem mehr als 1000 Leute kommen. Conrad tritt im Zweikampf zu Pferd gegen einen Ermoldus von Bacharach an. Den schickt er beim vierten Anritt in den Staub. Nicht nur das. Wie ein Artist auf den Jahrmärkten und nicht wie ein eleganter Ritter stürzt er sich vom Pferd und drischt mit dem *malleus* auf den Ermoldus gegen alle ritterlichen Regeln ein, obwohl für diesen Reiter keinerlei Aussicht mehr besteht, den Kampf weiterzuführen. Ein Arm gebrochen und das Nasenbein zertrümmert.

Conrads Ruf steigert sich dadurch noch mehr. Es heißt, er stehe *mit Satan im Bunde.* Seine Waffen trägt er selbst. Das Publikum strömt zu den Turnieren, an denen er teilnimmt. Es beschimpft ihn herb und fanatisch. Er wird seinem Ruf als *Beelzebub, der Fliegen frisst,* gerne gerecht. Es heißt, dass er im Reiten mit Lanze auf *jedem* Turnier *zwanzig Andere* schlägt. Was übertrieben ist. Klugerweise meidet er den Schwertkampf, meidet überhaupt den Kampf ohne Pferd, auf dem er zu kleben scheint. Und er meidet jeden Kampf gegen körperlich sehr viel besser ausgestattete Gegner. Er weiß seine Verkrüppelung, seine Kraft und seinen Willen auf üble Weise einzusetzen. Seine Preisgelder sind so hoch, dass er nicht nur bei Volmar die Schulden begleichen kann, sondern auch sein eigener Geldbeutel prall gefüllt ist.

An manchen Tagen fühlt er sich vollständig, männlich stolz. Er stellt seine Tapferkeit zur Schau. Aber es gelingt ihm nicht, ein adeliges Mädchen für sich einzunehmen. Offensichtlich wenden sie sich ab, sobald sie seinen Körper ohne Schutzpanzer und Helm sehen und sein rohes Verhalten, sein Speien und Beißen beobachten. Eine Verheiratung scheint ausgeschlossen. Also bezahlt er eine Prostituierte in Münster am Stein fürs Ficken. Als bei einem Turnier in Münstermaifeld unweit der Mosel auf einem Hoffest des Herrn von Lauffen ein Baum mit silbernen und goldenen Blättern aufgestellt wird, speit er davor aus, was großen Unmut bei den vielen anwesenden Hofleuten, Edeldamen und -herren hervorruft. Es rührt ihn nicht. Er will das Gold gewinnen. Es wird einer seiner letzten Kämpfe sein, bevor er untertauchen muss.

Gegen Conrad treten zwei Brüder an. Ein Dudo und ein Rollo. Der Baum mit den goldenen Blättern steht auf dem Spiel. Die beiden Edelherren sind kleingewachsen und weniger geübt als *conradus cripple.* Das sieht man bereits beim ersten Anritt. Und es dauert fünf weitere Anritte, da sind sie Opfer von Conrads Geschick und Wut. Die Armseligen wollen - keiner kann sagen, warum sie auf die Idee gekommen sind - *gemeinsam* im Abstand von 12 Fuß nacheinander beim Anritt gegen den Krüppel antreten. Ihre Klepper scheuen, sie behindern sich gegenseitig. Beim fünften Anritt hat Conrad zuerst den Rollo, dann den Dudo mit der Stange von ihren Pferden gehobelt.

Die gewonnenen Goldblätter bietet er einem Edelfräulein, der sechzehnjährigen Hildrun an. Die weigert sich zunächst, nimmt die Goldblätter aber dann doch entgegen. Conrad bittet sie, nach dem Festmahl mit ihm zur Aussicht auf die Mosel zu einer Anhöhe hinaufzusteigen. Gehorsam wegen des Goldes folgt sie ihm. Auf einem von Sträuchern umstandenen Feld oberhalb des Hofes angekommen, versucht er, sie mit Gerede von Festen auf „seiner Burg" und der Rettung eines teuren Pferdes aus der Elbe zu verführen. Gelogen. Dann fasst er das Mädchen am Arm, drängt ihr einen Kuss auf. Aber sie hält die Lippen fest geschlossen. Er bedrängt sie weiter, rafft ihr die Kleider hoch, greift ihr zwischen die Beine, die sie fest zusammenpresst. Seinen steifen Schwanz hat er aus dem Beinkleid geholt. Als er versucht, mit seiner Rechten ihre Schenkel auseinander zu drücken, schlägt sie ihm mit einer Hand ins Gesicht.

Ist er von Sinnen? Ja. Seine ganze Ritterpromotion ist gefährdet. Der Herr von Lauffen wird ihm den Kopf abschlagen lassen. Das Mädchen ist seine Nichte. Dem kann er nicht unter die Augen treten. Conrad lässt sie los. Stopft sein Gemächt in die Beinkleider. Wortlos geht er in Richtung des Waldes. Sie ordnet ihre Kleider und läuft hinunter zum Hof. Er ist ein toter Ritter, wenn das bekannt wird. Wird es aber nicht. Sie schweigt. Logisch. Goldblätter in ihrer Truhe in der Kemenate. Er aber sattelt noch mehr Schmach auf seinen Buckel.

Vier Wochen später nimmt Conrad an einem vom Trierer Erzbischof nicht genehmigten Turnier auf der Burg Thurant des Haudegen Heinrich der Lange bei dem Flecken Alken teil. Burg und Siedlung ein Streitapfel zwischen den

Trierer und Kölner Erzbischöfen. Die hier stattfindenden Turniere sind für ihre Regellosigkeit und Brutalität bekannt. Immer noch mit großer Wut im Bauch erschlägt der mittlerweile zwanzigjährige Conrad mit seinem Streithammer einen Trierer Dienstmann, nachdem er ihn mit der Lanze vom Pferd geholt hat und der jammernd, dem Tod nahe, mit zertrümmertem Schädel auf dem Boden liegt. Das ist maßlos, wird nur von unbarmherzigen Kölnern im Publikum bejubelt. Er muss fliehen. Erzbischöfliche Trierer Soldaten verfolgen ihn. Unterwegs nur zwei Pferde. Er prügelt sie unerbittlich. Sie bringen ihn in drei Tagen nach Köln. Es ist Nacht, als er den Heumarkt erreicht.

Was soll er machen?

Er klopft an die Türe eines Hurenhauses. Zahlt mit barer Münze. Findet Schutz, Unterkunft und Trost bei einem Hurenwaibel, Maria. Sie nimmt ihn zwischen Decken und Kissen, tröstet ihn mit ihrem Mund und ihrer *Votz*. Er ist geistig leer. Nach fast einem Monat Versteck traut er sich auf die Straßen Kölns. Weiß nichts mit sich anzufangen. Weder das geschäftige Treiben auf den Märkten, die Verhungernden und Zerlumpten am Wegrand, noch die Huren scheren ihn. Alle Leidenschaft scheint aus Conrad gewichen. *Alles aufgefressen*, sagt er zu sich selbst, am großen Strom stehend. Ins Wasser könnte er gehen. *Mich ersäufen*.

Eines Tages, es ist November geworden und dämmert bereits, nach einem ziellosen, wie immer von Häme begleiteten Weg durch die gut zwanzigtausend Herdfeuer zählende Stadt, bleibt er vor dem Haus eines Handschriftenhändlers stehen. Plötzlich breitet sich in ihm ein Gefühl aus. Das Lesen. Das Fabulieren seines Hauslehrers, dem Halberstädter Vikar. In dem Laden des Kölner Juden, den er nun häufig besucht, leiht er gegen Gebühr eine Handschrift über den *Weißen Hirsch*, Bote, Symbol für Reinheit und Wiedergeburt. An einem neblig kühlen Februarabend, es ist schon stockfinster, hält er sich, immer noch unschlüssig, bei dem Handschriftenhändler auf. Es ist warm in dem Raum mit den vielen Folianten und Kerzen, die der Händler widerwillig angezündet hat. Ungeduldig, er will ihn loswerden, legt er Conrad das Bruchstück einer Handschrift vor:

"… Nagen schon die Mäuse dran, …leiht und kauft keiner. Ich mach' es Euch zum Geschenk. Ich mach' jetzt zu."

Conrad steckt das Pergament ohne ein Wort des Dankes in seinen Beutel. Maria stellt ihm eine Kohlsuppe hin.

„Iß! … Was hast Du da?"

„Lass mich. Geh!"

Er liest: *… Brüder, wisst Ihr nicht, dass da Nichts ist, was Ihr erlangen könnt? Ja, lauft nur, ergreift das Nichts, kämpft um eine vergängliche Krone. Brüder, ich fechte nicht wie der da, der mit seinem Schwert nur die Luft streicht, nichts trifft. Alle, die unter den Wolken gewesen sind, gegessen, getrunken und gehurt haben, sind in der Wüste umgekommen. Sie alle haben nicht vom Fels getrunken.*

Conrad legt das Stück Pergament behutsam auf den Tisch und schläft unruhig, wie lange nicht. Träumt, dass er auf einem Blatt des Buchs über den weißen Hirsch steht, die Blätter bewacht. Da kommt eine Schlange, windet und windet sich, will zubeißen, das Buch zerreißen. Er ist wie gelähmt. Keine Waffen; … Conrad wacht schweißgebadet auf.

In Adersleben glaubt man, Conrad sei tot. Keine Nachricht. Seit zwei Jahren. Plötzlich steht er vor der Mutter. Sie nimmt ihn in den Arm. Meint, dass er von etwas anderem mehr gebeugt ist als von seinem Buckel. Er sagt nichts. Die Jahreszeiten ziehen dahin. Viel Einsamkeit.

Der ältere Bruder sitzt als Schatzmeister im Domkapitel Halberstadt fest im Sattel. Dem Krüppel vermittelt er ein Steueramt. Der prüft stumm den Zehnt der Ortschaften der Diözese, rafft für das Tafelgut des Stifts von den Bauern am Walburgistag, am Urbantag, am Johannistag, am Bartholomäustag den zehnten Teil vom Getreide, Mehl, Brot, den Hülsenfrüchten, Rindfleisch, Schafe, Schweine, Hühner, Gänse, Eier, Fett, Wachs, Honig und so weiter und so weiter und den Silberpfennig. Die Bauern bitten ihn um Aufschub oder Nachlass wegen schlechter Ernte oder Tierseuche. Er schaut zu ihnen hoch, sagt nichts. Tage später kommen Knechte des Bischofs, verabreichen Prügel oder brennen Hütten ab.

Man ist froh auf der Burg, wenn der Krüppel mit dem alten Schlachtross des Vaters, der ins Nil-Delta zum fünften Kreuzzug unterwegs ist, aus dem Burgtor reitet. Auf den Höfen der Bauern spuckt man ihm hinterher.

„… Mit seiner *superbia* geht der Hochnäsige auf Schatzsuche, … sucht bestimmt nach dem Düvel."

Ruhelos ist er zwischen Werben, Arneburg und Stendal an der Elbe, zwischen Ballenstedt, Quedlinburg und dem Oberharz unterwegs. Es scheint so, ja: Conrad ist verdammt! Weder Heil in dieser Welt, noch in einer anderen. Kein Ruhm, keine glänzende Tat, nur das Auspressen. Nur in List und Begierde verstrickt. Mischt sich wortlos in Scharmützel ein, wo keiner ihn haben will.

Ostern 1214 erwärmen Sonnenstrahlen aus einem plötzlich heiteren Himmel, den seit Wochen eine dichte Wolkendecke verschloss, Adersleben und das Bebertal. Conrads Mutter glaubt an eine Verheißung, als ihr Sohn vor sie hintritt und sagt, er müsse weg. Er liebt sie! Sie fragt ängstlich:

„Warum machst Du das?"

„Ich habe gelesen."

Sie denkt, da sind sie wieder, seine Schliche und Kniffe. Aber dann sieht sie, er packt ein Unterkleid, getrockneten Fisch, Brot, den Wasserbeutel und eine Pergamenthandschrift in eine Beuteltasche, die er selbst genäht hat. Er gibt ihr einen Kuss und wandert alleine über die Alpen bis nach Padua.

Als er 1222 zurückkehrt, trägt er den Habit der Dominikaner, steht weinend am Grab der Mutter und zieht das zerknüllte Pergament aus Köln aus seinem Beutel.

Lauft, lauft so lange, Meile um Meile, bis an die Schranken Eures Lebens. Das Schwert alleine streicht nur die Luft. Erst im Fallen vor Ermüdung erfahre ich mein Un-

glück. Ich hatte auf das Falsche gesetzt. Nichts als Luft-
streiche. Statt auf Barmherzigkeit auf Glauben und die
Liebe. Erst der, der vom Fels der Liebe getrunken hat, fin-
det seine Ruhe, nicht im Schlaf, nein, nur in einem guten
Anfangen.

Anmerkungen

Soweit nicht bereits im Zusammenhang mit der jeweiligen Textstelle auf benutzte Quellen hingewiesen wurde, sind sie hier angegeben. Möglicherweise sind nicht alle Fälle korrekt erfasst. Das möge man mir nachsehen.

Christian Franz Paullini's Flagellum Salutis, 1698.
Bernd-Ulrich Hergemöller, Krötenkuss und schwarzer Kater, Warendorf 1996.
Friedrich Salomon Krauss, Anthropophyteia, Leipzig 1912.
Alexander Kluge Neue Geschichten, Unheimlichkeiten der Zeit, 1977, Heft 2.
Protokoll zu einem Fall von Sodomie, 3. April bis 1. Mai 1682, Brandenburgischer Schöffenstuhl, in: Adolf Stölzel, Die Entwicklung der gelehrten Rechtsprechung, untersucht auf Grund der Akten des Brandenburger Schöppenstuhls, Berlin 1901
Werner Danckert, Unehrliche Leute. Die verfemten Berufe, 1963.
Tankred Koch, Geschichte der Henker, 1991.
Zitat der Mutter, hier S. 35, *Samuel an Guido* ist entnommen: Parlement, serie internationale, france tv, Neó Debré, Eamon (William Nadylam) an Guido (Niccolo Senni), 2020.
Veni sancte Spiritus, 13. Jh., Pfingstsequenz -Liturgie.
„Brüste süßer als Wein", Festschrift für Klaus Schreiner, Symbolische Kommunikation im Mittelalter, 2011,
S.Vito Fumagalli, Wenn der Himmel sich verdunkelt. Lebensgefühl im Mittelalter, Berlin 1999

Nachtrag zum Umschlagbild

Im Nachgang zum Umschlagbild von Ary Scheffer, De Hemelse en Aardse Liefde, 1850, Dordrechts Museum, Dordrecht, Netherlands, sei noch Folgendes erwähnt: Das Sujet - Himmlische und Irdische Liebe, Venus coelesti und Venus naturalis-, bezieht sich auf Platons Symposion.

1854 ist es das erste Bild Ary Scheffers in Dordrecht. Ein Augen- und Ohrenzeuge berichtet: „Ein Pfarrer kam, um es zu sehen mit seiner frommen, echten Freundin, die es von weitem sah. Sie gab einen schrecklichen Schrei von sich. Mit beiden Händen vor ihren Augen rief sie: *Es ist eine Schande* und stürzte davon. Der Mann schaute sich noch einmal um: *Mutter Eva war völlig nackt.*"